仁木悦子 著
日下三蔵 編

口笛探偵局

仁木悦子少年小説コレクション②

論創社

口笛探偵局　目次

随筆編

口笛探偵局

仁木悦子少年小説コレクション2

今日の人権意識に照らして不適切と思われる表現もありますが、時代的背景と作品の価値に鑑み、原文のままとしました。

また、土居淳男、吉田郁也、宮内保行各氏の著作権者と連絡がとれませんでした。ご存じの方はご一報ください。

なぞの黒ん坊人形

挿絵　石田武雄

1

「きみたち、交通事故だけはくれぐれも気をつけてくれよ」

　玄関を出て行くふたりを見送りながら、那智《なち》氏がいった。

「東京のわたしの所に泊まりに来ていて事故にあわせたとあっては、きみたちのおとうさんに対して責任重大だからな。なにしろきみたちのおとうさんと、わたしと、花村君とは、学生時代から三人組と呼ばれた親友で――」

「行ってまいりまあす」

　那智氏のことばをさえぎるように大声でいって、由美子はさっさと門を出て行く。兄の進が、そのあとを追う。

「行っておいで。あんまり遅くならないようにな」

　那智氏の柔らかな声が、ふわっと背中にかぶさって来た。

「いやーなやつ」

　由美子がぺろりと舌を出した。

「何かといえば三人組、三人組って――うちのおとうさんは、あんな人とそれほど仲がよかったのかしら?」

「そんなことというもんじゃないよ」

進が兄らしくたしなめる。

「だって、まるで友情を押し売りしているみたいでいやらしいったらないわ。うちのおとうさんと花村のおじさんとが仲よしなのは、わかってるけど」

たしかに由美子のいうとおりだ、と進も思う。花村のおじさん――花村信行工学博士と、進たちの父とは親友だ。進たちの父は博士でもなんでもない無線通信機械の技師だけれど、それでもふたりはきょうだいのようだ。花村博士は、大阪へやって来ると、いつも進たちの家に泊まる。でも那智氏と父とがそれほど仲がいいのかどうかよくわからない。

「ねえ、にいさん。花村のおじさんは、いつだってわたしたちのうちに泊まるし、わたしたちもそれを楽しみにしてるでしょう? だからこんどの旅行では、花村のおじさんのとこへ泊めてもらおうと思って楽しみにしていたのに。――どうして那智のおじさんは、あんなにわたしたちの世話をやきたがるのかしら?」

「うちのおとうさんとは、三人組の親友だからだろう」

進が、ちょいとおどけて首をすくめた。春休みに、きょうだいふたりきりで東京へ行ってもいいとおゆるしが出たときには、進も由美子もとびあがって喜んだ。進は中学一年生、由美子は小学五年生。子どもだけの旅行なんてはじめてなのだ。東京では、新宿区弁天町にある花村博士の研究室に泊めてもらうつもりだった。ところが、父がその話を、たまたま用事で大阪にやって来た友だちの那智氏にしたところ、那智氏はすっかりのり気になってしまって、ふたりの子どもは、ぜひぜひ自分のところへよこすように、幾晩でも泊まって行ってかまわないし、自分は車を持っているから駅へも迎えに行く、としきりにいってくれた。あんまり那智氏がくり返しそういうので、父も母も、ことわるのがぐあいわるくなったのだろう。それでは何分よろしく――ということになった。

ふたりが、きのうの夕方東京に着くと、那智氏はちゃんと約束どおり自分で運転するトヨペット・クラウンで駅まで迎えに来てくれ、ふたりは世田谷の弦巻《つるまき》町にある那智氏の家で、上京第一夜の夢を結んだのだ。そしてけさ、花村博士のところへ遊びに行くというわけで、弦巻町の家を出たのだった。

「那智のおじさんって、何だかしつこい人ね。だからいやになっちゃうんだわ」

「でも、根はしんせつなんだと思うよ。ゆうべだって夜の東京を見せてやるって、ドライブにも連れて行ってくれたし——」

「そうね、それにひとりぼっちだからさびしいのかもしれないわね」

那智氏は、進たちの父と同年輩だから四十代のはずだが、家族はだれもいないひとり暮らしだ。そういえば花村博士のほうも、数年前奥さんがなくなってひとり暮らしのはずだった。

「花村のおじさん、ぼくたちが行ったら喜ぶよ、きっと。——また電波のふしぎな話なんかしてもらおうよ」

都電をおりて、那智氏にかいてもらった地図を見ながらにぎやかな商店街を抜け、住宅街にはいって行く。花村博士の研究室はすぐにみつかった。研究室といっても普通の住宅を改装したごく質素な建物だが、屋根の上にいろいろ変わった形のアンテナが立ち並んでいるのが研究室らしい趣をそえている。

「ごめんください」

玄関のベルを押したが返事がない。

「るすなのかなあ?」

「庭のほうへまわってみましょうか」

進と由美子は庭先へまわった。つまさき立ちして窓からのぞきこんだ。

「あっ！」

ふたりは、もうすこしでしりもちをつくところだった。洋間の中央に、じみな黒っぽいせびろを着た男の人が、うつぶせに倒れている。その横顔は、まぎれもない花村博士だ。

「たいへんだ！」

夢中で通りへとびだすと、ちょうどパトロールの警官が自転車に乗って来るのに行きあった。

「おまわりさん。待ってください」

ふたりは驚き顔の警官を、花村博士の研究室へひっぱって行った。

2

「なるほど、よくわかった。きみたちが事件の発見者というわけだな」

警視庁捜査第一課の沢井警部は、大きなぎょろりとした目でふたりの顔を見くらべながらいった。

「きみたち、家は大阪だといったね。名まえは？」

「松崎進。それから妹の由美子です」

そこへ、ノックの音と共にひとりの若い警官がはいって来た。警部がふり返って、

「どうだった？　鑑識の結果は？」

「はい。被害者は、うしろからナイフのようなもので刺されて即死した模様です。死亡時刻は、きのうの夕方、午後六時から六時半のあいだと推定される、ということでした」

「うむ、そうか」

「それから研究室付近のききこみをしましたところ、一つ情報がはいりました。殺された花村博士はひとり暮らしで、来客などもめったになかったようですが、ここ二三か月のあいだ、ときどきやって来ては博士といい争いをしていた男がひとりあったそうです。近所の者や商店のご用聞きなどが、そのように証言しています」

「なに、博士といい争いを？　で、その男の年令や人相は？」

「年令は四十二、三から五、六歳くらい。背が高

くやせ型で、黒ぶちのめがねをかけており、左のほおに大きなホクロがあったそうです」

「あっ！」

と叫んだのは、そばできいていた進だった。

「君たち、何か心あたりがあるのか？」

沢井警部が、鋭くきいた。

「心あたりって……あの……」

「ありのままにいってもらいたい。重大なことなのだからな」

「はい……しかし……」

「きみが心配する気持ちはわかる。しかし警察だって、罪もない人にすぐ疑いをかけるというわけではないのだから、思いあたることがあったら、かくさないで話してくれたまえ。きみたちの知っている人物で、今いったような人相にあてはまる男がいるのかね」

「います。那智のおじさんです」

進が、決心した口調でいった。

「那智のおじさん？」

「うちの父の友だちです。花村のおじさんとも友だちでした」

「三人組の仲よしだったたっていってるわよ、那智のおじさんは」

由美子が口を出した。

「そうなんです。ぼくたち、きのう東京へ出て来て那智のおじさんのうちに泊まっているんです」

「どこだね、家は？」

「世田谷区の弦巻町です」

「よしすぐ行ってみよう。きみたちも、いっしょに乗って行きたまえ」

警部のことばに、進と由美子は立ちあがった。

一時間ほどのち――世田谷区弦巻町那智邸の応接間で向かいあっているのは、沢井警部と那智氏だった。進と由美子も、そばで、かたずをのんでなりゆきを見守っている。

「那智さん。すると、ここにいる進君たちのおとうさん、松崎氏と、あなたと、殺された花村博士とは、学生時代からの親友だったといわれるのですね」

「そうです」

「では、その親友のあなたが、なぜ花村博士の研究室におしかけて行っていい争いなどしたのです？」

「おしかけて行って、はひどいな。警部さん。親友だって口ゲンカくらいはしますよ。花村という男は、いい人間でしたが、怒りっぽいところがあって、つまらないことですぐ怒りだすやつでした。そういうわたしも、これで短気なほうですしね。でもそのあとでは、すぐ仲なおりをしたものです」

「あなたが、花村博士に最後に会われたのはいつです？」

「えーと。一週間くらい前だったかな。ははあ、警部さんは、わたしを疑っていられるのですね」

「疑っているわけではないが、一応お聞きしたいのです。那智さん、あなたは、きのうの夕方六時から六時半のあいだ、どこにいられました？」

「きのうの夕方は、ここの家にいましたよ。そのことは、ここにいる進君と由美子ちゃんが、ちゃあんと証言してくれます。もっとも、このふたりにごちそうしようと思って、すぐ近所までお菓子なんか買いに行きましたがね。それだって十五分ほどで帰って来ている。――ね、きみたち、そうだったろう？」

進と由美子はうなずいた。那智氏のことばにまちがいはなかったからだ。那智氏は勝ちほこったように、

「そらごらんなさい。ぼくには、こんなかわいらしい証人がふたありもいるんですからね。子どもはウソなんかいいませんよ。わたしは、きのうの夕方はたしかに家にいた。買い物に行ったときだって、十五分で戻って来た。警部さん、この世田谷の弦巻町から、新宿区の弁天町まで、自動車をとばして行ったところで四、五十分はかかりますよ。ことに夕方の六時前後は車のこみあう時刻だから、一時間たっぷりかかると思わなければならないでしょう。わたしが花村を殺しに行けるはずがないじゃありませんか」

「そうですね。どうも失礼しました」

警部は、立ちあがって一礼するとへやを出て行

った。玄関に出て見送る那智氏の口もとには、あいかわらず勝ちほこった微笑がただよっていた。

3

「にいちゃん、わたしやっぱり那智のおじさんてきらいだわ」

由美子が、進によりそって、小さな声でささやいた。那智氏が、ふたりのために貸してくれた六畳のへやだ。

「だって、そうでしょう? 花村のおじさんとそんな仲よしだったのなら、花村のおじさんが死んだときいて悲しむのがあたりまえじゃないの。それを、なんでしょ、あのタイド」

また由美子のふんがい屋がはじまった。でも、進だって、まったく同感なのだ。

「ねえ由美子。ぼくは、なんだかあのおじさん怪しいと思うんだ。まるで自慢するみたいに自分のアリバイをとくいそうにしゃべりたてててさ」

「でも、那智のおじさんが犯人だということはあり得ないわ。ほんとにアリバイがあるんですもの」

「そうなんだ。おじさんは、たしかにうちにいたものね。片道一時間もかかる所を、十五分で行って来られるはずはないし」

進は、きのうのできごとを、一つ一つ、細かいところまで思い浮かべてみた。

× ×

「とうきょう、とうきょう、お降りのかたはお忘れもののないように――」

アナウンス、人の話し声、足音、列車の動き出すリズミカルな響き――それらが一つになった駅の騒音の中に、人の流れにもまれながら、進と由美子は立っていた。大阪駅も広いと思っていたけれど、東京駅はさすがに広い。この広い駅の、このおびただしい人間の波の中にいて、はたして那智のおじさんをみつけられるだろうか? そう思ったときだった。

「やあ、進君に由美ちゃんじゃないか」

人ごみをかきわけかきわけ近づいて来たのは那智氏だった。

「よく来たね。君たちが来てくれるというので、おじさん楽しみにしてたんだよ。さ、荷物をこっちへお出し。駅前に、車をとめて来たから」

那智氏は、ふたりのボストン・バッグを両手にひとつずつ下げて歩き出した。駅を出るとそこの駐車場には、車がずらりと並んでいた。

「これだよ、おじさんの車」

那智氏が指さしたのは、うす青い色をした新しいトヨペット・クラウンだった。もちろん白ナンバーだ。

「さあ乗りたまえ。ラッシュアワーにかからないうちに早く行こう」

ふたりをうしろの座席にすわらせ、荷物をうしろのトランクに入れてから、那智氏は運転席にのりこんだ。いよいよ東京へ来たのだ、と思うと、進も由美子もわくわく胸がはずんだ。東京は、四年ほど前の夏休みに一度、父に連れられて来たことがあったけれど、まだ小さいときだったし、それになんといってもこんどはふたりきりの旅なのだ。

車は、夕暮れの町をぐるぐる走り、一時間余りで那智氏の家に着いた。「那智」と表札をはめこんだ石造りの門をはいると、そこは広々としたしばふになっていて、そのひとすみにきれいなガレージがある。家は赤レンガの堂々とした西洋館で、うしろのほうには日本風のはなれもついているらしい。

「さあ、自分のうちだと思って、のんびりしてくれたまえよ」

那智氏は気軽くいって、ふたりをリビング・キッチンに案内した。テーブルには花模様のテーブル・クロースがかけられ、赤いクッションをのせた、すわり心地のよさそうな大きないすが三つ四つ置かれている。

「おじさんは、ひとりぼっちだろう。さびしいから、身のまわりの家具は、なるべくはでな色にしておくんだよ。今夜はきみたちが来てくれたので、家の中に花がさいたようだ」

「おじさん、自分でお料理なんかつくるの？」

「たまには、かんたんな料理ぐらいつくるがね。たいていは、外へ出かけて食べたり、電話で注文したりするのさ。そうだ、きみたち、おなかがすいたろう？」

きょうだいは、顔を見合わせて笑った。じつは、さっきからおなかがぺこぺこなのだ。

「待ちたまえ。何か注文してとりよせよう。カレーライスにするか。この近くの『つるまき食堂』という店のカレーはうまいから」

へやのすみの小テーブルの電話器に歩み寄って、那智氏はダイヤルを回した。しかし、あいにくと、電話は何回かけてもお話ちゅうだった。

「しょうがないな。この店ははんじょうするのでいつもこれなんだ。――おじさん、ひとっ走り行って頼んで来よう。ついでにお菓子か何か買って来るよ」

那智氏は、軽く舌打ちして受話器を置くと、

「テレビでも見て待っててくれたまえ」

と、テレビのスイッチを入れて、へやを出て行った。テレビでは、ちょうど六時の子どもの時間がはじまったところだった。ふたりはしばらくそのまま見ていたが、

「すこし音が大きすぎるわね。小さくしようか」

由美子が立って行って、つまみをまわした。

「あらかわいい、この黒ん坊さん」

由美子が手に取ったのは、テレビの上にかざってあった、黒ん坊のぬいぐるみ人形だった。まっかな長ズボンをはいて、つばのひろい麦わら帽子をかぶっている。えりもとに結んだ青いチョウ・ネクタイがかわいらしい。

「ふふ。その人形、由美子に似てらあ」

「ひどいわ。わたしこんなにまっ黒じゃないわ」

由美子がにらんだ。そうこうするうち、玄関のドアのあく音がした。

「やあ、お待ちどお。いろいろ買って来たらおそくなった」

那智氏は、テーブルの上に、お菓子の紙ぶくろや、くだものなどを並べながらいった。

「おじさん、このお人形、わたしに似てなんかいないわよねえ。にいちゃんたら似てるっていうの」

「ははは。ひどいことをいうね。由美ちゃんはこんなに色が白いのに。——でも、この人形かわいいだろう？　由美ちゃんにあげようと思って買っておいたんだよ」

「まあうれしい」

由美子が人形を抱きしめたとき、

「お待ち遠さまア、つるまき食堂です」

カレーライスがとどいたのだった。

「さあ由美ちゃん。黒ん坊はテレビの上にすわらせといて、晩ご飯にしようや」

「はあい」

そこで食事がはじまった。白いおさらにもられたカレーライスは、たしかにおいしかった。ふたりは、たちまちおさらをからにしてしまった。

「どうだね、きみたち。ご飯がすんだら、夜のドライブに連れてってやろうか？」

「夜のドライブ？」

「うん。東京の夜景はなかなかきれいだよ。もっともきみたちの育った大阪だって、東京に負けない大都会だから、ネオンなんか珍しくもないかもしれないが」

「そうよ。銀座のネオンだって、道頓堀のネオンだって、たいした変わりはないでしょ」

　由美子が、なまいきなことをいう。

「これは一本まいった。しかし、せっかくだからひとまわりして来ようよ。東京のネオンを見ておくのも、話のタネだぜ」

　那智氏はしきりにすすめた。進は、たいして行きたいとは思わなかったが、せっかくおじさんがしんせつにいってくれるのだから、行ってみようという気になった。

「車だから、寒くはないと思うが、一応カーディガンか何か持ってお行きよ。かぜをひいてはつまらないから」

　そんなことにまで、那智氏は細かく気を配ってくれ

た。由美子が、テレビの上を見て、

「わたし、あの黒ん坊さんを抱いて連れて行こうかしら、ドライブに」

「やめなさい、そんなこと！」

大きな声だった。那智氏が、おそろしい目で由美子をにらんだのだ。由美子はもちろん、進も、びっくりして那智氏の顔を見あげた。

「いやあ、ごめんごめん」

那智氏は、はっと気がついたように、またえ顔に戻っていった。

「由美ちゃんはもう五年生だろう？　そんな大きなお嬢さんが、人形を抱いて歩いたりするのは、おかしいからね。へやにかざっておくのは女の子らしくていいが」

「そうね。じゃあ連れて行かないわ」

由美子は、なんとなく不審そうではあったが、すなおにそういった。

ドライブは、それでも結構たのしかった。都会の夜景など、どこも同じようなものだといってしまえばそのとおりだけれど、でもやはり、これが東京の夜なんだ、と思うと、何もかもが目新しく感じられておもしろかった。ここが渋谷、ここが芝の東京タワー、銀座、上野、新宿――と那智氏は、一つ一つくわしく説明してくれた。

新宿まで来たとき、由美子がいった。

「花村のおじさんのところ、新宿区弁天町っていうんでしょう？　この近く？」

「そうだよ。ちょっと寄って行くか」

だが、進が腕時計を見て、

「もう九時半ですよ、おじさん」

というと、那智氏も由美子もびっくりした。思わぬうちに時間がたっていたのだ。

「それでは、あしたゆっくり遊びに行くほうがいいな。おじさんが地図をかいてあげるから、ふたりで行っておいで。わかりやすい所だから大丈夫だろう」

と那智氏がいった。

新宿からあとは、どこへも寄らないでまっすぐ車を走らせたのに、弦巻町の家に帰り着いたときは十時を十五分過ぎていた。

「君たち、疲れたろう。大阪から着いたばかりなのにドライブに連れ出したりして悪かったかな」

「ううん、平気ですよ。ぼくちっとも疲れてなんかいないです」

「とてもおもしろかったわ。おじさん、ありがとう」

「それでは暖かい牛乳でも飲んで寝るか」

那智氏は、牛乳をわかして、花模様のテーブル・クロースの上にコーヒーカップをならべた。疲れてはいないといったけれど、牛乳を飲み終わるころには、由美子は、赤いクッションの上で、こくりこくりいねむりを始めていた。

4

「にいちゃん。何を考えこんでいるの?」

由美子がきいた。

「きのうのことを、ずっと思い出していたんだよ」

「ねえ、にいちゃん。ゆうべのドライブの途中で新宿まで来たとき、花村のおじさんの所へ寄ってみようかっていったでしょう? 今考えれば、あのとき花村のおじさんはもう殺されてしまっていたわけね」

「そうだね。九時半だったから――。どっちにしても、那智のおじさんが犯人だということは考えられないわけだ。おじさんは、あのお菓子を買いに行ったときのほかは、ずうっとぼくたちといっしょにいたんだし、あのときはほんの十五分だったものね」

進がそういったとき、むこうのへやで、那智氏の呼ぶ声がきこえた。

「進君に由美ちゃん。ご飯だよ」

「はあい」

ふたりは、とんで行った。

「やあ、今夜も『つるまき食堂』ですか?」

テーブルの上に置かれたおさらの上に、紙がかぶせてある。その紙に印刷してある字を読んで、進がいった。

「そうだよ。ゆうべはカレーライスだったから、今夜はチャーハンを注文したよ。きらいかい?」

「いいえ。大好きです」

「由美ちゃんはどうだね? おや、由美ちゃん。そんなところに立って何をしてるんだね?」

由美子は、テレビの前にむこうむきに立って、何か一生けんめいながめている。

「由美子、おいでよ。ご飯じゃないか」

「にいちゃん」

ふり返った由美子は、何か気味のわるいものでも見たように、進の目を見つめた。

「にいちゃん。この黒ん坊のお人形さん、何色のチョウ・ネクタイしていたと思う?」

「青いやつだよ」

進は即座に答えた。由美子は、かむりを振った。

「わたしもそう思っていたのに、ちがうのよ、ほら」

由美子のさし出した黒ん坊は、黄色のチョウ・ネクタイをしているのだ。進は目をこすった。

「おかしいなあ。たしかに青いネクタイをしていたのに」

まっ黒なおどけた顔、赤いズボン、つばびろの麦わら帽子。――どこからどこまで、ゆうべと変わったところはないのに、ネクタイの色だけが変わっているのだ。

「何いってるんだ、きみたち」

不意に那智氏が、あらあらしい声でいった。

「そんな人形のネクタイなんか、何色だってかまうものか。きみたちが見まちがえたんだ。さあ早く飯にしよう」

「でも……」

いいかけた進は、思

わずことばをのみこんだ。那智氏の目があまりにものすごい光をたたえていたからだ。進と由美子は、だまって食卓についた。

その夜、寝床にはいった進は、どうしても眠ることができなかった。隣の寝床の由美子も、寝つかれないらしく、ごそごそやっていたが、そのうちに小さな寝息をたてはじめた。やみの中で、大きな目をあけて天じょうを見つめながら、進は考えつづけた。黒ん坊の人形の青いネクタイを黄色のにかえたのは、いったいだれだろう？　なんのためにそんなことをしたのだろう？　那智のおじさんは、あの人形のこととなると、どうしてあんなにムキになって怒るのだろう？　那智のおじさんといえば、沢井警部がアリバイについて調べたとき、勝ちほこったような笑いを浮かべたのはなぜだろう？

とつぜん、進の頭の中にひらめいたものがあった。そうだ。そうかもしれない。しかしそんなことがあるだろうか？

進は、むっくり起きあがった。那智氏が貸してくれたまくらもとの電気スタンドのスイッチをひねった。それから、手をのばして、自分のボストン・バッグをひき寄せた。バッグの中からとり出したのは、東京都の地図だった。

進は、世田谷区のページをひらいてみた。世田谷区弦巻町――ここが自分の今いるところだ。つぎは新宿区のページだ。新宿区弁天町――ここが花村博士の研究室のあるところ、自分と妹が、事件を発見したところだ。この二つの地点に、何か関係がありはしないだろうか？

不意に進の目が、地図の一点にとまった。花村博士の殺された弁天町のすぐ近くに、鶴巻町という町があるではないか！　新宿区にも鶴巻町がある。これは大きな発見だった。世田谷区の弦巻町と、字はちがうけれど発音は同じ「つるまき町」だ。そうだ！　ここに事件のナゾを解くカギがあるのだ！

進はいそいで寝巻きをぬぎすて服を着た。由美子の目をさまさないように、そっとスタンドを消し、へやをすべり出した。家の外に出ると、生あたたかい春の夜の空気がほおに触れた。進は、手近の電話ボックスにとびこんだ。ぼろぼろにすり切れた電話帳のページをめくる。「つ」「つ」……「つ」の部だ。「つるまき食堂」……あった！　まったく同じ名まえの「つるまき食堂」が二つ並んで印刷されている。一つは、世田谷区弦巻町で、もう一つは新宿区の鶴巻町だ。進は、腕時計を見た。十時すぎだ。店はまだ起きているだろうか。思いきってダイヤルに指をつっこんだ。まず世田谷のほうの「つるまき食堂」のナンバーをまわした。

「もしもし、つるまき食堂ですが」

おばあさんの不きげんな声だ。もう店をしめて休んでいたのかもしれない。

「すみませんが、ちょっとお聞きしたいんです。那智さんて知ってるでしょうか？」

「那智さんですか？　那智さんでしたら、いつもごひいきに願ってます」

おばあさんの声が、すこし柔らいだ。

「その那智さんの家に、きょう何か食べるものをとどけましたか？　それからきのうも」

「ちょっとお待ちください」

おばあさんは、だれかの所へ聞きに行ったらしい。すこしたって、また出て来て、

「お待ち遠さまでした。あのう、きょうの夕方、チャーハンを三つおとどけしたそうです。きのうは何もおとどけしませんでした」

「え？　何もとどけなかった？　カレーライスもですか？」

「はい、何も。きのうはご注文がなかったといっております」

「そうですか？　どうもありがとう」

進は電話を切った。胸がどきどきしていた。ナゾがとけ始めたのだ！　進は、すぐまたダイヤルをまわした。

「はい。つるまき食堂です」

今度は若い男の声だった。あたりがざわざわしているところをみると、まだ店をひらいているらしい。進は、さっきと同じことをたずねた。

「きょうは何もおとどけしませんでした。きのうはたしか、カレーライスを三人前おとどけしたと思います。そうそう思い出した。男のかたが来られて注文をされたんです」

「そのカレーライスを配達した那智さんの家へ行きたいんですが、道順を教えてくれませんか」

相手は、いそがしいとみえて、すこし迷惑そうだったが、それでも道順を教えてくれた。進はお礼をいって電話を切った。電車はまだ通っている。さあこれから新宿まで行くのだ。

5

こんな夜ふけに、見も知らぬ町を歩きまわるのは気持ちのいいものではない。東京の新宿区のこんな所を、今ごろ進がうろつきまわっていようとは、父も母も思ってもいないにちがいない。このあたりは大きな住宅が多い上に、どこも寝しずま

っているので、道はなかなかわからなかった。朝までこうして歩きつづけていなくてはならないのだろうか？　と考えながら角を曲がったとき、進ははっと足をとめた。目の前にある石造りの門に、たしかに見覚えがあるのだ。街灯の光に照らされた表札には「那智」という字が読めた。進はちょっとためらってから門の中へはいって行った。広いしばふ。ガレージもそのままだ。ただし、ガレージの中は、からっぽだった。玄関のドアにはカギがかかっていてあかなかったが、その横の小窓に手をかけると窓はあいた。進は窓から上半身をのり入れ、中に降りた。どこもかも、あの世田谷区弦巻町の家とそっくりだ。あまりにウリ二つなので、なんだか気が変になったような気がした。リビング・キッチンに足を踏み入れ電燈のスイッチをおした。進は思わず声をあげた。花模様のテーブル・クロースをかけた食卓。赤いクッションをのせたいす。電話。テレビ。テレビの上には、黒ん坊の人形が、麦わら帽子をかしげてすわっている。進はかけ寄って人形を手にとった。人形は、青いチョウ・ネクタイをしていた。

「わかった！　なにもかもわかった！」

進は叫んだ。と、ギイと音をたてて、うしろのドアがあいた。

「ああっ！」

冷たい微笑を浮かべた那智氏の姿がそこに立っていた。

「きさま。さすが松崎のむすこだけあって頭がいいぞ。だが、この二つの家の秘密に気がついたからには、生きてここから出られるとは思うな」

那智氏のからだが、大きく目の前に近づいて来た。

「なにをするっ！」

逃げようとした進のからだは、もんどりうって床の上にたたきつけられた。やせてはいても柔道できたえた男なのだ。大きな手が、進ののどにくいこんだ。

「苦しい。助けてくれ」

気が遠くなった。目の前を赤いものがぐるぐるまわった。

「手をはなせ！　はなさないとうつぞ！」

太い男の声だった。不意にのどをしめつけていた力がゆるむのを感じた。

「にいちゃん！」

かたにすがりついたのは、妹の由美子だった。

6

「驚きました。なにもかも驚く話ばかりです」

進たちの父の松崎氏は、心もち青ざめた顔を幾度も幾度も横に振った。

「親しい友人の花村が殺されて、進と由美子がその発見者だという電報で、とるものもとりあえず上京して来てみたら、なんと那智がその犯人で、しかも進までが那智に殺されかけたという――。わたしは、この一日で二十年分くらい年をとりましたよ」

「もうひとつびっくりすることがあるわよ。殺されかけたにいちゃんを助けたのは、このわたしなのよ。パパ」

由美子が得意そうにいった。

「その点では、ぼく、由美子に頭が上がらないよ。由美子が来てくれて助かった」

進が、ぴょこりと頭をさげた。

「しかし、進君もえらいよ。那智のアリバイのウソを、よく見破ったな」

沢井警部が、進のかたに手をかけていった。松崎氏が、

「わたしには、何が何やらわからない。進、おとうさんにわかるように説明しておくれ」

「はい。こういうわけなんです。那智のおじさんは、花村のおじさんを殺そうと計画したんです。警察で調べたところによると、花村のおじさんが研究していた新しいトランジスター・テレビがものすごく性能がいいので、その発明を自分のものにして、どこかの会社に売りこもうとしていたのだそうです。那智のおじさんは、そっくり同じたて方の家を二軒買い、テーブルやいすやカーテンもそっくり同じ物をそろえて用意しました。その家の一軒は新宿区の鶴巻町にあり、もう一軒は世

田谷区の弦巻町にあったのです」

「ふうむ。それで?」

「那智のおじさんは、僕たちに泊まりに来るようにとうるさくいいました。それは、しんせつからではなくて、実は自分のアリバイをぼくたちに証明させるためだったのです。つまりぼくたちを利用するつもりだったんですよ。ぼくと由美子が東京駅に着くと、あの人は自動車で迎えに来て、ぼくたちを新宿区の鶴巻町の家に連れて行きました。ぼくたちは、東京の町を知らないから、そこを世田谷区の弦巻町だとばかり思いこんでいました。

　あの人は、電話がお話ちゅうでかからないふりをして、外へ出て行きました。そのとき実は自動車で出かけたのですが、家が広い上にテレビの音を大きくしてあったので、ぼくたちには車の出て行く音がきこえなかったのです。あの人は、途中『つるまき食堂』へ寄ってカレーライスを注文してから、花村のおじさんの研究室へ行っておじさんを殺し、その研究をぬすんで帰って来ました。鶴巻町からならば車で三分くらいしかかからないから、十五分でじゅうぶん戻って来られたのです。

　夕食がすんでからあの人は、夜のドライブだといって、ぼくと由美子を車にのせ、東京じゅうぐるぐるまわってから、今度は世田谷区の弦巻町に帰って来ました。ぼくたちは、それがべつの家だということに気がつきませんでした。なにもかもそっくりだし、近くに同じ『つるまき食堂』という名まえの店まであるのです。ただ、あの人は、ぬいぐるみの黒ん坊人形を二つ買うとき、ネクタイの色がちがうのに気がつかなかったのです」

「なるほど那智としたことが、重大なミスをやったものだな。しかし、どうしてまたそんなにそっくりな二軒の家があったのだろう」

　すると沢井警部が、

「あの家は、ある人が、ふたごのお嬢さんのためにたてたものなのです。しかし二軒並べてたてるには土地がじゅうぶんでなかったので、同じ名の鶴巻町と弦巻町におそろいにたてた。ところが、

お嬢さんたちは、結婚したらそれぞれのつごうで地方に住むことになったので家は二軒とも売りに出した。それを那智が買ったのです」
「そうだったのですか。それにしても由美子は、どうしてにいさんを助けることができたんだね。寝ていたんじゃなかったのかい？」
「わたしね。にいちゃんが、そっとへやを出て行く音で目がさめたの。にいちゃんのやつ、ひとりでなにか冒険する気だな、と思って、大いそぎで服を着てあとをつけたのよ。そうしたら、あっちの家とそっくりの家がもう一軒あって、にいちゃんが中へはいって行くじゃないの。
びっくりして見ていたら、自動

車が来て、那智のおじさんが、おっかない顔で家にはいって行ったの。さあたいへんだと思って、パトロールのおまわりさんをさがして、ひっぱって行ったのよ」

「やれやれ。おまえたちが仲よくいっしょに行動していたら、ふたりとも殺されてしまったところだよ。おまえたちはやっぱり、適当にけんかをしたり、競争意識をもやしたりしているほうがいいらしいなあ」

　父のことばに、進と由美子は顔を見合わせて、ぺろりと舌を出した。

やきいもの歌

挿絵　土居淳男

ロング・ロング・アゴー

「それから、ここんとこがよくわからないのよ。この式はaプラスbカッコ二乗のcなのに、どうして下の式と同じ値になるのかしら?」

紗織《さおり》さんは、教科書のページをぱらぱらとめくりながら言った。数学の教科書だ。

「どれ?　ああ、これならわけないわよ」

「あなたにはわけなくても、わたしにはそうはいかないのよ。あーあ、いやんなっちゃうなあ。やっと追いつきかけたと思うと、また休んで、わからなくなっちゃうの」

「だいじょうぶよ。あなたはこっちの式にだけとらわれるから、かえってわからなくなるんじゃない?　一応全然別物として考えてごらんなさい。ちょっと鉛筆かして」

わたしは、手近にあった紙きれに式を書き始めた。わたしはこう見えても数学だけは得意だ。そのかわり英語と国語はさっぱりだが、よくしたもので仲よしの真野紗織さんは、その英語と国語がだれよりもよくできる。家も近所なので、わたしたちはいつも宿題を持ちよっていっしょに勉強する。つまり、互いに教えっこするわけだ。場所はたいていここ、紗織さんの気持ちのいい南向きの勉強べやだ。勉強べやといっても、ローズ色のカバーのかかったベッドと、小型の洋服だんすも置いてある。窓の外は植え込みのある庭になっていて、落ちついたいいへやだ。

わたしの家に紗織さんが来て勉強することもあるけれど、うちはとうさんが写真のスタジオを経営しているので人の出入りが多くて落ちつかないし、スタジオに家の面積の大部分をとられるので、わたしのへやは北向きの三畳の板敷だけだ。わたし自身はいっこうにかまわないのだが、紗織さんが来ると、かぜをひかせやしないかと気になってしまう。

からだのあまりじょうぶでない紗織さんは、秋から冬にかけてはかぜをひいて学校を休むことが多いので、わたしはいつも彼女のところへ出向いて、休んでいた間の進みぐあいや、重要なポイントを教えてあげる。きょうも学校の帰りに彼女のおかあさんに会って、

「紗織はおかげさまでもういいんですけれど、数学がわからないって気をもんでいますから、トメ子さん、あとで教えてやってくださいな」

と頼まれたので、家にかばんを置くとすぐ出かけて来たのだ。ここ一週間ほど、例によってかぜで休んでいた紗織さんは花模様の着物に紫色のウールの茶羽織を着て、窓ぎわの机で本を読んでいた。色白で整った顔だちの彼女には、この茶羽織がよく似合う。

「うれしいわ。たいくつしちゃってたのよ。ほんとはもう、きょうから学校へ行ってもいいんだけど、どうせ土曜日だから、もう一日休んで月曜から行ったらいいでしょうってお医者さんが言うので休ませられちゃったの。まったく、あのお医者さん、いやな人だわ」

「お医者さんて、桜林先生？　あのおじいちゃん、いい先生じゃないの」

「桜林先生は好きよ。でも桜林医院にこのごろ来ている島川さんて若いお医者さんのことよ。何だか陰険ないやな感じ」

「あら、桜林医院に、そんなお医者さん来た

の？」

わたしの家は一家じゅうがいたってじょうぶなので、お医者さんなんかとは縁が遠いのだ。

「あら、もう一年くらい前からよ。代診っていうのかしら。桜林先生がもうお年寄りだから、そういう若い人を雇って診察なんかさせてるのよ……そんなことはどうでもいいけど、ちょっと数学教えて」

「いいわ。わたしも、リーダーにどうしても意味が取れないとこがあるのよ。月曜日に当てられそうな予感がするから予習していかなくちゃならないんだけど」

というわけで、勉強を始めたのだ。

「ほら、こう考えればやさしいわ。cはaの二乗で、bはa×cに等しいんだから、式全体の平方根を求めると……」

言いかけたとき、威勢よく走って来た足音といっしょに、勉強べやのドアがばたんと開いた。

「あ、トメ子さん来てたの？」

とびこんで来たのは靖雄《やすお》君だ。紗織さんの弟で中学一年生、紗織さんとは反対に色のまっくろけな元気な子である。

「ねえねえ。トメ子さん、ちょっとぼくのへやに来てよ。話があるんだ」

いきなり私の腕をつかんで引っぱろうとする。

「だめよ。靖《や》っちゃん。私たち勉強してるんじゃない。見たらわかるでしょ」

紗織さんが、かっこうのいい口もとをとがらせて言った。

「だって重大事件なんだよ」

「あんたの重大事件なんて、どうせ、おじいちゃまの盆栽をひっくり返して折っちゃってどうしようっていうようなことでしょう？　勉強のじゃまだから、あっち行って」

「ちぇっ。けちんぼ」

靖雄君は、ズボンのポケットに手をつっこむとハーモニカを取りだした。彼は小学生のころからハーモニカがじょうずで、いつもからだから離さずに持って歩いては吹いている。今も、取り出したハーモニカをくちびるに当てるなり、

かきに赤い花咲く、
いつかの　あの家……

という『思い出《ロング・ロング・アゴー》』のメロディを、軽いリズムで吹きはじめた。

「靖雄っ！」

紗織さんがにらんだ。靖雄君は、ぺろりと舌を出し、首をすくめた。

「どうしてそんなににらむの？　ハーモニカ吹いたくらいで」

わたしが聞くと、紗織さんはみるみる赤くなった。

「だって……だって、その……うるさいじゃないの。勉強してるのに」

と弁解するように言う。

「そりゃたしかにうるさいけど、そんなむきになって怒るほどのことはないじゃないの。何かわけがありそうね」

「トメ子さん、うちのねえさんたらへんなんだよ。ぼくがこの歌を吹くとすぐ怒るの。この歌、学校の音楽で習った歌なのにねえ。かあきにああかい花咲く……」

靖雄君は、いたずらっ子らしく目玉をくるりとさせて歌いだした。

「ロング・ロング・アゴーじゃない？　どうしてこの歌が悪いの？」

わたしには、なにがなにやらわからない。紗織さんは、

「だって……靖雄ったら……その歌じゃなくって、べつの……」

とわけのわからないことを言っていたが、やがて自分でもがまんできなくなったようにぷっと吹きだした。

「トメ子さんにかくしたってしかたがないわ。あのね、靖雄ったら、変な替え歌をこしらえて歌うのよ。そのロング・ロング・アゴーのふしで」

「へえ、どんな歌？　きかせて」

そう言われるとかえって靖雄君のほうがてれてしまった。

「うそだよ。知らないよ。……そんなこと」

と、もじもじしている。でもわたしが無理にせ

がむと、しかたなさそうに小さな声で歌いだした。

「うちのサオリが好きなのは、
ほっかほか　やーきいも。
うちのサオリが好きなのは、
やきたての　おいも。
石やきいも屋が　やって来た。
おさいふつかんで　とび出して、
山のように　買って来た。
にこにこのサオリ……」

わたしと紗織さんは、ころげまわって笑った。

靖雄君は、きまりがわるくなったとみえて、ハーモニカを持って逃げて行ってしまった。

「へえ、あなたがそんなに焼きいもが好きとは知らなかった。お見舞いに買って来てあげればよかったわ」

あんまり笑って出てきた涙をふきながら、わたしが言った。

「好きよ。焼きいもならいくらでも食べちゃう」

「そのわりに、やせてるわね。おいも食べると、ふつうは太って困るのに」

「そうなのよ。わたしって生まれつきやせっぽちなのね。やせたくってうずうずしてる人もいるっていうのに、わたしは太りたくても、ちっとも太らないのよ。この前、花房洋裁店でワンピースを縫ってもらったとき、ウエストがあんまり細すぎますねって言われちゃった」

「あら、ワンピースつくっていただいたの？　すてき。見せて」

「地味なのよ。ママはもっとはでなものにしたらいいって言ったけど、わたし、この生地が好きで選んだの」

洋服だんすをあけて出して見せたワンピースは、紺と言ったほうがいいくらいの濃いブルーの地に、白い小さな花を散らしたものだった。

「いいわあ。シックな感じ。この色あなたに似合うわよ。花房って店、仕立てがじょうず？」

「特にじょうずでもへたでもないんじゃないかしら。あそこね、女の人がたったひとりでやってるのよ。十年も入院したっきりのおかあさんの療養費を、あの花房さんて人、洋裁の仕事でかせいでいたんですって。うちのママは気のどくがって、洋服の仕立てはみんなあそこへ出すの。でも、その病気のおかあさんは一週間くらい前に死んでしまって、花房さんは生きるはりあいがなくなったようにぼんやりしてるって話よ」

「ふうん」

気のどくな話ではあるけれど、そんなことで生きるはりあいをなくしてしまうなんて——と思うのはわたしがドライすぎるのだろうか？　いつまでもめそめそ悲しんでいる娘を、死んだおかあさんはけっして喜びはしないのではないだろうか？

「なに考えてるの？」

紗織さんがきいた。わたしは自分の考えを話した。紗織さんは、「でも十年ものあいだ、そのことだけを考えつめて働き抜いて来た人だったら、そういう心境におちいるのも無理ではないと思う」と言った。それから、生きる目的とは何ぞやという大議論になって、気がついたらもう四時を過ぎていた。

「たいへん、勉強勉強」

「いいわよ。あした日曜ですもの。きょうできなければ、あしたやればいいわ」

「『あすありと思う心のあだ桜、よわにあらしの吹かぬものかは』って歌、知ってる？」

読書好きで国文好きの紗織さんは、すぐこういった種類のことを口にする。私には、そんな歌はちんぷんかんぷんだ。わたしの一番好きな本はシャーロック・ホームズ。わたしは、高校を出たら、どこかの私立探偵事務所に就職したいと思っている。私立探偵になったとき、事件の依頼にやってきた人を一目見て、

「ああ、あなたは、娘がひとりあって、フォト・スタジオを開いていて、ウイスキーとかまぼこが好きで、年は四十六なのにもう幾分血圧が高いですね」

というようなことをぴたりと言って相手を驚かすことができるように、（これは、うちのとうさんのことだから、ぴたりと言えるのは当たりまえなのだけれど、まあ、たとえばの話こんなぐあい

にできるように）今から、電車に乗ると前の席の人をながめて、この人はどんな職業で、どんな所に住んでいるのだろうか、独身だろうか、犬かネコを飼っているだろうか、といったことを推理する習慣をつけているくらいだ。そのほか、走ってすぎる車のナンバーをちらりと見ただけで読み取る練習をしたり、暗号の本や心理学の本を読んだり、モールス符号や手旗信号をかいた一覧表を勉強べやの壁に張りつけて研究もしている。

さて話がまた横道にはいってしまったが、わたしと紗織さんとは、おしゃべりをやめて勉強に熱を入れた。その結果、紗織さんも、わからなかった部分がのみこめたと言うし、わたしも意味のとれなかったリーダーの一節を解釈してもらって、

「じゃあ、またあさってね」

と、紗織さんの家を出たのは、西の空がまっかに燃えて、その空の下の町なみにはよいやみがかなり濃くたちこめかけたころだった。

土曜日の夕方というものは、なんともいえずのんびりして、空気まで柔らかくほわんとした感じがする。そう感ずるのは、だれでも同じとみえて、有料駐車場になっているあき地には、さくをのり越えてはいったらしい数人の男の子が、いかにものびのびとキャッチ・ボールをしていた。その中のひとりが、わたしの姿をみつけると、

「トメ子さーん」

と駆けて来た。さくをひらりととびこえて道路に立つ。靖雄君だった。

「ね、トメ子さん、ちょっと聞いてよ。ほんとに重大事件なんだ」

友だちのほうに、さよならの合い図の手を振ってみせてから、靖雄君はわたしとならんで歩きだした。

靖雄の盗み聞き

「トメ子さんは、女の私立探偵になるんでしょう？　だからぼく、この話、トメ子さんだけにしようと決心したんだ。うちのねえさんなんかだめなんだ。想像力がないからなあ」

「なによ、なまちゃんなこと言って。いったい何の話?」

「トメ子さんは、赤井章太って男の名まえおぼえてる?」

「赤井章太? 聞いたことはあるわ。待ってよ、えーと。……新聞で読んだような気がする」

「思い出せない?」

「思い出した。すぐそこのマーケットの裏に住んでいた男でしょ? この夏、目黒川でおぼれ死んだ」

「偉い。何か月もまえの事件を覚えているなんて、やっぱり違うよ」

「おだてるもんじゃないわ。その赤井章太がどうしたのよ? あの人は、お酒に酔って川へ落ちたんだっていう話だったじゃない?」

あれは、この七月ごろのことだった。新聞に、こんな記事が載っていた。うちの近くの目黒川から三十歳前と思われる男のでき死体が上がった。自殺か、他殺か、事故死かわからないので警察で捜査している、というのだ。二、三日して、その男は目黒区K町三丁目十八の赤井章太とわかった。その番地が、うちの番地とたった二番地しか違わなかったので、わたしたちはびっくりした。わたしの家では、もちろんそんな赤井などという人と知りあいでもなんでもなかったのだけれど、マーケットのやお屋や魚屋のおばさんたちはその男をよく知っていて、しきりにうわさをしていた。それによると赤井章太は、マーケットのすぐうしろのアパートの二階に住んでいて、駅前のパチンコ屋に店員として勤めたり、マーケットの乾物屋を手伝ったりしていたこともあったという。でもたいていはじきにやめてしまって、仕事らしい仕事もしないでぶらぶらしていたが、そのくせお金づかいは荒く、はでなチェックのシャツに、マフラーをきざっぽいかたちに巻きつけ、横町のバー『美登里《みどり》』で朝からお酒を飲んだりしていたそうだ。

死体を解剖したところ、水におぼれたときもかなり飲んでいたことがわかったし、そのすこし前(そのときは夜だったが)川の近くのバーにいた

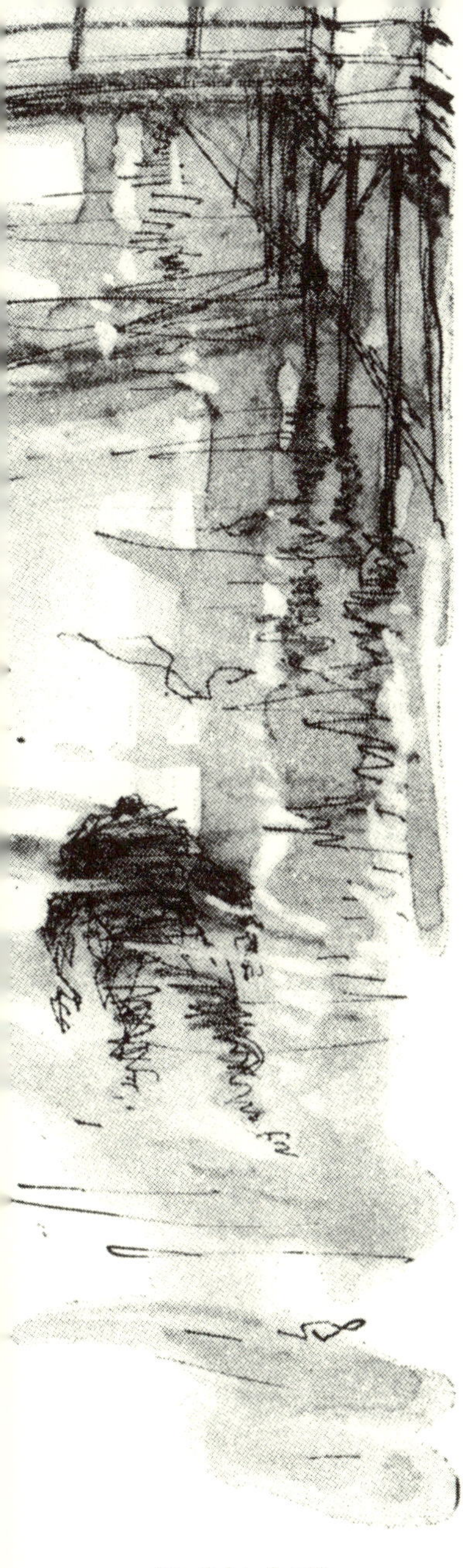

のを見た人もあるそうで、結局、酔って暗い道を歩いていて、足を踏みはずして川に落ちたのだという結論になったのだった。

「ところがね、トメ子さん」

靖雄君は目を大きくして熱心に言った。

「あの赤井って男はね、あやまちで死んだんじゃないんだよ。殺されたんだ」

「なんですってえ?」

今度はわたしが目をまるくする番だった。

「まちがいないと思うんだ。ぼく、そう言って話しているの、聞いたんだもん」

「いつ? だれが?」

「きょう学校から帰るときだよ。ぼく、ときどきは、いつもと違う道を通ってぐるうっとまわって帰るんだ。冒険みたいでおもしろいからね。きょうもあのブリキかん工場の裏まで来たらね。アキ箱やなんかのがらくたの積んであるかげで、だれかが小さい声で話してるんだ」

「なんて?」

「『オワノンは、仲間を抜けて自首して出るつもりらしい。早いとこ、やってしまわなければ』って」

「オワノン? それいったい何語?」

「知らないよ。あだ名なんだろう。『やってしま

わなければ』ってほんとに言ってたよ。『やる』って、殺すことだねえ?」

「たぶんそうね。で、それが赤井章太とどういう関係があるの?」

「ひとりの男がね、『オワノンをやってしまわなければ』って言うと、もうひとりが、『しかし、赤井のときとおんなじ方法じゃあ、まずいぞ。いつもいつもおぼれ死にじゃあ怪しまれる』って言ったんだ」

「ほんと?」

「うそ言うもんか。それにあいつら、もうひとり別な男も殺してるらしいよ。『トケダのヤツも、たいして苦しまないでいい往生だったな』なんて言ったもの」

「トケダ? 時田《ときだ》じゃないの?」

「たしかに『トケダ』って言ったよ」

「どんな字を書くのかしら。トケダなんて。それからもっとどんなことを言ってたの? え?」

「『オワノンのことなら、川へ落とさなくたって、手でちょっと締めるだけで十分だろう。しかしオ

イはだいじょうぶかなあ』って。——トメ子さん、オイってなあに？」

「オイってつまり、兄弟のむすこのことでしょう？　兄弟の娘だったらメイで。——うーむ、なるほど。オワノンというあだ名の男は、多分オイとふたり暮らしなのよ。オワノンをやっつけるのは簡単だが、オイのほうは、どうしようかって言ってるんだわ」

「それから、悪漢たちは、なにか大事な品物をなくしたか取られたかしたらしいよ。しきりに『見っけな、見っけな』って言ってたもの。ねえトメ子さん、トメ子さんは、ほんとに赤井は殺されたんだと思う？」

「もちよ。殺人事件に決まってるわ」

「それだのに、ねえさんたら、盆栽をひっくり返したんだろうなんて、かたなしだなあ。ぼく、もう一度トメ子さんに話してみようと思ってここまで来たら友だちに誘われて、今までボール投げしてたんだ」

「殺されてしまった赤井とトケダはしかたがないとしても、これから行なわれる殺人だけは、なんとかしてくいとめなけりゃね。たとえオワノンが悪人の仲間だったとしてもね」

「警察に言うの？」

「警察の助力は、なるべくなら仰ぎたくはないわね。私立探偵として、名誉な話じゃないもの」

　言ってしまってからわたしは、自分が私立探偵志望だというだけで、まだ私立探偵になんかなってはいないことに気がついた。でも、靖雄君は、ひやかすどころか、

「そうともさ。われわれ探偵仲間の名おれだもの」

　と、うれしくもたのもしいことを言ってくれた。

「で、その話をしていたふたりづれっていうのは、どんな男だったの？」

「ひとりはね、背の小さい色の黒い男だったよ。なんとか坊主って呼ばれてたようだったなあ。あごがとがって、目玉がきょろきょろしてたてね。落ち着きのないような感じのやつ」

「もうひとりは？」

「もうひとりは、もののかげになっていたので姿は見えなかった。あの声、なんだか聞いた覚えがあるようなんだけど、思い出せないや」

「なんとかして姿を見ればよかったのに」

「うん」

靖雄君は、いささかめんぼくなげに下をむいて、

「ぼくも、もっとよく見てやろうと思ったんだけど。でもさあ、あれ以上ぼくが身をのり出したらあいつらに気づかれちゃうと思ったんだ。気づかれるだけならいいけど、今の話を聞かれたというんで、つかまって殺されたりしたらかなわないもの」

「そりゃそうだけど、そこんとこは、うまくやるのよ。靖雄君、こわかったんでしょう」

靖雄君は、きまりわるそうににやっとした。

「ともかくこの事件、どうすればいいか考えてみるわ。犯人のことか、オワノンという人のことか、どっちかについてもうすこし詳しい手がかりをつかまなければね。靖雄君、今までの話のほかに、もっと思い出したことがあったら知らせてね」

「うん、知らせる」

晩秋の日はもうとっぷり暮れていた。靖雄君とわたしは別れてめいめいの家に帰った。うちでは、かあさんが晩ごはんのサンマを焼いていた。

晩ごはんのあいだも、私はずっと考えこんでいた。

「どうしたんだい？　トメ子は」

とうさんが不審がって聞いたくらいだ。

「ううん。ちょっと難問があって」

「やれやれ。ふだんさっぱり勉強しないくせに、気がむくと飯食いながらまで勉強か」

とうさんとかあさんは、わたしが宿題かなんか考えていると思って笑った。

ごはんがすむと、わたしは勉強べやにひっこんだ。つくえの上に、リポート用紙を一枚ひろげて、「赤井」「オワノン」「トケダ」などとメモした。

なんとかしてこの難問を最もうまく処理する方法をみつけなければ。——靖雄君は、わたしを未来の婦人私立探偵とみこんで、だれにも明かさない秘密をうちあけてくれたのだ。山下トメ子たるもの、がんばらないわけにはいかない。

靖雄君が提供してくれたデータを整理すると、つぎのようになる。

A　2名の男がいる。この2名が殺人犯であることは、まずまちがいない。その2名というのは、

a、背の小さい色黒の、あごがとがった目玉のきょろきょろした男。何とか坊主と呼ばれている。

b、姿はわからないが、靖雄君が聞き覚えのある声の男。——だ。

B　このふたりに殺された被害者は、今のところわかっているのは、つぎの2名である。

a、赤井章太。マーケットの裏のアパートに住んでいた二十七、八歳の男。この夏、目黒川ででき死体になってみつかった。

b、トケダ（どんな字を書くか不明）。

C　犯人たちにいのちをねらわれている人間がもうひとりいる。この人物についてわかっている事がら、次のとおり。

a、オワノンという名。（あだ名か、それとも外国人か？）

b、かんたんに締め殺されるような弱い人物であるらしい。

c、多分オイといっしょに住んでいるらしい。

D　犯人たちは、なにか大事なものをなくしたらしい。

こう考えると、オワノンというのは、年寄り——おじいさんの人であるような気がする。ともかく、今のわたしにわかっていることはこれだけだ。もっとなにかを知ろうとしたら、この赤井章太について調べる以外に調べようがない。

わたしは「文房具屋にノートを買いに行って来る」と言って家を出た。まだよいの口なので、駅前のパチンコ屋は盛んにチーン、ジャラジャラとやっていた。わたしは高校生だから、パチンコ屋にはいったことがない。でも用があってはいるのならいいだろうと、ガラスのとびらを押して首をつっこんだ。入り口近くのカウンターのところに、はたちくらいの女の人がすわっていた。

「ねえ、ちょっと教えてほしいことがあるんだけど」

わたしは近寄って行って小さな声で言った。

「え？　え？」

女の人は、眠そうなとろんとした目でわたしを見あげ、何度も耳をかしげて聞き返した。パチンコの騒音と、店じゅうに響きわたっている軍艦マーチのレコードで、ないしょ話なんかできたものではない。

わたしは、ちょっと外へ出て、という身ぶりをした。

「何とかちゃん、ちょっとたのむね」

女の人は奥のほうにそうどなっておいて、わたしといっしょに店のとびらを出た。わたしは、赤井章太についてきいてみた。

「さあねえ。あたし、あんまりよく知らないのよ。半年くらい前にこの店に来たんだから。赤井さんて人は、そのときはもうここには勤めていなかったからね。でも、そのあとも、たまには来てたようだったわ」

「だれかといっしょに来たことある？　あごのとんがった、きょろきょろした人とか」

「色の黒いちっちゃな人でしょ？　ときどき見たことあるわ。こけ坊主とかってあだ名の人」

「それだわ！」

わたしは手をたたいた。

「その人、どこに住んでるか知らない？」

「知ってるわけないじゃないの」

女の人は、気をわるくしたように言った。

「ちょっと聞いてみただけよ。その人のあだ名『こけ坊主』っていうの？　本名はわからないかしら？」

「わからないわね。いつも『こけ坊主』って呼んでたから」

「じゃあ、オワノンて名まえの人、聞いたことない？」

「オワノン？　そんなの聞いたこともないわ。どうせそれもあだ名でしょうね。あの連中あだ名で呼び合うのが好きだったから。赤井さんは『トケダ』ってあだ名だったらしいわよ」

「トケダ？」

わたしは、とびあがった。

「トケダって、赤井さんのことだったの？」

「どうしてそんなにびっくりするのよ。あの『こけ坊主』って男は、赤井さんのことをトケダ、トケダって呼んでたわよ」

頭の中に、ぱっと光がさしこんだ気持ちだった。わたしは殺された人間はふたりいて、それが赤井とトケダと思っていたのだが、これはまったくの考えちがいで、赤井とトケダとは同じ人間だったのだ。わたしは、パチンコ屋の女の人によくお礼を言って、つぎの聞きこみ場所にむかった。

マーケット裏のアパートでは、しかしなんにも役にたつことは聞きこめなかった。「赤井は、ちゃんと赤井章太という名まえでへやを借りていた。トケダなどという名は聞いたこともない」と、アパートの管理人のおじさんは、わたしの質問に答えて言った。おじさんは、オワノンという名についても聞きおぼえがないようだったし、「こけ坊主」の人相についてわたしが話しても「心あたりないねえ」と首をかしげるのだった。
要するに、あの連中は仲間のあいだでだけ、あだ名で呼び合っていたらしい。でも、赤井とトケダが同じ人間とわかっただけでも、今夜の聞きこみは成功だったと言わなければならない。
家に帰るとわたしは、勉強べやのいすに腰かけ、つくえの上に両ひじをついて考えこんだ。
赤井＝トケダ
オワノン
こけ坊主
考えにふけっているあいだ、わたしの目は、ぼんやりとつくえのまえの壁をはいまわっていた。

壁には、まえにも言ったとおり、モールス符号の表が張ってある。電信に使う、ト・ツー、ト・ツーというあれだ。

トメ子のひらめき

口の中で「アカイ、アカイ」と繰り返しながら、わたしは無意識にこの表のア、カ、イの字を心でなぞっていたらしい。

「あっ!」

わたしは、はじかれたように立ちあがった。わたしの頭を、いなびかりのように、ひらめき通ったものがあったのだ。わたしは指で、つくえの上にモールスをかいた。

「ア」は━ ━・━ ━

「カ」は・━・・

「イ」は・━

これが正規のモールス符号である。今、これの━と・を逆に入れかえてみると、こうなる。

「ア」 ・・━・・

「カ」 ━・━ ━

「イ」 ━・

ところが・・━・・は、正しくは「ト」で、━・━ ━は「ケ」、━・は「タ」なのだ。ここに正しいモールスの符号を入れておくから、読者の皆さんも研究してみていただきたい。「アカイ」と「トケタ」は、━と・がちょうど裏返しになっていることがわかるでしょう。悪漢たちは、仲間の名まえを、モールス符号を裏返しにした暗号で呼びあっているのだ。ただし「トケタ」では言いにくいので、「トケダ」と名まえらしくにごらせて言っていたのだろう。靖雄君がたち聞きした男が「赤井」と言ったのは、うっかりして本名を言ってしまったものに違いない。

わたしはもう、とびたつ思いだった。すぐに問題の「オワノン」を解きにかかった。

「オ」 ・━・・・

「ワ」 ━・━

「ノ」 ・・━ ━

「ン」 ・━・━・

モールス符号					
—— ・ ——	ア	・ ・ — ・	チ	—	ム
・ —	イ	・ —— ・	ツ	— ・ ・ ・ —	メ
・ ・ —	ウ	・ — ・ ——	テ	— ・ ・ — ・	モ
— ・ ———	エ	・ ・ — ・ ・	ト	・ ——	ヤ
・ — ・ ・ ・	オ	・ — ・	ナ	— ・ ・ ——	ユ
・ — ・ ・	カ	— ・ — ・	ニ	——	ヨ
— ・ — ・ ・	キ	・ ・ ・ ・	ヌ	・ ・ ・	ラ
・ ・ ・ —	ク	—— ・ —	ネ	—— ・	リ
— ・ ——	ケ	・ ・ ——	ノ	— ・ —— ・	ル
————	コ	— ・ ・ ・	ハ	———	レ
— ・ — ・ —	サ	—— ・ ・ —	ヒ	— ・ ・	ロ
—— ・ — ・	シ	—— ・ ・	フ	— ・ —	ワ
——— ・ —	ス	・	ヘ	・ ———	ヲ
・ ——— ・	セ	— ・ ・	ホ	・ — ・ — ・	ン
——— ・	ソ	— ・ ・ —	マ		
— ・	タ	・ ・ — ・ —	ミ		

これを裏返すと、

—・——— 「エ」
・—・ 「ナ」
——・・ 「フ」
—・—・— 「サ」

「エナフサ」とは、いかにも妙な名まえだ。だが、わたしはすぐに気づいた。「オワノン」というのを、わたしは「オ」という字を書くものと思いこんでいたが、これは「オ」ではなくて「ヲ」ではないだろうか。つまり、こういうぐあいだ。

「ヲ」 ・———
「ワ」 —・—
「ノ」 ・・——
「ン」 ・—・—・

ところで「ヲ」の裏返しは—・・・で「ハ」だから、「ヲワノン」は「ハナフサ」となる。ハナフサ！　これは、花房洋裁店のマダムのことではないか！　わたしはブラウスもスカートもいつも既成品で間にあわせるから、よく知らないが、紗織さんの話では、花房洋裁店のマダムは女ひとり

暮らしだという。手で締め殺せばかんたんだというのは、そういう意味だったのだ。

わたしは、急いでサンダルをつっかけて外へとびだした。

「どこか行くのかい？　トメ子」

かあさんの声がうしろでしたが、返事もしないでわたしはどんどん走った。夜といってもまだ九時にもならない。町も結構にぎやかだ。今のうちに花房洋裁店に行って、マダムに、「あなたは、いのちをねらわれています」と知らせなければならない。

はあはあ言って走っていると、むこうからこれも小走りにやってきた人があった。

「トメ子さん！」

「紗織さんじゃないの」

商店のあかりで見る紗織さんの顔は、へんに青ざめて見えた。

「トメ子さん。うちの靖雄を知らない？」

「靖雄君？　靖雄君がいないの？」

「そうなのよ。夕方どこかへ遊びに行っていて、いっぺんうちに帰って来たんだけど、夕ごはんのときには、またどこへ行ったのかいなかったのよ。それっきり帰って来ないの。あの子はのんきだから、お友だちのところででも遊んでいるのかと思っていたんだけど、でも夕ごはんも食べていないのに、今ごろまでよそのうちにいるって、すこしへんでしょう？」

「どうしたのかしら？」

わたしの声は、かすれていた。胸の中に、なにかをずしんとつっこまれた気持ちだった。紗織さんは、気ぜわしそうに、

「今、みんなで手わけして、お友だちのところなんか聞いて歩いているの。トメ子さん、もしか靖雄を見かけたら、すぐうちに帰るように、きつく言ってやってね」

そう言って急いで行きかけた。が、すぐ駆けもどって、声をひそめて、

「でも、トメ子さん。靖雄がいないこと、人には言わないでね。万一、ゆうかい事件だったら、靖雄のいのちがあぶないから、警察にもうっかり言えないのよ。まさかと思うけど、こういう物騒な時代だからってパパも心配してるの」

わたしは、つばをのみこんで、首ふり人形のようにこくこくうなずいた。紗織さんは、急ぎ足に行ってしまった。

——靖雄君が姿を消した。

そう思うと頭がくらくらした。紗織さんや、うちの人たちは、単に靖雄君の帰りが遅いので心配しているにすぎないが、わたしはそれだけではない。靖雄君の身に、なにかよくないことが起こったに違いないことを、わたしは確信しないわけにはいかなかった。

靖雄君は、なにかを思いだしたのだ。おそらく、「聞きおぼえのある声だ」と言っていた男の正体に気づいたのだろう。（わたしも今はその男の名を知っていた。あのモールスの暗号でわかったのだ）

靖雄君は、ふたりの男の話を立ち聞きしたとき、「立ち聞きしたことに気づかれて殺されたらたいへんだから、出て行かなかった」と言ってい

た。それは、思慮ぶかい正しい判断だった。それなのにわたしは「こわかったのだろう。そんなことではだめだ」なんて言って彼をなじった。彼は自尊心をきずつけられたのに違いない。

靖雄君は、「なにか新しい事実を思い出したらトメ子さんに知らせる」と言った。しかし、家に帰って、あの男の正体に気づいたとき、わたしには知らせないで、自分ひとりで冒険に出かけて行った。いくじなしと笑われないように、自分だけの力で解決しようと思ったのだ。ああ、あんなことを言うのではなかった。

わたしは、交番に駆けこんで最初からのことをいっさい話そうかと思った。しかし、それはできなかった。もしわたしがそうしたら警察が動きだして、悪人はぜんぶつかまるかもしれない。が、警察が動きだしたために靖雄君のいのちが奪われるようなことにならないとは保証できないのだ。警察に知れては困ると紗織さんも言っていた。

だが、それならばどうしたらいいのか。あんなに心配している紗織さんたちの前に出て行って、わたしがあんなことを言ったから靖雄君は悪人のところへ行ったのだなんて、とても言えたものではない。

そうこうしている間も、わたしの足は、ずんずん歩いて、暗い横町にはいって行った。この奥にお宮があって、その裏手に、花房洋裁店はあるのだ。洋裁店といっても、店らしい構えではなく、ふつうの二階家の玄関わきに看板が出ているだけだった。

「今晩は」

声をかけたが、返事がない。

「今晩は。ごめんください」

重ねて呼ぶと、奥のほうで、

「はあい。ただいま」

と、女の声がした。しばらくして足音が近づいて来た。玄関の電灯がつき、こうし戸が細目にあいて、顔だけは見て知っている洋裁店のマダム・花房さんの顔がのぞいた。三十代半ばの、やせ型の人で、ふだんから生活の疲れがにじみ出たような顔をしているが、その上おかあさんに死なれたショックから立ちなおれないとみえ、今夜はことにまっさおな顔色だった。

「花房さん」

わたしは、せきこんで言った。

「花房さん。早く逃げてください。あなたのいのちをねらっている人がいるんです。あなたが悪い人の仲間にはいってなにかしたのだったら、警察に行って正直に話せばいいと思うわ。裁判にかけられたって、悪人たちに殺されるよりか、ね？」

「え、……ええ」

花房さんは、あいまいに言った。

「早く、早くどこかへ行かなければ、悪い男たちが……」

「こうするってのかい？」

不意に、男の声が言った。それと同時に、ぬっと腕がのびてわたしのひたいに冷たいものが押しあてられた。

ひびくハーモニカ

わたしは、あわてて一歩さがった。

「おっと、動いちゃいけねえ。動くと引き金を引くぜ」

頭に押しあてられているのがけん銃の銃口だとわかった瞬間、からだが震えだした。自分でもみっともないほど、がたがた震える。これじゃ、私立探偵は失格だ。

「奥へはいれ、ふたりとも」

男は、わたしと花房さんをけん銃で追いたてた。だれか表の道路を通る人があればと思ったが、あいにくネコの子一匹通らない。ここはお宮さんのかげの寂しい道で、人通りもないし、助けを求めて叫んでもだれか駆けつけてくれるとも思えなかった。

わたしたちふたりは、男のけん銃にうしろからにらまれながら階段を上がった。二階の上がり口のすぐのへやの障子が半分あいていた。見たこと

もない女がひとり、これもけん銃を手にして立っている。そのうしろにつくねんとすわりこんでいるのは靖雄君ではないか！

「靖雄君！」

「トメ子さん！」

どちらからともなく叫んだ。女がじろりとこちらをにらんで、

「静かにしないと、息の根がとまるよ」

と言った。

「オイ、こいつらをしっかり見張っていろ。おれは車をとって来るからな」

うしろで男が言った。わたしは、このときはじめて、男の顔をよく見た。あごのとがった、きょろきょろまなこの小男だった。こけ坊主と呼ばれる男に違いない。

男は、下へおりて行った。

「トメ子さん、どうして、ここがわかったの？」

靖雄君が小声で聞いた。

「暗号が解けたのよ。オワノンていうのがだれのことかわかったから、ここへ来てみたの」

「小さな声でなら、いくらでも気のすむまでおしゃべりするがいいよ。この世のなごりだからね。そのかわり、大きな声をたてたり、逃げようなんてしたら、この坊やのいのちがないよ」

女が意地悪く言った。手のけん銃で、油断なく靖雄君をねらっている。なるほど考えたものだ。三人を一ぺんに見張ることはむずかしいが、靖雄君ひとりをねらっていれば、それで十分見張りの目的は達するのだ。相手は女ひとりなんだから、すきをみてとびかかって——と思うけれど、とびかかる一瞬間前にけん銃を発射されたら、と考えると手も足も出ない。靖雄君が、

「ぼくもわかったんだよ、トメ子さん。ぼく、悪漢のひとりのほうの声に聞き覚えがあるって言ったろう? トメ子さんと別れて、うちに帰ってから、僕、思い出したんだ。その声、だれの声だったか」

「わたし、それも知っているわ。島川っていうお医者さんでしょ。桜林医院の——」

わたしが言うと、靖雄君は目をまるくした。

「どうして知ってるの? トメ子さん。ぼくは、あの声が、ねえさんのとこへ診察に来る島川先生の声だと気がついたので、すぐ桜林医院へ行ってみたんだ。気がついたことがあったらトメ子さんに言うって約束したのに、ひとりで来てしまって、ごめんね。ぼく、手柄をたててトメ子さんを驚かしてやりたかったんだ」

「わたしが悪かったのよ。あやまるのはわたしのほうだわ。で、それからどうしたの?」

「桜林医院の前まで来たら、島川先生が門から出て来るところだった。そっとあとをつけたら、途中からあのこけ坊主という男が出て来ていっしょになった。そして、ふたりでここの家まで来たんだ。そのとき、ふたりがいきなりさっとふりむいてかかって来たので、逃げるひまもなくつかまっちゃった」

「靖雄君が、あとをつけているのに気がついてたのね」

「そうらしい。ぼくたち、私立探偵には、どうも向かないらしいね。でも、トメ子さんは、どうし

てわかったの？　島川先生のこと」

「それはね、ほら、靖雄君が言ったでしょ？　『悪漢たちは、大事な物でもなくしたのか、見っけな、見っけなって言ってた』って。その『見っけな』っていうのは、実は島川先生の呼び名なのよ。ミツケナというのが、シマカワの暗号になっているのよ」

　わたしは、モールス符号を利用した暗号について説明した。

「ミ」・・－・－　「シ」－－・－・
「ツ」・－－・　「マ」－・・－
「ケ」－・－－　「カ」・－・・
「ナ」・－・　「ワ」－・－

　というわけだ。

「『こけ坊主』というのは、なかなか解けなかったけれど、やっとわかったわ。あれは、ほんとは『コケホツ』で、『ヌカヤマ』という人なのだと思うの」

「よくわかったねえ。あんた、おりこうさんだよ」

　けん銃を持った女が、ばかにしたように口をはさんだ。

「『こけ坊主』は、あんたが考えたとおり糠山《ぬかやま》さんというんだよ。それから、ついでに教えてあげるけど、わたしの名は『絵田《えだ》』。仲間の呼名は『オイ』というのさ」

　そうか。それは気がつかなかった。オイというのは、オイ、メイのオイだとばかり思っていたが、これも仲間のひとりの名まえだったのだ。

「オ」・－・・・　「エ」－・－－－
「イ」・－　「タ」－・

　だから、確かにそうだ。「オイ」は、得意そうに、べらべらしゃべった。

「この世のなごりに、あんたたちに詳しい話をいっさい聞かせてあげようか？　わたしらの仲間は、最初は五人いた。『ミツケナ』の島川先生、『トケダ』の赤井さん、『コケホツ』の糠山さん、それから『オワノン』の花房マダムと、わたしの五人だったのさ。五人の仲間の仕事は、麻薬の密売だった。あんたら、麻薬って知ってるだろうね？　お医者さんのとこには麻薬の割り当てがあるし、それ以外にも、いろんな関係から手にはいりやすい。島川先生は、その麻薬を患者にはあまり使わないでごまかして、わたしらのほうに流してよこすんだ。

桜林医院の大先生は、年寄りで、なにもかも島川先生に任せっきりだからね。糠山さんは、島川先生から受け取った薬を花房洋裁店に運ぶ仕事さ。あの人は、洋服の裏地なんかの商売をしているから、洋裁店にたびたび来ても怪しまれない。花房洋裁店のマダムは、子ども服のポケットなんかに、薬の小さな包みを縫い込んでおく。それをわたしが、仕立てを頼んだお客みたいな顔をして受け取って来て、赤井とふたりで売りさばく役だった。薬をしばらくかくしておいたりするには、花房洋裁店がいちばんつごうのいい場所だったんだよ。ところが五人の中の『トケダ』つまり赤井が、売り上げをすこしずつごまかして、自分だけが多くもうけていることがわかった。そのことで争いが起こり、赤井は信用できないというので、この夏に消されてしまった。そのつぎは、この花房洋裁店のマダムの番さ」

「オイ」は、にくにくしそうに、花房さんのほうにあごをしゃくった。花房さんは、このへやにはいったときから、両手で顔をおおったまま身じろぎもしなかったが、このとき、低い声ですすり泣き始めた。

「わたしは、はじめから自分のしていることが悪いことだって、わかっていたわ。あんなこと、したくはなかった。でも、母に十分な療養をさせるには、洋裁の仕事だけでは、とうてい追いつかなかったのよ。何回も手術して何十万てお金がかかったんですもの。その母もなくなってしまった今は、こんな不正なお金もうけを続ける気にはなれなかった。近所の人は、わたしが母をなくした悲しみに沈んでいると思って心配してくれたけれど、ほんとうは、わたしが考えに沈んでいたのはこの秘密のことだったの。わたしには、警察に自首して出る決心はできていました。しかし、わたしが自首しても、あとの三人が、うまく証拠をかくしてしまったら、この密売ルートを根絶やしにすることはできないでしょう？　どういうふうにもっていけばいちばん効果的だろうか、そのことを考えつめていたのよ。でも、何の関係もないぼっちゃん、お嬢さんを巻きぞえにするのだったら、わたしだけでも早く自首すればよかった」

花房さんは、泣きながら話し続けた。わたしが、この家にやってきたとき花房さんと靖雄君は、この二階にとじこめられていたらしい。そこへ、わたしが「今晩は、今晩は」と言ったので、こけ坊主は、「よけいなことをしゃべると撃つぞ」とけん銃をかまえておどしながら、花房さんを玄関まで連れて来た。適当な応対で、わたしを帰らせるつもりだったのだ。ところが、わたしが、「悪漢がねらっているから逃げなさい」などと言いだしたものだから、けん銃をつきつけて、わたしもとりこにしたというわけだ。

花房さんの話に耳をかたむけていたわたしは、ふと、靖雄君がなぜか一心に窓の外の暗がりを見つめているのに気づいた。そっと横目でうかがったわたしは、はっとした。この二階の窓には雨戸がないので、ガラス戸越しに前の道路が見おろせる。その道路の薄暗い街灯の光の中を、とぼとぼと歩いているのは紗織さんではないか。靖雄君のゆくえを捜して、ほうぼうを尋ねあぐねたあげく、こんな裏道にまではいって来たのだろう。尋ねる弟が、すぐ頭の上の二階にいるとも知らずに、疲れきった様子でうつむいて歩いている。すこし離れた道路わきに、一台の白っぽいライトバンが走って来て駐車したところだった。ふたりの男が車からおりて来る。島川医師とこけ坊主らしい。

――紗織さんに声をかけてはだめ――

わたしは、目で靖雄君に言った。紗織さんのうしろには凶悪な殺人犯がふたりもいる。紗織さんが何も気づかずにいるならば、悪人たちもべつに何もしないだろうが、二階からわたしたちが合い図をしたら、たちまち気づいて紗織さんに襲いかかるに違いない。紗織さんまでも犠牲にしてはならない。

そのときだった。靖雄君が、なにを思ったかポケットに手を入れた。取り出したのは愛用のハーモニカだった。靖雄君は、ハーモニカをくちびるに当てると静かに吹きはじめた。

かきに赤い花咲く、
いつかの　あの家……

いや違った、そうではなかった。ロング・ロング・アゴーのメロディではあるが、アクセントの区切り方で、べつな歌詞であることがわかった。

うちのサオリが好きなのは、
ほっかほか　やーきいも。
うちのサオリが好きなのは、
やきたての　おいも……

「うるさい。ハモニカなんかおやめ」
オイが怒った。
「この世のなごりだもの。ハモニカぐらい、だれも怪しみやしないよ」

靖雄君は吹き続けた。道を歩いてゆく紗織さんの足が一瞬止まったように見えた。が、気のせいだったのかもしれない。紗織さんは、あいかわらず、とぼとぼとやみの中に姿を消した。

「おいこいつらを始末するんだ」

階段をどたどたと上がって来た三十前後の男がいった。これが島川医師に違いない。あとにこけ坊主が続いた。

「女の子と男の子のほうは、死体をライトバンで運んで、どこかへ捨てるんだ。……オワノン、おまえの死体だけは、ここへおいておいてやる。ここはおまえの家だからな。ここで自殺をしたように見せかけなければならん」

いったん落ちついていたわたしのからだが、またがたがた震えだした。靖雄君もハーモニカをにぎりしめたまま震えている。

「やめて。あんたたち、やめて」

花房さんが島川医師にとりすがった。

「わたしは殺されてもいいわ。このぼっちゃんたちだけは助けてあげて。この人たちは何も関係ないんですもの」

「そうはいかない。そうはいかないことは、オワノンだってわかっているだろう?」

島川医師は落ちつき払って言うと、うしろのこけ坊主にあごをしゃくった。こけ坊主は心得顔にうなずいて、ロープをにぎって花房さんのほうに近づいた。

そのときだった。表の戸をあらあらしく引きあける音といっしょに、どたどたと駆けこんで来る足音がした。わたしは、ガラス戸にとびつくようにして下を見おろした。サイレンを鳴らさずに来たので気づかなかったが、ライトバンからやや離れたところに、パトカーが二台止まっていた。徒歩で駆けて来る警官の姿も見えた。その警官たちに、こちらを指さして何か言っているのは紗織さんだった。

「手をあげろ」

へやの中に、どだだっと警官たちがとびこんで来た。

こうして事件は落着した。警察に迎えに来た紗織さんのおとうさんとわたしのとうさんは、青ざめた顔でわたしたちをしかりつけたかと思うと、またたちまち泣きそうなえ顔になって、わたしたちを抱きしめんばかりにするのだった。

「花房さんは、これからどうなるのでしょうね」

五人でタクシーに乗りこんで家に向かう途中、紗織さんが気づかわしそうにつぶやいた。

「ぼくたち、警察や裁判の人にいっしょうけんめい話そうよ。あの人は悪い人ではないんだって」

靖雄君が言うと靖雄君のおとうさんが、

「わたしたちも、できるだけのことは力になってあげよう。いい弁護士さんを頼んであげるとか」

と言った。うちのとうさんもうなずいた。

「それにしても靖雄君は偉いですな。とっさの場合に、よくハーモニカを吹くことを考えついたな」

うちのとうさんが、いかにも感心したようにうなった。靖雄君は、いたずらっ子らしくくるんと目玉をまわすと、わたしの耳に口を寄せて、

「トメ子さん。ぼくがいまに私立探偵事務所の所長になったら、トメ子さんを雇ってあげるよ。下っぱ探偵としてね」

「なによ。わたしだって、あの名まえの暗号をちゃんと解いたじゃないの」

わたしがにらむと、紗織さんが、ひかえめに微笑して言った。

「わたしのことも忘れないでちょうだい。あのとき、頭の上からあのやきいもの歌が聞こえて来たときはどきっとしたけれど、『ここで騒いだら怪しまれてたいへんなことになる。知らん顔で行かなければ』と思って、できるだけ自然に歩いて行ったのよ。とっさの判断としては相当なものでしよ？」

「じゃあ、探偵事務所は三人の共同経営だね」

靖雄君は、そんななまちゃんを言うと、ポケットからハーモニカを取りだし、小さな音で吹きはじめた。

うちのサオリが好きなのは、
ほっかほか　やーきいも。
うちのサオリが好きなのは、
やきたての　おいも……

そのとき10時の鐘が鳴った

挿絵　吉田郁也

その夜に見た影

「あら？」

ふろ屋帰りの鈴子《すずこ》は、洗面器の包みをかかえたまま、暗がりの中をすかしてみた。白地に黒で「金融」と書かれた看板が、門燈の光に浮き出ている。その横手の植えこみのうしろにしゃがんでいる黒い影。学生服を着ているその影は、たしかに――

「桐村君だわ」

鈴子の胸がわけもなくときめいた。塚田鈴子は高校三年生。あと一か月余りでなつかしい教室を巣だってゆく。そのクラスメートたちのひとりに桐村敦《あつし》がいるのだ。彼は口数のすくないおだやかなタイプの生徒で、きわだった秀才というのではないが、思慮ぶかい落ち着いた目をしていた。ふたりの妹をもつ長男という立場が、いっそう彼をおとなっぽくしているのかもしれない。塚田鈴子には、そういった態度が、頼もしく好感のもてるものに思われるのだった。

しかし、今夜の鈴子は、桐村敦に声をかけようとはせずに通りすぎた。それどころか自分の姿を相手に気づかれないよう足音をしのばせて通ったのは、なにか見てはならないぐあいのわるいものを見た気がしたからだ。植えこみのかげの暗がりにしゃがみこんで、敦はなにをしているのだろうか。家の窓にはあかりがともり、格子縞《こうしじま》のカーテンがガラス戸の内側に引かれているのが見える。敦の姿勢は、まるでそのカーテンのすきまから家の中をのぞき見しているとしか思えない。

「でも、あの桐村君が、よそのうちの中をぬすみ見するなんて」

鈴子には、どうしてもふに落ちないのだ。二、三歩行きすぎかけたときだった。どこかで人ののしり合う声がした。鈴子は、ぎょっとしてふり返った。敦もぎくりとした様子で、窓ガラスにいっそう顔をすり寄せた。ののしり声は、家の中から聞こえるらしい。鈴子はそれきり、うしろを見ずに家へ向かって急いだ。

その翌朝。両親と三人の朝げの食卓を囲んでいるときだった。新聞をひろげていた父が、不意に驚きの声をあげた。

「こりゃあ――こんな近くで殺人事件があるなんて珍しいな」

「近くって、うちの近くで?」

母が、まゆをひそめて聞いた。

「うむ。ふろ屋へ行く途中に、川又という質屋があるだろう? あそこの主人が殺されたんだ」

「いつ? え? おとうさん」

鈴子が、息をのんだ。

「ゆうべだよ。いっしょに住んでいる親せきの人が発見したのだそうだ」

鈴子は、急いで新聞を手にとってみた。

――昨夜十一時ごろ、世田谷区K町六九〇番地、金融業川又増次《ますじ》さん（五八）が、自宅の六畳で、手ぬぐいで首をしめられて死んでいるのを、同居しているおいの外海《とのみ》時男さん（二七）が帰宅して発見、北沢署に届け出た。警察では、室内がひどく荒らされて借金の証文などが散乱しているところから、川又さんに金を借りた人間が返済できなくなって苦しまぎれに殺したのではないかとみている。なお首をしめるのに使った手ぬぐいは被害者自身のもので、推定死亡時刻は九時四十分前後とみられている。――という記事だった。

「川又さんは質屋というのとも違いますよ。このごろ質屋さんは、ショーウインドーをきれいにして、いろんな品物を飾ったり、まるきりお店みたいにやってるけど、あそこはふつうの家ですね。俗に言う高利貸しなんでしょう」

母がたいして興味もなさそうに言った。父が、

「そうらしいな。品物よりも、不動産や債券なんかを担保にして、金に困った人に貸しつけているんだ。驚くような利子をとるうえに、どんな気の毒な事情のある人からでも、おかまいなしに貸し金を取りたてるので、『川又は血も涙もない鬼だ』と言ってきらう人も多いという話を、山田理髪店の親父さんがしていたよ」

「じゃ、やっぱりお金を借りて返せない人が殺したんでしょうねえ」

父と母との話は鈴子の耳にはほとんどはいらなかった。彼女の胸の中に、わきあがっているのは、うすぐろいもやのような疑惑だった。川又というのは、ゆうべふろ屋の帰りに桐村敦の姿をみかけたあの家なのだ。あれはだいたい九時ちょっと前ごろだった。川又増次はあれから一時間とたたないで殺されたのだ。桐村敦が、こんないまわしい事件に関係あるとはとても思えないが、それにしても、なんのために彼はあの金融業者の家を、のぞき見などしていたのだろう。

「鈴ちゃん、なにをぼんやり考えてるの。早く食べないと学校に遅れるでしょ」

母に言われて、鈴子はあわててご飯をかきこんだ。が、胸がつかえるような感じで味などわからなかった。朝ご飯はそこそこに、鈴子はかばんをかかえて家を出た。

鈴子のクラスでは、三分の二以上が進学する。各大学の試験日が近づき、あわただしく緊張した空気だった。鈴子自身は、進学はせず父の友人の会社に勤めることに決まっているので落ち着いていられたが、彼女がなによりも残念なのは、秋の末ごろまで進学組になっていた桐村敦が、経済的な事情から進学をあきらめて就職する組に変わったことだった。なにも大学を出ることが人生のす

べてだとは思わないし、彼女自身はむしろ一日も早く社会に出たくて就職を望んだのだが、勉強の好きな敦には上の学校へ進んでほしかった。敦の父は小企業ながらプラスチックの食器などをつくる工場を経営しており、敦も将来そのあとをつぐために合成化学を専攻したいと言っていたのだが、去年の秋から不景気の影響からか父の事業が思わしくなくなり、敦を進学させることが不可能になったらしかった。もともと口数のすくないほうだった彼が、いっそう無口に、なにか考えこむようになったのは、だいたいそのころからだった。もっともそれは進学できないことについて悩んでいるのか、それとも親思いの性格から父や家族のことを案じているのか、鈴子にはどちらともわからなかった。

きょうの桐村敦は、いつもよりさらに黙りこくって顔色も青ざめているように見える。鈴子は、気が気でなく、勉強も手につかなかったが、かといって敦に近づいて、

「どうしたの?」

と尋ねることもなんだかこわくてできないのだった。

土曜日で半日なのにもかかわらずむやみと長く感じられた授業が終わって、鈴子は校門を出た。十メートルばかり先を、敦がうつむきかげんに歩いてゆく。肩をがくりと落として、元気のない歩きつきだ。そのうしろ姿を見つめながら、鈴子は、敦と同じテンポで足を動かしていた。

ふと鈴子は、うしろから、重い足音がざくっざくっとついて来るのに気づいた。ふりかえると、それは黒っぽいオーバーを着た、背の高い四十男だった。冷たい陰うつな視線を桐村敦の背に射るように注いだまま、離そうともせず、黙々と歩いて来る。

「この男、桐村君をつけているんだ」

鈴子の心臓が一瞬とまった。敦が十字路にさしかかった。右へ曲がる。鈴子が立ちどまって見ていると黒っぽいオーバーの男は鈴子を追いこして足をはやめ、敦を追って同じほうへ曲がった。まちがいない。たしかに敦のあとをつけているの

だ。鈴子の家へは、この十字路を左へ曲がって帰るのだが、鈴子は、家とは反対の右へ曲がった。

胸が激しく鳴って息苦しかった。

桐村敦は、なにも気づかないふうで、あいかわらずうなだれたまま歩いてゆく。そのあとから男が行く。そのさらにあとからついて行きながら、鈴子は必死に考えをめぐらしていた。

——この男は、ゆうべの殺人犯人なのだ。そうに違いない。桐村君は、なにかのはずみで、川又増次の殺されるところを見てしまったのだ。犯人は、桐村君に殺人を目撃されたことを知って、桐村君を消そうと考えて、あとをつけているんだ——

——どうしたらいいかしら？　交番に駆けこんだ

ら？　でも、その間に桐村君がどうかされてしまったら……——

——しかし、今はこんなまっぴるまで人通りもある。いくら殺人犯でも、そうかんたんに手出しはできないだろう。桐村君をだましてどこかへ連れて行くつもりだろうか。それともポケットの中にピストルかナイフを持っていて、ひと思いにやるつもりなのではないかしら？——

鈴子がそこまで考えたとき、敦はまたいくつめかの角を曲がった。そこを曲がってちょっと行けばプラスチックの工場があって、その隣に敦の家がある。男が敦について曲がったのを見て鈴子はほとんど駆け出すようにそのあとを追った。

桐村敦は、自分の家の前で立ちどまると玄関わきのくぐりをあけて中へはいっていった。すると驚いたことに、オーバーの男は、自分も堂々とくぐりをはいっていったではないか。鈴子は、いささかあっけにとられて、かばんをさげたまま、その場につったっていた。家の中では、敦の母が叫ぶように何か言っている。敦の父の声もする。と、やがて、くぐりがあいて敦がまっさおな顔で出てきた。例の男が敦のからだにぴったり寄りそい、うながすように歩いて行く。そのあとから敦の父が、これもまっさおな顔をぴくぴくひきつらせながら続いた。敦の母と妹たちが、ぼう然と立ちすくんで三人を見送っていた。が、敦の母はやがてエプロンで顔をおおうと家の中へ駆けこんで行ってしまった。

「どうしたの、いったい」

鈴子は、敦の妹たちに尋ねた。

「おにいちゃんが、警察へ連れていかれちゃったの」

小学生のほうの和代が涙をぽろぽろこぼして言った。

「警察？　あのオーバーを着た人が？」

鈴子は、あまりの意外さにそれ以上のことばが出なかった。

「刑事なのよ。こわい声を出しておどかすんですもの。いやなやつ」

中学生の雅代がそばから言った。

「なんて言っておどかすの？」

「にいさんにね、緑色の手帳を出してみせて、『この手帳に見覚えありますか？』って聞いたの。にいさんは『僕のです』って言ったの。いつもにいさんがポケットに入れてる手帳だったのよ。ところが、そう返事をしたら急にあらあらしい声になって、『きみはゆうべの九時四十分ごろ、どこでなにをしていた？』って言うのよ」

「そうしたら、そうしたら、おにいさんはどう言ったの？」

「『なにもかも言います。川又さんを殺したのは僕です』って」

「ええっ？」

鈴子は、頭がくらくらっとした。何度ききなおしてみても、少女たちの話は同じだった。桐村敦は刑事にむかって、

「自分が川又を殺した」

とはっきり申し立てたというのだ。刑事は「未成年のことだし、昼日中《ひるひなか》手錠をかけて連行することだけはかんべんするから、おとなしく署へくるように」と敦をひったてて行ったのだった。

「ねえ塚田さん。おにいちゃんは、ほんとに人殺しなんかしたの？」

和代が、まるい目に涙をためて鈴子を見あげた。

「うそよ。うそよっ、そんなこと。なにかのまちがいだわ」

鈴子は激しく頭を振った。

「根本のおじさん。お願いだから詳しい話を聞かせてくださいな」

鈴子が真剣な面持ちで言った。駅前の交番の中である。この交番に勤務している根本巡査は、鈴子の小学校時代の親友のおとうさんなのだった。

根本巡査は、困りきったように頭をかいて、

「よわったなあ、鈴ちゃん。なにぶんにも事件は殺人なんだし、捜査の秘密に属することをべらべらしゃべるわけにいかないってことぐらい、鈴ちゃんにもわかるだろう？」

「でも、わたしが聞きたいのは、そんな大げさな

ことじゃなくて、ほんのちょっとしたことなのよ。警察で桐村君に疑いをかけたのは緑色の手帳が手がかりになったらしいけど、あの手帳はほんとうに殺人現場にあったの?」

「なんだ。手帳のこと、もう聞いて知っているのか。あれは現場からみつかったんだよ。散乱した書類の下になって落ちているのが発見されたんだが、Atusi Kirimuraとローマ字で名が書いてあった。近くの中学や高校を聞き込みに歩いているうちに、桐村敦という少年がいることをつきとめた。もちろん、それだけのことですぐ犯人と決めたわけではなく、一応は重要参考人として署へ来てもらって話を聞くことにしたのだが、本人が案外あっさり殺人を認めたという話だな」

「あの川又という人は、おおぜいの人から、きらわれたり憎まれたりしていたっていう話じゃない?」

「そういうことだな。しかし、いくら憎まれ者だって、殺されれば殺人事件だ。警察としては全力をあげて犯人をあげなければならないのは当然だろう?」

「そりゃあそうだけど——事件を発見したのは、川又さんの親せきの人ですって?」

「ああ。外海時男とかいったな。被害者のねえさんのむすこだというからおいだな。製菓会社の経理部に勤めている会社員で、川又の家に同居している。ゆうべは、おじさん——つまり川又増次に言いつかった用事で出かけていて十一時ごろ帰って来た。ところが家の中がさんざんにかきまわされて、おじさんが死んでいる。あわてて一一〇番に電話をしたというわけらしい」

「桐村君は人殺しなんかするはずないと思うんです。警察では、桐村君がなんのために人殺しをしたと考えてるんですか?」

「父親が川又から借金していたからさ。返せとせめられても返せなくて困っていた。桐村敦は父親を救いたい一心であんなことをしてしまったのだろうな。さっき本署の調べ室でちらっと見たが、まじめそうな少年なのになあ。できごころというものはまったくおそろしいよ」

「そんなこと言わないでください！」

鈴子の声は、自分でも驚いたほど激しかった。

根本巡査は目をまるくして、

「鈴ちゃん。きょうはすこし気がたっているね。そりゃあ、あの少年は鈴ちゃんと同級だそうだから、友だちを心配する気持ちはわかるよ。しかし、あの少年自身が自供している以上、しかたがないじゃないか。まあ、なんといってもまだ高校生なんだし、親を思う気持ちからやむにやまれずやってしまったことなんだろうから、それほど重い罪にはならなくてすむと思うよ」

困りきって慰めてくれる顔をながめると、根本巡査をせめたところでどうにもならないということがわかる。警察官というむずかしい立場のなかから、それだけでも話してくれたことを、ありがたいと思わなければならなかった。

暗い朝

翌日、鈴子は朝早く起きると、申しわけばかりパンをかじっただけで、家をとび出した。

「珍しいねえ。日曜といえばお寝坊さんのあんたなのに」

そんなことを言って冷やかそうとした母は鈴子の顔を見るとぎょっとして、出しかけたことばをひっこめてしまった。目がまっかに充血し、下まぶたのへんがどすぐろくなっている。ゆうべはほとんど眠っていないからだ。

「どうかしたの。鈴ちゃん」

「ううん。なんでもないの。きのう目にごみがはいって、こすったからでしょ」

やさしい、ものわかりのいい母だが、鈴子が殺人事件などに巻きこまれることは喜ばないに決まっている。それに話してもどうにもならないことを話して、心配させる気にもなれなかった。

鈴子は、まっすぐに桐村敦の家にやってきた。玄関の前で、担任の森先生にばったり出会った。

「先生、おはようございます」

「塚田君か。君も心配してきたんだね」

「はい。桐村君のこと、どうなったでしょうか？」

「僕も今きたところなのでね。きのうは警察のほうへ行ってみたのだが、取り調べ中なので会わせてもらえなかった。どうなったかと思って、起きぬけにきてみたところだよ」

敦の家では、幼い妹にいたるまで暗い不安げな表情で沈みこんでいた。

「いろいろご心配をかけまして申しわけありません。わたしどもも、どうしてよいのやら」

敦の父は、沈痛な声でそれだけ言うと、ことばをのんだ。

「おとうさん。敦君は、ほんとうに殺人を自供したのですか？」

「はい。わたしたちの聞いているまえで、低いけれどはっきりした口調で『自分が川又さんを殺した』と申しました。わたくしとしては、あの子がそんな大それたことをするとは信じられないのですが……」

「わたしだって信じられませんよ。しかし本人がそう言ってしまっているとなると……これはむずかしいことになったなあ」

森先生も腕を組んで黙りこんでしまった。

鈴子が、そのとき、思いきったように口をはさんだ。

「桐村のおじさん。わたし、ひとつだけお尋ねしたいことがあるんですけれど」

「なんでしょう。わたしの知っていることなら何でも話しますよ」

「ゆうべ……じゃない。おとといの晩のことなんです。九時ちょっと前ごろ、わたし、おふろ屋さんの帰りに、川又さんの家のそばを通ったのです。そうしたら、桐村君が、植えこみのかげの暗いとこにしゃがんで、窓のカーテンのすきまから家の中のようすをうかがっていたんです。暗かったけどまちがいなく桐村君だったわ。桐村君が、よそのうちをのぞくなんて変だと思ったんですけど、おじさん、心あたりがおありでしょうか？」

「敦が？　あの晩川又の家を？　やっぱりそうか」

敦の父は、うめくように言って、両手で頭をか

かえた。森先生が、

「おとといの晩、九時ごろというと、殺人のあったほんのすこし前だね。するとこれは……」

「申しわけありません。それがほんとだとすると、やっぱり敦が犯人なのでしょう」

悲痛な声だった。敦の父はつづけて話しだした。

「恥を申しあげるようですが、わたしはあの川又氏から金を借りているのです。五十万円です。去年の秋から、大きなお得意さんが倒産するなどして当然はいるはずの金がはいらなかったり、いろいろ苦しい事情があって、どうしてもやむを得なかったのでした。金を返す期限は実はきのうになっていたのです。期限は迫るけれども金はできないし、わたしは川又氏のところへ行って三日間だけ待ってくれるように頼みました。三日間待ってもらえれば、あるお得意さんから金を支払ってもらうあてがあるので、返せるのです。そこのところの事情を詳しく話して、たたみに頭をすりつけて頼んだのですが川又氏は聞いてくれません。わたしもしまいにはらがたって『鬼の川又というが、ほんとうにあんたは鬼だ』と言って、すこしばかり言い争いをしました。今思えば、あのとき窓の外で敦が聞いていたのですね。わたしが川又氏からの借金で苦しんでいることを知っていたので、心配してこっそりついてきたのでしょう。やさしい子ですから」

敦の父は、こぶしで目をこすった。

「で、それから桐村さんはどうされたのですか？」

森先生がきいた。

「わたしが、そう言ってののしると、川又氏は『鬼だろうが、仏だろうが、貸した金を返せと言うのは当然だろう？　とっとと出て行け。出て行って、どこかで金の工面でもしてこい』と、足でけらんばかりのけんまくです。わたしは、もうこれ以上話し合うのはむだだと、立ち上がって川又氏の家を出ました。九時を十分くらいすぎていたと思います。みじめな気持ちでした。わたしはそれから、親しい友だちの所をまわって、すこしず

つでもいいから、一時、金をつごうしてもらえないかと頼んで歩きました。わたしは、夢にもそんなこと知らなかったのですが、敦は、おそらく窓から一部始終を見ていて、わたしの苦しみを救うには、あの川又氏を殺すよりないと思いつめたのでしょう。わたしが出ていったあと、川又の家にはいっていって争ったすえ絞殺したものに違いありません」

「なるほど。そういう事情だったのですか。で、桐村さんは、その話を警察には、されたのですか？」

「話しました。殺人のあった夜の行動を詳しく話すようにと言われたので、一つもかくしだてしないで説明しました。川又氏と言い争ったことも何もかも――刑事は、思いあたることがあるふうで、うなずいていましたが、あれはつまり、敦の自供とわたしの話が、ぴったり合ったのでしょうね。警察では、今はまだ取り調べ中だから、敦に会わせることもできないし、敦の話したことも言えないと言って、ひとっつも教えてくれないので、わたしは、あの子があの晩、わたしのあとをつけてきて川又の家をのぞき見していたことなど全然知らなかったのです。今、塚田さんから初めて聞いたわけです」

「するとやはり、桐村君が川又を」

森先生の声もかすれていた。敦の父は、また手の甲でまぶたをこすって、

「できることなら、わたしが代わってやりたい。あの子のためなら、わたしは、刑務所に入れられても、死刑になってもかまわない。だいたいこんなことになったのも、あの子が親思いで、わたしのことを案じてくれたからこそなのですから。ああほんとに、わたしが殺したのですと言って出ることができたら、どんなにいいだろう」

「そんな短気を起こしてはいけませんよ。桐村さん。あなたには、奥さんも、お嬢ちゃんたちもい

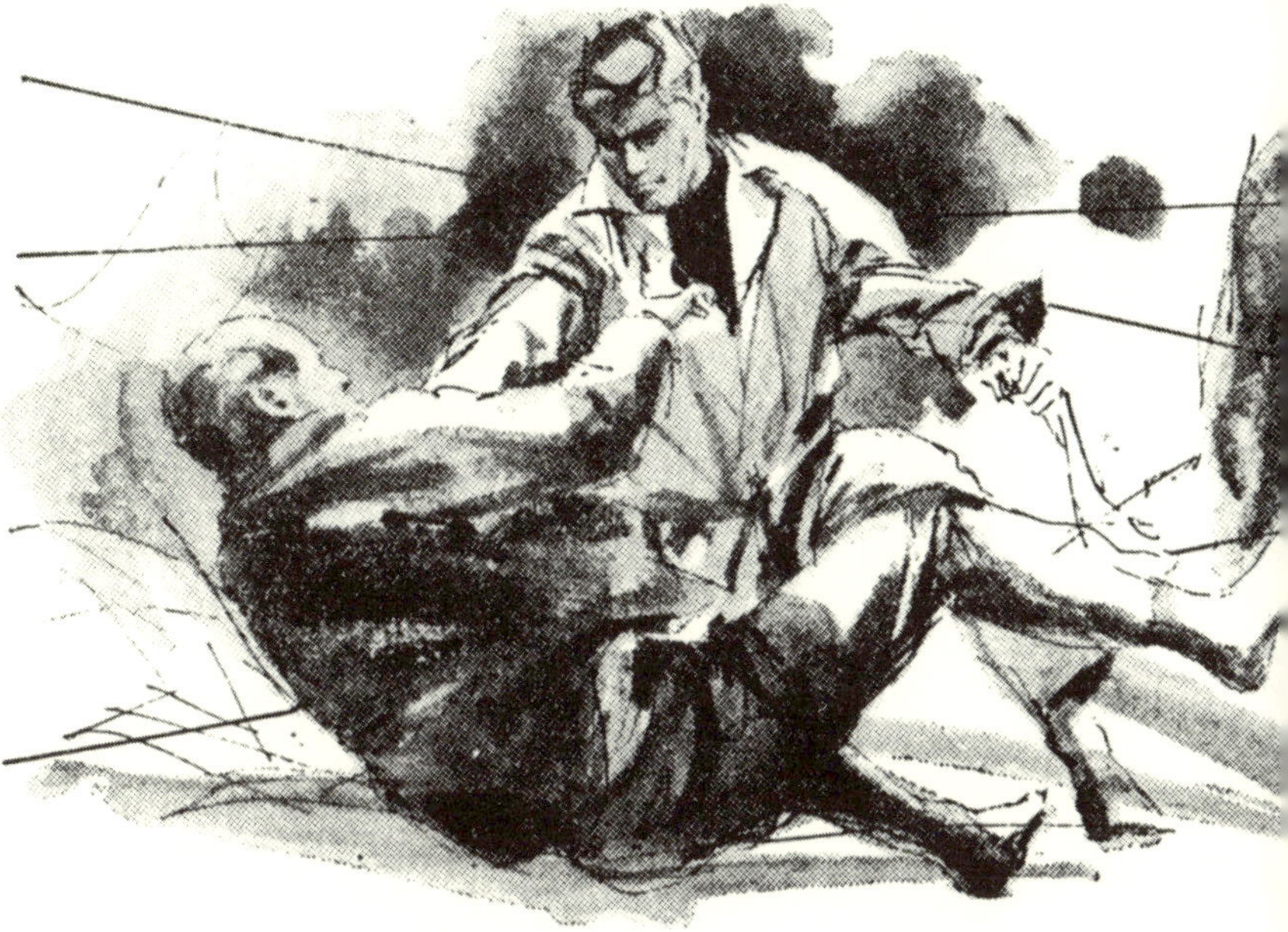

る。工場や従業員全員の生活の問題もあなたの肩にかかっている。やりもしなかった犯罪をやったなどと、自首して出ることは……」

「森先生。わたしは敦のためならどんな罪でもかぶりたい気持ちですが、実際問題としてそれは不可能なのです。わたしには、はっきりしたアリバイがあるのです」

「アリバイ？」

「川又氏が殺された時刻に、わたしはある友人の家にいたのです。一時的にでもいくらかつごうしてもらえないかと相談に行ったのですが、そのとき、偶然ほかの友だちも来ていましたし、その連中がわたしのアリバイを証明してくれるのです。警察で、あの夜の行動を詳しくきかれたとき、そのことも話してしまいました。だから、いまさら、わたしが犯人ですと申し出たところで、うそだということはすぐにわかってしまうのです」

敦の父は泣き笑いのような微笑をみせた。

「おじさん、森先生。わたし、失礼します」

鈴子がとつぜん立ち上がった。

「どうしたんだい、塚田君。だしぬけに」

「どういうこともないんですけれど、ちょっと落ち着いて考えてみたいことがあるんです」

「そうか。わたしも、では、これから警察のほうへ行ってみよう。桐村君のことが気がかりだから」

「ご心配をかけて申しわけありません。わたしも、これから、敦のシャツなど持っていってやろうと思っていたところです」

警察へ行ってみるという森先生と敦の父を残して、鈴子は一足先にそこを出た。

手がかりを追って

鈴子は、一心に考えながら歩きつづけた。桐村敦は、川又増次を殺したのは自分だと自供したという。しかし、あの思慮ぶかい敦がそんなことをしたとはどうしても考えられない。いや、考えたくない。では、彼がしたのではないとすれば、いったいなんのために自分がしたなどと言うのか。そんなことを言う必要がどこにあるのか。鈴子には、わかりそうでわからなかった。

今の鈴子にわかっていることは、九時すこし前に、桐村敦が川又の家をのぞき見していたという事実と、川又増次が殺されたのは九時四十分ごろだという事実だけである。いやもうひとつある。桐村敦が疑われるきっかけになったのは、彼が犯罪の現場に落としてきた緑色の手帳だったという事実だ。

桐村敦は、父のことが心配で、こっそりついてきて、川又の家をのぞいていた。父は川又増次と言い争いをして、そのまま外へ出ていった。敦は、そのまますぐ父と入れ違いに家にはいっていって川又を殺したのだろうか。それにしては、その間に三十分ほどの開きがある。敦は、その間じゅう、川又に父の借金をしばらく待ってくれるよう頭をさげて頼んでいたのだろうか。敦のことだから、すぐさま殺意をいだくようなことはせず、話せる限り話し、頼める限り頼んだものに違いないが、それにしても三十分は長すぎる。手帳が落ちていた事実から考えて、彼があの家の中にはいったことはまちがいないが、この時間の点のくいちがいが鈴子にはどうも納得がいかなかった。

――桐村君に会いたい。会って詳しい話を聞いてみたい――

と思う。しかし、桐村敦は警察に留置されて取り調べを受けている。

――事件に関係のあることなら、どんな小さなことでも聞きだしたい。なにかの手がかりになるかもしれない。だれか話してくれる人はないだろうか？

「そうだ！」

鈴子は、ぽんと手を打ち合わせた。今まですっかり忘れていたが、事件の発見者だという外海時男という男に会ってみたらどうだろう？　なにか役にたつことを聞き出せるのではないだろうか？

そう思いつくと、もう矢もたてもたまらなかった。鈴子は、いっさんに走り出した。

川又増次の家は、「金融」の看板の下に「忌中」と書いた黒わくの紙がはり出されているだけで、ひっそりとしていた。ふつうなら一家の主人がなくなったら、くやみ客でいっぱいになるものなのに、近所の人らしい姿が二、三人お葬式の準備をしているだけで、ものさびしいようなありさまなのは、やはり殺された川又が、ふだんからきらわれ者だったからだろうか。

「ごめんください。外海さんていうかたにお会いしたいんですけど」

鈴子は、せいいっぱいていねいなことばで言った。

「ああ、時男さんね。ちょっと待っててよ。今よんでくるから」

手ぬぐいを姉さんかぶりにして玄関のまわりを掃いていた女の人が、奥へはいっていった。おといの晩、桐村敦がしゃがんでいた植えこみのかげは、きれいに掃かれて地面にほうき目がついていた。たった二晩しかたっていないのに、あの夜のことが、まるで遠い夢のように思い出される。

「やあ。僕に会いたいというのは君？」

朗らかな声といっしょに、玄関に姿をあらわしたのは、背の高い、顔だちのととのった青年だった。鈴子にはあまりよくわからないが、ぜいたくな感じの、厚手の毛織地でつくった背広を着て、しゃれたエジプト模様のネクタイをしている。

「あのう、外海さんですか？　わたし、塚田鈴子といいます」

「塚田鈴子？　塚田鈴子ねえ？」

外海は、不審そうに首をひねっている。鈴子はあわてて、

「わたし、今日はじめてお会いするんです。あなたのこと、全然知らないんです」

「なあんだ、それじゃいくら考えても思い出せるわけがないや」

外海は笑った。

「で、なんの用？」

「川又さんが殺されたときのことを話してほしいんです」

外海の顔に、不愉快そうな色がうかんだ。鈴子は、しまったと思った。川又は、外海のおじさんなのだから、「殺された」なんて言ってはいけなかったのかもしれない。「なくなった」と言えばいいのだろうか？

いや、それよりもなによりも、いちばん最初に「おくやみ」というのを言わなければいけなかったのかもしれない。

人が死んだらおくやみを言うものだぐらいは、鈴子だって知っている。でも、いったいどんなふうに言ったらよいものやら、鈴子には見当もつかなかった。

「そんなこと聞いて、どうするんだい」

外海が、すこしとげとげしい口調で言った。鈴子はどぎまぎした。

「あの、わたし、桐村敦君て子の友だちなんです。桐村君は、川又さんを殺した犯人だっていうことになって、警察につかまってしまいました。でも、わたし、桐村君は、ほんとうの犯人じゃないような気がするんです。だから、いろんなこと、すこし調べてみたいんです」

「でも、あの少年が犯人だということは、もう決まったんだろう？　現場に、あの少年の緑色の手

帳が落ちていたんだし、だいいち少年自身が犯行を自供したっていう話じゃないか。君の考えてることや、やってることは、むだな努力だよ」

「むだでもいいんです。やるだけやってみなければ気がすまないんです。外海さんは、川又さんが殺されているのを最初に発見なさったって話ですけど、そのとき、どんなようすでしたか？」

「どんなもこんなもないよ。僕が家に帰ってきたら、玄関のあかりがついていて、戸は、かぎがかかっていなくてすぐにあいた。うちのおじさんは、ケチだから、必要のないあかりはつけっぱなしにしないし、戸じまりもやかましくて厳重なほうなんだよ。変だなと思ってはいってみたら、六畳のへやに、おじさんがあおむけに倒れていた。のどには手ぬぐいがくいこんでいるらしかったが、気味がわるくて、そばへ寄るどころじゃない。僕はこうみえても案外おくびょうなんだ。ひざがしらががくがくしてくる始末さ。あわてて電話にとんで行って一一〇番にかけたんだが、死体をちょっと見ただけでもあんなにこわいのに、人殺しをやらかすやつなんてのは、いったいどんな心臓なのかなあ」

しゃべりはじめたらきげんがなおったらしく、外海は、べらべらとそんな話をした。

「それで、へやの中はどんなでしたか？」

「へやの中かね？　大変だったよ。書類がいちめんにちらばって足の踏み場もないんだ。もっとも、足を踏みこもうなんて考えもしなかったがね。殺人とかぎらず、犯罪の現場には、絶対に踏みこんだり、手をつけたりしてはいけないんだ。たいせつな手がかりがなくなってしまうからね。だから全然手を触れずに、すぐ警察へ知らせたわけだ」

聞いているうちに、鈴子はだんだん、この外海という男がきらいになってきた。

みたところはハンサムで、ちょっとかっこいいようだが、心の中はおっちょこちょいで、まじめさなどこれっぱかりもないようにみえる。

でも、そんな感情を顔に出して相手をおこらせてしまったら、話を聞けなくなってしまうから、

鈴子は感心したふりをしてうなずきうなずき聞いていた。

「で、外海さん。この家には、川又さんと外海さんとのふたりきりだったんですか？」

「そうだよ。川又のおばさんは、とっくに死んでしまったし、子どももいないしね。僕はこのおじさんの家に下宿させてもらって、会社へ通っているんだ。男ふたりっきりの生活なんて、不便で殺風景なもんだよ。飯だって、うちで食うときは僕はたいていインスタント・ラーメンさ。もっとも、おじさんはわりとまめなたちで、飯をたいたり、おかずをつくったりして食ってたがね」

「外海さんには、食べさせてくれなかったんですか？」

「くれるもんかね、あんなけちんぼ」

「川又さんには、外海さんのほかに親せきはいないんですか？」

「ひとりもいないね。僕がたったひとりの身内だ」

「それなのに、あんまりやさしくしてくれなかったんですか？」

「それだからどうしたってんだ？　え？」

外海は、急にぞんざいなことばになって、鈴子をにらみつけた。

「たしかにおじさんは、おれのことなんか、愛情をもってるふうはなかったよ。でも、だからといって、おじさんは、たったひとりのおじさんだからな。あんたはまるで、おれがおじさんを殺しでもしたみたいに、あてつけがましいことばかり言うが、おれにはちゃんとアリバイもあるんだ」

「アリバイ？　どんな？」

「おれは、あの晩、晩めしを食ってから外へ出かけた。まず好きな映画を一本見て、それから岩本さんという人のところへ行った。おじさんに頼まれて、古いこっとう品を見てもらいに持って行ったんだ。岩本さんは、ひとり暮らしの老人でそういう品物に詳しいんだよ。岩本さんの家は、ここから電車で一駅だけ行って、あとすこし歩くんだ。おれの言うことがうそだと思うなら、岩本さんとこへ行って、聞いてみるがいいよ」

外海は、岩本という老人の家への道順を、地図を書いて説明した。

「いいかね？　よく聞いてくれ。おれが岩本さんの家に着いたのが九時五十分だった。岩本さんの家にいると、どこから聞こえるのか知らないが、オルゴール時計のメロディが聞こえてくる。毎晩十時きっかりに鳴るんだってさ。おれが岩本さんの家に着いてから、十分くらいたったときそいつが鳴ったんだからまちがいがない。おれは二、三十分、その家にいて、それからそこを出、しばらく公園などをぶらぶらしてからうちに帰ってきた。ちょうど十一時ごろだったな。そうしたら、おじさんが殺されてたので、あわてて警察を呼んだというわけさ。ところで、ここの家から岩本さんの家までは、たっぷり二十分はかかる。どうだい？　アリバイがあると言った意味がわかるかい？」

鈴子はうなずいた。

外海の言うことがほんとうなら、彼は殺人犯人ではあり得ないわけだ。

なぜなら、川又増次は、九時四十分ごろに殺されたということが解剖の結果明らかになっている。九時四十分に殺人をやっておいて九時五十分に岩本の家に行くことは不可能なことだ。岩本の家までは、二十分はかかるというのだから。

「わかったら、それでいいんだよ。僕は、おじさんの葬式の準備で忙しいから、もう帰りたまえね。きみみたいなかわいいお嬢さんが殺人事件なんかに首をつっこむものじゃないよ。こんなことは忘れてしまうほうがいいんだ」

外海は、また最初のようなものやさしげな朗らかな態度にもどって言った。鈴子は、おじぎをして、その家を出た。

オルゴール時計

鈴子は頭の中が考えることでいっぱいだった。外海時男には、ちゃんとしたアリバイがあり、川又を殺すことは不可能だったということは理解できた。ただ、外海が、どうしてあんなにやっきになって自分のアリバイを主張するのか、その点がみょうだ。鈴子のほうから聞いたわけでもないのに、自分からべらべらしゃべったのだ。

そのとき、鈴子の頭にひらめいたことがあった。非常に重要なことだった。鈴子は、息を切らして駅前の交番に駆けこんだ。

「どうしたんだい、鈴ちゃん」

入り口に向かって腰かけていた根本巡査は目をまるくした。

「根本のおじさん。教えてほしいことがあるの。あの川又さんの事件のことなんだけど……」

「あの話は、もうだめだよ。犯人の少年がつかまったからいいようなものの、あんたのような子にやたらと捜査の話をすることはつつしまなければいかんのだ」

「でもこれはだいじなことなのよ。二つだけ質問をゆるしてちょうだい」

「しかたのないお嬢さんだ。なんだね？」

「第一はね。現場に落ちていた手帳は、どんなふうになっていたの？」

「どんなふうって、散らかった書類の下にかくれていたよ。わたしも現場に行ってみたがね。最初は手帳など全然目に触れなかった。書類を片づけたとき出てきて、これは重要な手がかりだと、みんな色めきたったんだ」

「そうなの？　それから、もう一つの質問はね、警察では、その手帳のことを、いろんな人に話したの？」

「話さないと思うね。重要な証拠品のことを軽々しくは話さないはずだよ。新聞にも手帳のことは出なかったしな。知っているのは、桐村の一家とあんたくらいなものじゃないかな」

「どうもありがとう」

あっけにとられている根本巡査を残して、鈴子は交番をとび出した。緑色の手帳のことを知っているのは、鈴子と、桐村一家と、それに森先生とだ。しかし鈴子はだれにもそんなことは話さなかったし、桐村の一家や先生も、そんなことを人にふいちょうするとは思えない。では、外海時男はどうして緑色の手帳のことを知っているのか？彼は「現場には踏みこんだり手をつけたりは全然しないで、すぐ警察へ電話した」と言ったではないか。

鈴子は、駅で切符を買い、一駅だけ電車に乗った。外海のかいてくれた地図で、岩本老人の家はすぐわかった。しかし、電車に乗っている時間と歩く時間とを合わせて、二十分かかると言った外海のことばはうそではなかった。

「どこのお嬢さんか知りませんが、わたしにわかることならなんなりとお話ししましょう」

岩本老人は縁側にきちんとすわって、両手をひざにおいて言った。七十歳くらいの、やさしい、まじめそうなおじいさんだ。目がわるいとみえて、たえず両方のまぶたをしばしばさせている。

鈴子は、外海時男の話について聞いてみた。

「はい、外海さんなら、よく知っています。殺されなさった川又さんの身内のかたですね。おととい の夜、たしかに外海さんは、おじさんのご用でうちにこられました。わたしに古い陶器や刀のつばなどを鑑定してほしいと持ってこられたのです。わたしは、このところ目がわるくなってしまって、絵だとか、書だとかの鑑定はだめですが、陶器類や刀のつばなどは、手ざわりと音である程度のことがわかるものですからね」

「外海さんは、何時ごろここへ来たのですか？」

「九時五十分ごろだったと思います。二、三十分いて帰られました」

老人の答えははっきりしていた。

「来たのが九時五十分というのは、まちがいありません？」

鈴子は、いささかがっかりして聞いた。

「まちがいありません。わたしは、時計の針を見るのがおっくうなので、時計は見ませんでしたが、すぐ隣の時計屋で、必ず毎晩十時にオルゴール時計が『お江戸日本橋』のふしをやるのです。あの晩も、外海さんがこられてから十分ほどして、それが鳴りましたから、たしかに九時五十分ごろだったと言えるのです」

「ほかのときは、どうやって時間を知るんですか？　ラジオで？」

「はい、でも、今は、ラジオはちょっと故障していて電気屋に持っていってあるのです。一週間ほど前に持っていったので、もうすぐなおるはずですが」

「でも、どっちにしても、あの晩、外海さんが九時五十分にお宅へ来たことはまちがいないわけですね」

鈴子は、お礼を言ってすごすごと立ちあがった。この老人がうそをついているとは思えなかった。ではやはり外海は、犯人ではないのか。九時五十分にここへ来たことがまちがいなければ、九時四十分の殺人が犯せるはずがない。

鈴子は、世界が真っ暗になった感じだった。岩本老人の家を出ると、とぼとぼと歩きだした。なるほど、すぐ隣に小さな時計屋がある。壁一重なので、岩本老人のところへはよく聞こえるはずだ。鈴子は、半分無意識に時計屋の入り口に近寄った。店のつくえの上で主人らしい三十前後の男が腕時計を修理していた。

「ごめんください。このお店に『お江戸日本橋』のメロディの鳴る時計がありますか？」

「いらっしゃい。『お江戸日本橋』のオルゴール時計はこれです」

主人は、立ち上がってたなから白いきれいな置き時計をおろしにかかった。鈴子はあわてて、

「わたし、買うんじゃないんです。ごめんなさい」

「へえ」

主人は、ひょうしぬけしたように置き時計から手を離した。

「ちょっとお聞きしたいんだけど、この時計、十時に鳴るようになってるんですか？」

「そうですよ」

時計屋の主人は、気をわるくしたようすはなく、にこにこしてうなずいた。

「そら、ここんとこの細い針が10をさしてるでしょう？　もちろんほかんとこにまわせばほかの時刻に鳴るんですが、最初なにかのはずみで10をさしてそのままになってるので、毎日午前と午後の十時に鳴るんですよ。うちの店員がこのメロディが好きで、毎日ねじを巻いとくんでね」

「おとといの夜の十時も鳴ったんですね？」

「おとといの夜？」

主人はみょうな顔をしたが、

「鳴ったはずだと思いますねえ。というのはわたしは、この先のアパートに住んでいて夜七時になると帰っちまうんです。そのあとは店員ひとりだけになります。なにしろ、ごらんのとおりの狭い店で、女房や子どもやみんなでここに住むわけにはいかないのでね。――おい勝《かつ》ちゃん。おとといの夜もこのオルゴール時計鳴ったんだろ？」

主人は、からだをねじまげて奥に声をかけた。

今まで気づかなかったが、鈴子と同じくらいの少年がひとりいるのだった。

「小竹君じゃないの！」

鈴子が叫んだのと、

「あ、塚田さん」

少年が言ったのと同時だった。中学でずっといっしょだった小竹勝三《かつぞう》だったのだ。勝三は、中学を出るとすぐどこかの時計店に就職したという話だったが、特に親しくしていたわけではなかったので、この店だとは鈴子は知らなかったのだ。主人が、

「なんだ、おまえ知ってるのか、このお嬢さん」

「中学でいっしょだったんです」

と、勝三が言った。

「そうか、そうか。ところで勝ちゃん。この時計、おとといの夜十時にも『お江戸日本橋』をやったんだろ？」

「やりました」

勝三は、消え入りそうな声で答えた。鈴子が顔を見ると、勝三はあわてて視線をそらした。鈴子

の胸にぱっといなずまのようなものがひらめいた。

「おじさん。わたし、小竹君とちょっと話したいことがあるの。いいかしら？」

「いいですとも。久しぶりに会った友だちだ。勝ちゃん、そんな長い時間でなけりゃいいよ。行っといで」

せっかく主人がしんせつに言ってくれるのに、勝三は、まるでしかられにでも行くようにしおしおと店を出た。鈴子は、彼を店の横手のほうにひっぱっていった。

「小竹君、お願いだからほんとうのことを言って。あの時計、おとといの夜も、十時に鳴ったの？　え？」

勝三は、黙ってうなだれている。鈴子は必死だった。

「ねえ、お願い。罪のない人が殺人の罪を着せられるかもしれないのよ。小竹君の答えひとつで」

ふいに勝三が、うっというすすり泣きの声をたてた。

「言って。あの時計は十時に鳴ったの？」

「十時半」

勝三の口からかすかにことばがもれた。

「おれ、五千円もらって頼まれたんだ。あの晩だけ十時半に鳴らしてくれって。名まえは知らない。背の高い、かっこいい男だった」

「ありがとう！　小竹君、ありがとう」

鈴子の目からせきを切ったように涙があふれだした。

× × ×

「塚田さん。僕、なんて言ってお礼を言っていいかわからないんだ」

桐村敦は、塚田鈴子の手をにぎって言った。敦、鈴子、敦の父母、森先生の五人は、歓声をあげる雅代と和代にまつわりつかれながら敦の家に落ち着いたところだった。

「お礼だなんて、そんな――わたしよりもお礼を言ってあげてほしい人がいるのよ。小竹勝三君っていうのよ。小竹君はおとうさんがいなくて、時計屋に住み込みしながらサラリーの大部分をうちに送っているのよ。五千円のお金は、どれほど大きな誘惑だったかしれないわ。でもその子、すぐ警察へ行って詳しく話をしてくれたし、『僕が頼まれたのはあの人です』って、証言もしてくれたの」

「その話は、僕もちょっと聞いた。小竹君という人には、さっそくお礼にゆくつもりだよ。だけど僕、ほんとのとこ、今はまだ、なにがなんだかよくわからないんだ。塚田さん。よく説明してくれない？」

鈴子は、根本巡査に話を聞いたことや、外海時男に会いに行ったことを話した。

「外海っていう人はね、競輪にこって、勤めている会社のお金を使いこんでいたんですって。会社の上の人に知られないうちに、こっそりその穴うめをしておかなければならないことになって、おじさんを殺すことを考えついたのよ。川又さんが死ねば、身内はあの人ひとりだから、たくさんの遺産を相続できるでしょう？」

「なるほど。それが動機というわけか」

敦の父も、思いがけない事件の真相に、熱心に耳を傾けながら言った。

「あの晩、もしおじさんや桐村君が、あそこの家に行かなかったとしても、殺人は行なわれるように、ちゃんと準備が整えてあったのよ。時計屋の小竹君に五千円あげて、いつも十時に鳴るオルゴール時計を十時半に鳴らすように頼んでおいたのもそのひとつなのね。あの晩、おじさんが川又さんの家に行って話をした。桐村君は心配してこっそりついていって外からのぞいていた。おじさんは、川又さんとけんかみたいになって、あの家を出てお友だちのところへ行った。あの家を出たのが九時十分だったたって言ったでしょう？　桐村君は、それからどうしたの？」

「僕は、のぞいていたら、親父が玄関から走り出すように出て行ったので、もうのぞくのをやめて家のほうへ歩いていった。でも帰る気もしないので、暗い工場の庭をぶらぶら歩きまわっていた。

三十分くらいもそうしていたろうか。そのうち、『そうだ。僕自身が行ってもう一度頼んでみよう』と思いついて、川又さんの家へ出かけて行った。玄関にあかりがついているが、ごめんくださいと言ってもだれも出てこないので気がかりになって、わるいと思ったけどはいってみた。すると奥のへやにあの人が首をしめられて死んでいたんだ。僕はびっくりしてそのまま外へとび出した。そのとき手帳を落としてきたんだろうが、ちっとも気がつかなかった」

「犯人は桐村君がはいっていったとき、家の中にいたのよ。ちょうど殺人をしてしまったばかりのところだったんですって。自分のおいだから、川又さんはまさかそんなことになるなんて思わないで油断してたんでしょうね。犯人は桐村君がはいってきたので、あわててつぎのへやにかくれていたんですって。そうしたら桐村君が手帳を落としていったでしょう？　これはしめたとばかり、その上に書類なんかをかぶせて、真犯人が落としたもののように見せかけたのよ」

「警察では、外海のことは調べなかったんだろうか？」

「一応は調べたようよ。でも、岩本のおじいさんが、十時半に鳴ったオルゴール時計を、十時だと思いこんだので、外海のアリバイを証言してしまったのね。おじいさんが、目が悪くてほとんど時計を見ないことも、ラジオがこわれていることも、外海はあらかじめ調べてあったのよ。警察としては、外海にはアリバイがあるし、おまけにいっぽうでは『僕が殺しました』なんて自供した人物がいるんですもの。それ以上外海を追及しなかったのもむりないわ」

鈴子がちゃめらしく目をくるりとさせて笑った。敦は頭をかいて、

「お願いだ。それだけはもう言わないでくれ」

「桐村君」鈴子はふいにまじめな顔になってきいた。「わたしのほうも、どうしてもわからないことがあるのよ。桐村君は、なぜ自分がしもしないことをしたなんて言ったの？」

「それは……」

敦は、しばらく言いよどんでいたが、

「僕、実は、あれはうちの親父がやったんだと思っていたんだ。親父とは、ゆっくり話し合うひまがなかったので、アリバイがあるなんて知らなかったしね。親父はほんとうに困っていたし、ののしり合ったまま出ていってしまったろう？　それに現場には、だれかが必死になって借金の証文を捜したように書類がちらかっているし、てっきり親父がもどってきて——」

「こいつ」

敦の父がげんこつをつき出した。が、その目はうるんでいた。

「そうだったの。わたしってばかだわ。おじさんが『敦のかわりになら、わたしは罪をかぶって死刑になってもいい』って言ったとき桐村君のほうも同じ気持ちなんじゃないかって、すぐ気がついてもよかったはずなのに」

「もう、なにもかも終わったことです。ほんとうに塚田さんのおかげですわ」

敦の母は、またエプロンで顔をおおった。

「ほんとにありがとう。ありがたいことに、親父のほうも、お得意さんからお金がはいるようになって、借金も返せるそうだし——僕は今度のことで勇気が出た。働きながらだって勉強ぐらいできるんだ。春になったら、社会に出て、うんとやるぞ」

敦は、晴れやかな顔で、両腕を大きくひろげてみせた。

影は死んでいた

挿絵　岩田浩昌

奇怪な幻覚

洋一にいさんが精神病院に入院させられることになった。わたしにとって、これほどショックを受けた事件は、生まれてこのかた一度もなかったと思う。

わたしは星野真紀子。高校三年生。にいさんは法律家志望の大学二年生。きわめてまじめな勉強家で、二階西側四畳半の勉強部屋にこもって熱心につくえにむかっている時間が多い。わたしにしてみれば、友だちのにいさんたちみたいに日曜日にはちょっといかすかっこうをして妹を映画に連れていってくれるような兄貴だったらどんなにいいかと思うのだが、うちの兄貴ときたら勉強以外のことにはさっぱり興味がないらしい。もっとも試験が終わったときなど、文学の本を読んだりレコードを聞いたりはしているが、それにおぼれて勉強を怠けるということは絶対にない。おかげでわたしは、ふたことめには「真紀子、勉強はどうしたの？　すこしはにいさんを見習いなさい」と言われどおしである。

しかし、そんなふうに迷惑な存在ではあってもにいさんはやはりにいさん、わたしにとってはただひとりのきょうだいなのだ。

「病気といってもね、ほんものの精神病ではなくて軽いノイローゼだろうってお医者様も言っていらっしゃるし、その検査をしていただくために入院するのだから、真紀ちゃんは心配しないでいいのよ」

と、母は無理に笑顔を浮かべていうのだが、そういうおかあさん自身ショックに打ちのめされていることが、わたしには痛いほどわかるのだ。

こんなことになった起こりは、洋一にいさんが奇怪な幻覚を見るようになったことにある。ちょうどここに、にいさん自身の書いた手記があるから、それをそのままお目にかけることにしよう。

星野洋一の手記――

あれは、いまから三週間ばかり前のある夜のことだった。僕は例によって二階の自分の部屋でつくえにむかっていた。僕の部屋には西側に大きな窓があり、僕の勉強づくえはその窓に面しておかれている。風のない静かな晩で、あけ放した窓からは、さわやかな秋の夜の冷気が流れこんでいた。

民事訴訟法についての解説書に読みふけっていた僕は、軽い疲れを覚えて本から顔をあげた。長い時間じっとうつむき続けていたくびすじのこりをほぐすため、頭をぐるぐると二、三回まわした。すると、目の下にあるよその家のあかりが僕の視線をひきつけた。そもそも僕の部屋は、窓の下が、ある会社の倉庫になっている。その隣は東京デパートの荷物の配送所だ。どちらも夜になると人かげはなくなり、しんかんと静まり返っている。問題の家のあかりというのは、その倉庫と配送所の建物の間のほんの細いすきまから見えるのだ。それは、一軒の家の窓のなかにともっている電燈で、その電燈のおかげで、すみを流したようなやみ夜にも、その窓だけが黄色っぽく四角い折り紙のように見えるのだ。アパートの一室の窓らしいのだが、いまもいったように建物と建物の間のすきまから見るので、ほかの窓は全然見えず、たったひとつその窓だけが、ちょうど僕のすわっている位置から目にはいるのだ。そんな関係もあって、僕はそのたったひとつ見える窓のあかりに、いつのころからか一種の親しみを感じるようになっていた。勉強に疲れたときなど、顔をあげて外のやみにひとみをむける。するとやみのなかに四角く見えているその窓が、なんともいえない人懐しい感じで目にとびこんでくるのだ。

その夜も僕は、深い考えもなく、そのあかりのともった窓をながめていた。と、窓にひとつの黒い影が現われた。男らしい。アパートのその部屋には若い男性が住んでいるらしくて、背の高いしまったからだつきのその人影は、これまでにもたびたび見慣れたものだった。で、僕はそれ以上気にもとめずに、また書物に視線を落としかけた。

そのときだった。僕ははっとして目をこらした。黄色っぽい折り紙のように見えている四角のなかに、いまひとつの人影が現われたのだ。それだけならばなんのこともないが、第二の男はいきなり第一の男につかみかかり、その首を締めあげたのである。第一の男は、しばらくばたばたた手足を動かしていたが、やがてぐたっとなった。

「たいへんだ!」

僕は思わず立ちあがり、階段を駆けおりた。下の茶の間では父と母と妹の真紀子がテレビを見ていた。

「おとうさん、たいへんだ! 僕の部屋から見えるアパートで、男が首を締められたんだ」

「まさか」

父は最初本気にしなかった。が、僕がいま見た光景をくわしく話すと、顔色を変えて、

「殺人かもしれんな」

といった。母がそばから、

「洋一が見たというのなら間違いありませんよ」

という。自分でいうのはおかしいが、僕は両親に信用のあるほうだ。そそっかしいたちではないし、つまらない冗談をいってひとをかつぐこともない。そういうまじめいっぽうの性格を自分でよいと思っているわけではないが、ともかくそういう性格なのだ。両親は僕の話をそのまま信じてくれた。

「一一〇番に知らせたほうがいいわね」

妹の真紀子が電話に手をのばして聞いた。僕はうなずいた。

真紀子の通報で、十分たらずののちにはパトカーがきた。

「なるほど。いちおう調べる必要があるな。君、ここへ乗って、そのアパートへ案内してください」

パトカーの警官は、僕の話を聞くと緊張した表情になっていった。僕はパトカーに乗った。

歩いても二分とはかからないところだ。あっというまにパトカーは、アパート〝あずさ荘〟の前にとまっていた。あずさ荘の玄関は、むこう側の通りに面している。つまり、僕の部屋から見える窓は、アパートの後ろ側——背中の側にあるのだ。僕は、警官を案内してその側にまわった。

「たぶんあの部屋だと思います。ほら、あかりがついている」

ひとりの警官が窓の外で張り番をし、もうひとりの警官と僕とは、玄関からまわりなおして問題の部屋のドアをたたいた。三号室で、春川という名札が出ていた。とびらがあいて顔を出したのは、二十六、七になる背の高い青年だった。からだつきから見て、僕がいつも窓に見かける男にまちがいないと思われた。しかし、そうだとしたらこの男は、たったいま首を締められて倒れたはずではなかったか？

「ちょっと聞きたいことがあるんですがね」

警官が表面ていちょうな態度で話しかけた。

「この部屋で、十五分くらい前、ひとりの男がもうひとりの男に首を締められるのを目撃したという申したてがあったんです。ちょっと部屋の中を見せてくれませんか？」

「首を締められた？」

青年は目をまるくした。男にしてはきんきんし

た高い声だ。

「ばかなことをいっちゃ困る。どこのだれがそんなことを告げ口したのか知らないが、首を締められた者なんか、だれもいませんよ。疑いがあるなら見てください。いま友だちが遊びにきていて将棋をさしていたとこです。ほら」

　青年は、立っていた位置をずらして、部屋の中を見せた。同じくらいの年ごろのずんぐりした青年が、将棋盤を前にしてすわっていた。顔をあげて、じろりと僕のほうをにらむ。ＧＩ刈りにしたその頭の形に見覚えがあった。

「この人だ！」

　と僕はさけんだ。

「この人が、こっちの人の首を締めたんです。まちがいありません」

「このふたりが？　それじゃあ君たち、柔道でもやってたのかね？」

「とんでもない。僕らは柔道なんか知りませんよ。一時間ほど前から将棋さしてたんです。ばかなことといわれちゃ困るな」

「でも僕たしかに見たんだ。首を締められてぐったりとなるのを」

「くどいな。将棋さしてたといったろう? 何を見たか知らないが、君の目のまちがいだよ」

「そのとおりだ。おれはずっとここにすわったきりだぞ」

と、ずんぐりしたほうの青年もいきりたっていった。

「まあまあ、そう興奮しないで。なにも事件がなかったのなら、いいですよ」

警官が、うんざりした顔でなだめた。

僕は、すごすごとあずさ荘を出た。

「困りますな。いいかげんなことでパトカーを呼ばれては」

警官が、とがった声でいった。

「しかし、見まちがいじゃないんです。確かに見たんですよ」

「アパートの隣の部屋とまちがえたんじゃないのかな」

もうひとりの警官が考え考えいった。


「そんなはずありません。あのふたりだったことは確実です。シルエットだけだったけど、からだつきやなんかでわかります」

それに、僕はさっき、警官を案内してきたとき、問題の部屋の窓の外に立って、うしろを振り返って確かめたのだ。倉庫と配送所の間のせまいすきまから、僕の勉強部屋の窓が明るく見えていた。僕はあわてて電燈をつけっぱなしにしてとびだしてきたのだ。僕の窓が見える以上、問題の部屋はあずさ荘三号室にまちがいない。せまいすきまからながめるのだから、隣の部屋だったら見えるはずがないのだ。

警官たちは、おこったような表情でパトカーを走らせて帰っていった。家へ帰ると両親と真紀子が、待ちかねたように、

「どうだった?」

と聞いた。

「変なんだ。キツネにつままれたみたいだ」

僕は、ことの次第を説明した。僕自身としては、見まちがいではないという確信がある。が、

それを証拠だてるすべはどこにもないのだ。それでも母は話を聞き終わると、

「それは、その青年たちがうそをついているんですよ。きっと、ふざけて首を締めるまねをしたところが、パトカーがきたりしたので、きまりがわるくなって、何もしなかったといっているのよ」

と、僕の肩をもってくれた。そばから真紀子も、

「きっとそうよ。洋一にいさんは、わたしみたいなそそっかし屋と違うもの」

といい、父も、

「たぶんそうだな」

と同意してくれた。肉親というものは、ありがたいものだ、と僕は思った。

しかし、十日余りたって、第二の事件が起こった。その夜も、僕は二階の部屋で勉強をしていた。ふと目をあげると、やみの中に例のあかりのともった窓が見えた。この前のことがあってから、僕は以前のように親しみをもってこの窓をながめる気持ちになれなくなっていた。なんとなく不愉快な、わりきれない感情が起こるのだ。

その夜、僕が顔をあげたとき、ちょうど窓には黒い人影がうつっていた。背の高い男だった。それを見て僕はなんとなく、いやな予感がした。

突然、窓にもうひとつの人影が現われた。ＧＩ刈りにした、ずんぐりした男だ。第二の男は第一の男につかみかかり、いきなり首を締めた。第一の男は苦しげにもがいていたが、やがてぐったりとなった。第二の男は、ぐったりした相手の胸に手を当てて調べているようだったが、そのからだをかるがると肩にかつぎあげた。——と思ったとたん、窓が消えた。なかで電燈を消したのだ。

僕は思わず知らず立ちあがっていた。階段を駆けおり、茶の間へとびこんだ。

「おとうさん。また、あのアパートで男が首を締められるのを見たんだ。今度こそ本当だよ。死んだかどうか調べてから、かついでどこかへ運んで行くらしいんだ」

両親は顔を見あわせた。

話を聞きつけて、隣の部屋から真紀子も出てき

た。

「ねえ、もう一ぺん一一〇番に電話しましょうか?」

と、真紀子がいった。

「待て。おとうさんが行ってみよう。洋一、いっしょに行こう」

「あなた、だいじょうぶですか?」

母が顔色を変えた。

「だいじょうぶさ。洋一とふたりだし、それにアパートなんだから大声を出せばいい」

父と僕は連れだって家を出た。

あずさ荘三号室は、あかりが消えていた。

たぶん、だれもいないだろう——と考えながらノックしたのだが、なかでは返事があって、だれかがごそごそと起きて電燈のスイッチを押した様子だった。

「だれです?」

眠そうな声でドアをあけたのは、殺されたはずの背の高い青年だった。パジャマを着ている。その姿を見たとたん、僕は頭のなかが混乱してゆくのをどうしようもなかった。

「ああ、君か。今夜はまたなんの用だね」

青年は僕を見覚えていて、あからさまに不愉快な顔をした。

「あのう、この部屋で、あなたが、あのずんぐりした人に、首を締められるのを見たので——」

「またかい? いいかげんにしないと、今度はこっちが警察につきだすぜ。僕はゆうべ会社の宿直でよく眠らなかったので、今夜は早く寝ようと思って床にはいったところなんだ。この部屋には僕以外だれもいないよ。うそだと思ったら捜してみるがいい」

そんなはずはない——と思っても、僕にはいうべきことばがみつからないのだ。

「君は近所の人らしいが、頭がすこしどうかしてるんじゃないのか? あんた、この人のおとうさんですか? 困りますよ。こんなこと幾度もいわれちゃあ。人聞きがわるくて、アパートの人たちの手前だって困ってしまう。ずんぐりした男というが、あれは僕の友だちで甲田というんだ。あの男はこのまえ遊びにきて以来、一度もここへはきていない。今夜ももちろんきはしないよ。ここに名刺があるから、あした電話かけて聞いてみたまえ」

青年は、つくえの引き出しから一枚の名刺をとりだして、投げてよこした。

「僕の名は春川善次《よしつぐ》というんだ。甲田に電話して、春川のアパートにゆうべいったかと聞いてみたまえよ。ばかばかしい。だいたい、親御さんがすこし注意すべきですよ。この息子さん、確かにどうかしてますよ。こういうのを野放しにしておいては社会が迷惑する。今度こんなことがあったら、警察にいって精神病院に強制収容してもらうから。——さあ、僕はあしたまた勤めがあるんだ。寝るんだから帰ってください」

「すみません、どうも」

父は、すっかりまごついて頭をさげた。僕はさげなかった。どうしてもあやまる気になれないのだ。僕には、自分のまちがいだったとは思えない。しかし、どうしてこんなことになったのかわからなかった。部屋にいるのが、あのずんぐりした男、甲田のほうなのだったら、春川を殺して死体をかくしたとも考えられるが、首を締められた春川が目の前にぴんぴんしているのだから、追及のしようがないのだ。

帰る道々、父は黙りこくってものをいわなかった。「けっして僕の見まちがいではないのだ」と説明しようとしても「うん」とつぶやくだけで耳を傾けようとしない。その打ちのめされたような表情が、僕の胸を刺した。

家に帰ると、母と真紀子は例によって、ことのなりゆきを聞こうと待ちかねていた。その母に、父が低い声でひとことふたことなにかいった。ふいに母の顔がくもった。

「洋一。おまえ、あまり勉強しすぎて、すこし疲れているんじゃないか?」

父が暗い声でいった。

そばから母が、

「そうよ。勉強も大事だけどいちばん大事なのは健康よ。しばらく勉強を休んでのんびりしたほうがいいわ」

僕は胸が締めつけられる気がした。この前のときには僕のことばを信じてくれた両親も、今度は僕の神経を疑い始めている。

「そうじゃないんだ。おとうさん、おかあさん。僕は正常だよ。確かに見たんだ」

それ以上、どういえばよいのか、僕にはわからなかった。

翌日、僕は、ゆうべ春川からもらった名刺を持って公衆電話のボックスにはいった。名刺によると甲田登は、東洋生命保険株式会社の新宿営業所に勤めていることになっている。僕は営業所のナンバーをまわした。

「もしもし、甲田さん、いられますか?」

と聞くと、女の声が、

「ちょっと待ってください」

と答えてひっこんだ。待つほどもなく、

「もしもし甲田ですが」

といったのは、聞き覚えのあるずんぐりした男の声だった。

「僕、星野という者ですが、ちょっとお聞きしたいことがあるんです。あずさ荘の三号室にいる春川善次さん、ご存じですね」

「ああ、春川なら学生時代からの友だちだけど、春川がどうかしたの?」

「甲田さん、最近春川さんのところに遊びにいきましたか?」

「最近って、そう、十日ぐらい前だったな、夜ちょっといって将棋なんかしたけど。あれは九月の六日だったかな」

九月の六日は、あのパトカーを呼ぶさわぎのあった晩だ。

「それからあとは?」

「その後はいってないですよ。星野君とかいったが、君はいったいだれ?」

「あのう……僕……いやそれよりも、ゆうべのことなんですが、ゆうべは春川さんのところへいかなかったんでしょうか?」

「ゆうべ? いかないよ。六日の晩にいったきりだといったろう?」

「ゆうべは、するとどこにいたんですか？」

「会社が終わったあと、新宿で映画を見たよ。見たい映画がかかっていて、今週いっぱいで終わるのでね。しかし、君はいったいだれだ？　ひとのことを根掘り葉掘り聞きやがって」

相手の口調がけわしくなった。僕は電話を切った。心の中がまっ暗になった思いだった。

両親からは「あまり勉強しすぎるな」と言われたにもかかわらず、僕は前にもましてつくえにかじりつくようになっていった。いくら考えても解けない疑問、僕がまちがっているのではないといくらいっても信じてもらえないもどかしさ。そして、いまになにかが起こるのではないかという不吉な予感。——それらをまぎらせようとして、僕は必死に勉強に打ちこんだのだ。

そして三度めの怪事件が起こった。二回めのときからかぞえると九日め。九月二十六日火曜日、つまり昨夜だ。その話を記そう。

昨夜も僕は例によって自分の部屋でつくえにむかっていた。風のない静かな晩で、窓はあけ放してあった。前の二回のときとちょうど同じような感じの夜だったせいか、僕はなんとなく気がかりな感じに襲われて、顔をあげ、例の窓をながめた。窓はやみの中に、黄色っぽい折り紙のように四角く見えていた。その光の中に人影がないのを見て、僕はすこしほっとして、また書物に目を落とそうとした。そのとき、光の中に黒い人影が現われた。つづいてもうひとつ。第二の人影は、ずんぐりした男、甲田だった。甲田はいきなり第一の人物につかみかかり、くびを締めた。

「ああっ」

僕は思わず立ちあがりかけた。くびを締められた人間は、のどにくいこむ手を振りほどこうともがいたが、やがてぐったりとなってしまった。そのなりゆきは前二回のときと同じである。が、ひとつ違う点があった。前二回は、くびを締められたのは春川だったけど、今夜の人影は春川ではなく、髪をぱあっと長くうしろにたらした女性だったのだ。

——どうしよう？——

しばらく思案していた僕は、ついに決心して立ちあがった。警察にも両親にもいわないで、自分ひとりでことの真相を確かめにいこう。階段をおりて行くと、茶の間で母が、

「どうしたの？　洋一」

と声をかけた。このところ両親は、ひどく僕のことに気を使っていて、ちょっとどこかへ出かけようとすると、うるさくたずねる。

「なんでもないんだ。ちょっと」

僕は急いで玄関にあったサンダルをつっかけ、あずさ荘へ急いだ。三号室のドアをノックしたが、返事がない。僕は、ドアのノブをまわしてみた。意外にもかぎはかかっていなかった。がちゃりと音がして、ドアはあいた。

戸口から首をつっこんだ瞬間、あやうく息がとまるかと思った。青い花模様のワンピースを着た若い女の人が部屋の畳の上にあおむけに倒れていた。髪の毛をぱあっと長くたらした人だった。それ以外に、部屋には人の姿がなかった。僕は夢中で部屋にとびこみ、女の人を抱き起こした。から

だはまだあたたかい。しかし脈をとってみると、もうまったく切れていることがわかった。くびのまわりに、手の指がくいこんだらしい赤黒い痕《きず》がいくつか残っていた。

僕は、死体を畳の上に寝かせ、廊下にとびだした。このアパートは夜帰りの遅い人が多いとみえて、ほかの部屋はしんとしていた。二階の部屋にはだれかいるかもしれないが、それより僕の両親に知らせたほうがいい。うちなら電話もあるから、警察への通報もすぐにできる。——そう判断した僕は、いっさんに家までかけて帰った。

「おとうさん！　あずさ荘の三号で、女の人が死んでる！」

息を切らしながらそう告げると、両親はぎょっとしたように顔を見合わせた。

「早く！　早くきてよ！」

僕は、もどかしさのあまり、子どものように父の手をつかんでひっぱった。

あずさ荘をとびだしてから父を連れてもどってくるまで、ほんの三、四分しかたっていなかった

と思う。三号室の前まできてみると、奇妙なことに、僕があけっぱなしていったはずのドアがしまっていた。

「おかしいな」

ノブに手をかけてまわしたが、今度はあかなかった。なかから、かぎがかかっているのだ。あわただしくノックする。

「はい」

返事があって、かぎをはずす音がした。顔を出したのは春川だった。

「死……死体は?」

僕は、部屋のなかをのぞきこもうとした。

「またきたのか、君。何度いったらわかるんだ?」

「だって現実に人が死んでるんだ。ほっとくわけにいかないじゃないか」

「人が死んでる? どこに?」

僕は首をのばして部屋のなかをのぞきこんだ。ないのだ! ついいましがた、そこにあおむけに倒れていた死体が、あとかたもなく消えてしまったのだ!

「なにをねごといってるんだ。しようがねえな」

春川は舌打ちした。

「おい、おやじさん。このまえもいったろう? この息子さんは、だいぶ病気が進んでるぜ。精神病院送りだな」

何といわれても、返すことばはなかった。僕は父に伴われてすごすごと家に帰った。

翌日――というのは今日だが、父は僕を、知人の精神科医のところへ連れていった。医者は、診察したりいろいろと質問したあげく、

「別にそう悪いとは思えませんが、そんなにたびたび幻覚を見るのは正常とはいえない。やはり勉強のしすぎからきたノイローゼの一種でしょうな。はっきりした診断を下すためにしばらく入院してみてください」

といった。

僕は、あすの入院をひかえて、自分のつくえにむかってこの文を書いた。目の下の倉庫とデパートの配送所の建物とのすきまから、あの窓が見

えている。四角く、黄色っぽい折り紙のように。

――なにごともなかったように。――

しかし、ほんとうになにごともなかったのだろうか？　僕にはわからない。わからなくなってしまった。あれは全部僕の幻覚だったのだろうか？　僕は狂っているのだろうか？　それとも狂っているのは僕ではなくて、ほかの何かなのだろうか？

考えに考えて、僕は疲れ果ててしまった。精神病院でもどこでもよい。僕は、あの窓の見えないところへいって、なにもかも忘れて休みたいのだ。

髪飾りのなぞ

一九六×年　九月二十七日　水曜日

以上のような手記を残して、洋一にいさんは入院してしまった。つい先日まで、あんなに明るく平和だったわが家は、暗い空気の中に沈んでしまった。おとうさんは、ほとんどものもいわずに、ちゅうの一点を見つめて考えこんでいる。おかあさんは、にいさんのところへ持っていってやる着がえなどをそろえながら、そっと涙をふいてはため息をついている。おとうさんも、おかあさんも、最愛の息子がこんな悲劇的な病気にとらえられたショックで、ご飯ものどに通らないのだ。

しかし、わたしの気持ちは、それとはすこし違っていた。そりゃあわたしだって、にいさんの入院はショックだ。そのことは最初にもいったとおりだ。だが、そこになにかしら妙な感じがあるのだ。おとうさんたちは、洋一にいさんが神経に異常をきたしたと信じてなげいている。だが、ほんとうににいさんは病気なのだろうか？　わたしには信じられない気がするのだ。ほんとうに狂っているのだったら、あんなにちゃんとした手記が書けるだろうか。では、にいさんが狂っていないとすると、どうしてあんなことになったのか？　にいさんが、こしらえごとをいっているのか？　そんなはずはない。

そうだ。この事件には何かしら、かくされたなぞがあるに違いない。それを解いてみよう、とわたしは決心した。たったひとりのきょうだいである洋一にいさんのために、どうしてもなぞを解かなければならない。

にいさんが入院した翌日、わたしは、にいさんの手記をかばんにいれて学校へ行った。

教室の入り口で、桜井明彦君に会った。小学校からずっといっしょのクラスメートで、小さいときから知り合っているので、異性どうしでもわりとこだわりなく話し合える。落ちつきのある考え深いタイプでありながら、いざというときには勇敢で決断力のある性格だ。

——そうだ。桜井君に相談してみよう。——わたしはとっさに思った。彼以上にうってつけの相談相手はいない。

「桜井君。あとで、ちょっとつきあってもらえないかしら。ちえを借りたいことがあるの」

「いいよ。僕でわかることなら」

授業が終わって学校を出ると、桜井君は校門のわきで待っていてくれた。

「お宮へいこうか。あそこだと静かだから」

なにか深刻な話があるらしいことを、わたしの表情からみてとったとみえて、桜井君はいった。

朱鳥《あけどり》神社の境内は、イチョウの葉がそろそろ黄ばみはじめ、木々のこずえからもれる日光が地面に美しい模様を描いていた。表参道のほうで子どもたちが模型飛行機を飛ばしているほかは、人の姿もない。わたしたちは、どちらがいうともなく、石どうろうのうしろの植えこみのかげに歩いて行き、大きなひらたい石に並んで腰をおろした。幼いころ、セミ取りに疲れては、こうして並んで休んだ石だ。ふたりとも、この神社の境内は、すみずみまで自分の庭のように知っているのだった。

「なにか心配ごとがあるの？」

ひかえめな桜井君の問いに、わたしは黙ってうなずいて、にいさんの手記を渡した。

「読んでいいんだね」

桜井君は、一句一句検討するように、ゆっくりと読み終わった。

「ねえ、どう思う？」

「おかしいな」

桜井君の目が、何か考えこむときの深い色をおびた。

「僕は、星野さんのにいさんが、神経的におかしくなったとは思えない。この文章だってしっかりしているじゃないか」

「やっぱりそう思う？　わたしもなの」

「それに、勉強が過ぎて神経的にまいったのだろうというけれど、それもおかしいと思うんだ。僕は星野さんのにいさんを少年時代から知ってるけど、ほんとうに勉強の好きな人だったね。君のにいさんは、しんから勉強が好きで楽しんでやっているので、はたから見るほど苦痛ではないのだと思う。周囲から強制されて勉強したり、自信がないのに無理な受験準備をするのとは、すこし意味が違うと思うんだ。第一ににいさんは、この事件以外には、ちっともおかしいとこなんかなかったんだろう」

「そうよ」

「星野さん、ひとつふたりで調べてみようじゃないか」

桜井君が、いきなりすくっと立ちあがったので、わたしはびっくりした。

「調べるって、どうやって？」

「問題の部屋へいってみるのさ。春川というのは会社員らしいが、夕方には帰ってくるんだろう。星野さん、例の窓にあかりがついたら、電話で僕に知らせてくれないか。すぐ用意して行くから」

いざとなると行動力のある桜井君だが、こんなにてきぱきとことを運んでくれるとは思っていなかった。わたしは心から桜井君に感謝した。待ち合わせ場所を決めてから、わたしたちは別れた。

その夕方、わたしは、夕ご飯をそこそこにすませて、二階の洋一にいさんの勉強部屋へあがっていった。このところめっきり日が暮れるのが早くなって、外にはもうよいやみがこめていた。と、目の下の倉庫とその隣の建物との間のすきまから見える窓に、ぽっとあかりがともった。春川が帰ってきたのだ。わたしはすぐ下へ降りて、桜井君に電話した。それから、おかあさんには口実をつくって急いで外へ出た。

あずさ荘へまがる角のところで待っていると、やがて桜井君がやってきた。黒いズボンに白の開きんシャツを着て、帽子はかぶっていない。手に青いボストンバッグとふろしき包みをさげている。

「なあに？　その荷物」

わたしは目を丸くした。

「なんでもない、ボロさ」

桜井君は笑って、計画をわたしの耳にささやいた。

あずさ荘三号室のドアをノックすると、なかから返事があって、背の高いやせ型の青年が顔を出した。

――これが春川だな。――

ちらと姿を見るなり、わたしは思った。が、それも一瞬で、わたしは恥ずかしそうに顔をうつむけてしまった。だいじょうぶとは思うが、春川に顔を見知られていると困るからだ。桜井君が、

「あのう、僕、この隣の山田の親せきの者なんですが、山田はまだ帰ってこないんでしょうか？」

と聞いた。隣の二号室に「山田」という名札が出ていて、その部屋はまだあかりが消えたままなのを見ておいたのだ。

――桜井君、相当なものだわ。――

とわたしは内心感服した。ボストンバッグなどをさげてきたのも、地方から出てきたように見せかけるためで、帽子やバッジなど、学校の名まえを示すものをいっさい身につけてこなかったのも、ゆきとどいた心くばりだった。

「知らないね、隣のことは。あかりがついてないなら、まだ帰ってないんだろう」

春川は、いくぶん女性的なかんだかい声で、めんどくさそうにいった。

「すみません。ちょっと休ませていただけないでしょうか。妹が列車によって、気分がわるくなったのです」

桜井君は、困りはてた様子で頼んだ。妹というのはわたしのことだ。わたしはクラスでもチビなほうだし、今夜はわざといちばん子どもっぽく見

えるフリルのついたピンクのブラウスを着てきたので、桜井君の妹といっても、それほどおかしくはないはずだった。

　春川は、案外しんせつな口調になって、

「そりゃあいけないな。ちょっとあがってすわりなさい」

　といった。わたしたちは部屋にあがりこんだ。四畳半に小さな流しとガス台がついた部屋で、一方が窓、一方が押し入れ、二方が壁になっている。壁におしつけて、立ちづくえといすが置いてあった。あまり整頓好きなほうではないとみえて、つくえの上やそこらの畳の上には、本だの、シャツだの、かじりかけの食パンをのせたお皿だのがごたごたと置かれ、部屋のすみずみには、ほこりがたまっていた。

「仁丹でもなめてみたらどうかな」

　春川は、つくえの引き出しから仁丹のケースを出してくれた。

「ありがとう」

　わたしは、うつむいたまま飲むふりをしてそっと仁丹を手の中にかくした。そんなことはないと思うが、もしか毒でもはいっていたらたいへんだし、第一つくえの引き出しの中もおそらくほこりだらけだろうと思うと、不潔な感じで飲む気になれなかったのだ。

「いや、僕の部屋に若いお嬢さんがくるなんてめずらしいよ。ははは」

　春川は、だいぶ上きげんになっていった。

「女性のお友だちなんか、こないんですか？」

　桜井君が、さりげなく聞いた。春川の目がきらっと光った。

「こないね。おれは女にはもてないからな。もう何か月もガールフレンドなんかこないよ」

　そのとき、隣の二号室でもの音がした。山田氏が帰ってきたらしい。こうなっては、いつまでもここでぐずぐずしているわけにはいかない。

「どうもありがとうございました。おかげで気分もよくなりました」

　わたしたちは、立ちあがりかけた。そのとたん、

「あっ、あんな大きなゴキブリが！」

桜井君が、とつぜん天井のひとすみを指さした。春川とわたしは、びっくりしてそのほうを見あげた。天井には何もいない。

「かもいのなかにもぐりこんでしまった。こんな、五センチくらいもあるやつでしたよ」

わたしたちは、もう一度あいさつをしなおして、三号室を出た。

あずさ荘の外へ出たとき、桜井君が、会心の微笑を浮かべてわたしの顔を見た。わたしにはなんのことかわからなかった。べつに、これといった手がかりは何もつかめなかったではないか。

「ほら、これだよ。見てごらん」

桜井君は、にぎっていた右手のこぶしをつきだし、わたしの目の前でぱっとひらいた。手のひらにのっているのは、べっこう色をしたプラスチックの髪飾り――髪の毛を束ねてぱちんととめるあれだった。

「どうしたの？　こんなもの」

「春川のつくえの下のすみにころがっていた。これに気がついたので僕、『ゴキブリがいた！』といって彼の注意をそらしておいて拾ってしまったのさ」

「あきれた。桜井君たら」

いいかけて、わたしははっと息をのんだ。

「桜井君。にいさんが見たという死体は、ぱあっと髪を長くのばした女の人だったというのよ。この髪飾りは、その人のじゃないのかしら？」

「僕もそう思ったからこっそり拾ってきたんだ。あの春川という男は、きれい好きではないらしいね。毎日そうじをする性質だったら、この髪飾りもすぐみつけたろうけれど、あのとおりごたごたにしたまんまなので、これが落ちているのに気づかなかったんだ」

「それにあの人、ガールフレンドは何か月も部屋にきたことはないといったわね。もしそれがほんとうなら、女性の髪につけるものが落ちていたのはおかしな話だわ」

「どっちにしても、うそをついているようだなあ、あいつは」

わたしたちは、あしたは甲田という男をたずねてみることにして別れた。

翌日は土曜日だった。

午後、わたしはコーラス部の、桜井君は卓球部の練習があるはずだったが、用事があるからと断わっていったん家に帰り、つれだって中央線で新宿へ出た。

東洋生命の営業所はすぐにわかった。土曜の午後だからどうかしらと思っていたけれど、会社はふつうに仕事をしていた。

「甲田さんですか？　いまちょっと外へ出ていますけど」

事務服を着た二十四、五の女の人がいった。

「そうですか」

わたしたちはがっかりした。

「しかたがない、帰ろう」

桜井君がいった。

「ねえ、桜井君。あの髪飾り、ちょっと見てもらったら」

わたしはふと思いついていった。そんなことをしても、おそらくむだだろうと思いながら。

「すみませんが、これ見てくれませんか?」

桜井君はポケットから髪飾りを出して女の人に見せた。

「これに見覚えないでしょうか?」

「あら、これ」

女の人は、髪飾りを手にとってながめていたが、

「これは竹尾さんのだわ」

といった。

「竹尾さんて、だれですか?」

桜井君の顔が緊張した。

「竹尾みな子さん。ここの事務員をしている人よ」

「髪の毛を長くぱあっとたらした人ですか」

「そうよ。よく知ってるわね。竹尾さんのお知り合い?」

「いいえ……は、はい、ちょっと」

「竹尾さんは、いつも髪を長くたらして、これで根もとをとめていたわ。係長さんが、ここはオフィスなんだから、もっときりっとした髪にしなさいって注意したんだけど、そのときはたばねて丸めたりしていたけど、すぐまたもとのようにしてしまったわ」

「竹尾さん、きょうはいないんですか?」

「水曜日から休んでいるのよ」

「休んでいる? 病気ですか?」

「そうらしいわ。男の人の声で電話がかかってきたのよ。かぜ気味だから、しばらく休ませてくれって」

「男の人の声? どんな声です?」

「男にしては、かん高いような声だったわ。親せきの人ですって」

春川だ。——そばで聞いていてわたしは思った。

事件の真相がだんだんにはっきりしてくる。胸が、苦しいほどどきどき鳴った。

「竹尾さんて、どこに住んでいるんですか？　僕たち、お見舞いに行かなければならないんです」

桜井君は、ほおをまっかにしながら、それでも口調はわりと落ちついていった。

「竹尾さんのうちは、たしか下落合のアパートだったわ。ちょっと待ってちょうだい。いま調べて書いてあげるから」

女の人は、メモ用紙に所書きを書いてくれた。そのメモを桜井君の手に渡しながら、

「でもねえ、あんたたち。よけいなお世話かもしれないけど、あんたたちのような若い人は、竹尾みな子さんとはあんまりつきあわないほうがいいわよ。わたし、人のわるくちをいいたくはないけど、竹尾さんは欲ばりで意地わるなところがあるのよ」

といった。

わたしたちは、女の人にお礼をいって、すぐさま下落合へむかった。メモに書いてあった緑荘マンションというのはすぐみつかった。マンションなんていうから、どんなりっぱな建物かと思ったのに、ふつうのアパートよりほんのちょっときれいなだけなので、がっかりした。

入り口のところに管理人室があって、管理人のおじいさんがすわっていた。

「あのう、竹尾みな子さんのお部屋はどこでしょうか？」

桜井君に代わって今度はわたしがきいた。

「二階のつきあたりだよ。でも竹尾さんはいまいないよ」

「いないんですって？　どこへいったの」

「郷里へしばらく帰ったんだそうだ。あの人の郷里は関西のどっかだったな、確か」

「自分で『これから郷里へ帰ります』っていったの？」

「いや、いつ帰ったのかわしは知らなかった。さきおとといだったか、竹尾さんのにいさんだという人から電話があって『みな子は都合でしばらく郷里へ帰ってくることになったから、とっている

新聞と牛乳を断わっておいてくれ』といってきた。そのくらい自分でちゃんとしていけばいいものを、かってな人だ」

「その電話をかけてきた男の人は、どんな声でした?」

「きんきんした声だったな。男にしてはな」

わたしの胸がまたおどった。

「どうもありがとう」

お礼をいって、わたしたちはいったん緑荘マンションの外へ出た。

「ねえ、やっぱり星野さんのにいさんは、狂ってなんかいないんだ。なにかしら犯罪が行なわれたんだよ。まちがいないよ」

桜井君が息をはずませた。

「わたし、念のために、竹尾みな子さんの住んでいた部屋を見てきたいわ。せっかくここまできたんですもの」

わたしたちは、裏手の非常階段から二階へあがっていった。

いちばん奥のつきあたりの部屋はドアにかぎがかかってあかなかった。もちろん声をかけても返事がない。ちょうどそこへ、お勤め帰りらしい若い女の人がバッグをさげて歩いてきた。かぎをとりだして、奥から二つめのドアをあけようとしている。竹尾さんの隣の部屋に住んでいる人なのだ。

「あのう、ちょっとお聞きしたいんですけど……」

わたしは思いきって声をかけた。

「は?」

「ここのお部屋の竹尾さんは、どこかへお出かけですか?」

「竹尾さんねえ。管理人のおじさんの話では郷里へ帰られたってことですけど」

「いつ帰られたんですか」

「火曜日の夜らしいですよ。わたし、その晩八時ごろ用があって出かけようとしたら、竹尾さんも出かけられるらしくて階段をおりていったのよ。それっきり竹尾さんの姿を見かけないから、そのまま郷里へ帰ったんでしょう。でも、それにしてはすこし変だけど」

「変て、なにが変なんですか?」

「郷里へ帰るのならスーツケースかボストンバッグでも持っていそうなものでしょう? だのに、そのときの竹尾さんは、小さなバッグをひとつさげて、青い花模様のワンピースに、サンダルふうのかんたんな白いくつをはいていたわ」

「旅行に行くような服装ではなかった、というのですね」

「ええ。それに、このマンションの玄関のところに男の人が待っていて、いっしょにかたを並べて歩いていったので、わたし、ちょっとそこらまでデートだと思っていたのよ」

「男の人といっしょに? どんな男の人でした?」

「そうねえ。こう、ずんぐりしたからだつきで、頭をGI刈りにしていたわ」

わたしはとびあがりそうだった。

お礼をいうのもそこそこに、わたしと桜井君は外へとびだした。


「間違いないよ。君のにいさんが見た死体は、竹尾みな子さんなんだ」

桜井君の声も興奮にふるえていた。

「火曜日の夜、八時ごろ、竹尾さんは、このマンションを出ていった。甲田が呼び出したんだ。甲田は、竹尾さんを春川のアパートへ連れていき、そこでくびを締めて殺した。君のにいさんは、その死体を見たんだよ。そらあの手記には、青い花模様のワンピースって書いてあったじゃないか」

「そうね。にいさんが、うちへ駆けもどってとうさんを呼んでくる間に、犯人たちは死体をかくして、にいさんの幻覚だということにしてしまったのね」

「それに違いない。しかし、竹尾さんが頭につけていた髪飾りがとんで、つくえの下にころがりこんだことには気づかなかったんだ。翌日になって春川が、竹尾さんの勤め先である東洋生命新宿営業所と、この緑荘マンションとに電話をかけた。勤め先には病気だといい、マンションの管理人には郷里へ帰ったなんていっている。それだけみても、うそをついていることがわかるじゃないか」
「わたし、警察へ行くわ。行って何もかも話すわ」
「僕もいっしょに行こう」
桜井君が、力強くうなずいた。

悪の設計

わたしは胸をわくわくさせながら茶の間にすわっていた。そばでは、桜井君も、落ちつかない様子で掛け時計ばかり見あげている。おとうさんとおかあさんは病院へにいさんを迎えに行った。三人が帰ってくるのを、わたしと桜井君は、いまかいまかと待ちこがれているのだ。

甲田と春川のふたりは、警察に呼び出され、きびしい取り調べを受けた結果、すべてを自供した。それによるとこうだ。

甲田登は、すこし前から、同じ勤め先にいる竹尾みな子さんを殺そうと機会をねらっていた。

なぜ竹尾さんを殺すかというと、甲田は勤め先のお金を何百万円もごまかしており、そのことを事務員の竹尾さんにみつけられたためなのだ。竹尾みな子さんという人は、これもあまりよい人間ではなかったらしい。自分にもお金をよこさなかったら警察に訴えるといって甲田をおどかしていたのだ。

甲田は、友だちの春川善次に相談し、春川の部屋を借りて竹尾さんを殺すことにした。なぜ春川の部屋を借りることにしたかというと、あの部屋はたびたびいったとおり、窓の外は倉庫とデパートの配送所になっている。これらの建物は夜になると人間がだれもいなくなってしまうので、のぞき見される危険がほとんどない。それにまた、あのアパートは夜遅い勤めの人や、働きながら夜間の大学へいっている人などがほとんどなので、ウイーク・デーには、ずっと夜ふけにならないと帰ってこない。だから、すこし早い時刻に殺人を行なえば、アパート内の住人に聞きつけられたり怪しまれたりしないですむ。

春川の隣の二号室の山田さんは、わたしと桜井君がたずねていった晩はわりと早く帰ってきたが、あれは例外なのだそうだ。山田さんは、金曜日だけは早く帰るが、ほかの日は会社が終わってから、経営学の講習会に行ったり、アルバイトの勤めに行ったりするので十一時ごろでないと帰らない。春川たちは、そういう点もよくしらべたうえで計画をたてたのだ。

それに春川の部屋を使えば、もうひとつ便利な点がある。

殺人を行なったあと死体を運び出すための車を、甲田は知りあいの人から借りてくることにしていたが、あずさ荘の玄関のところなら、車をとめておいても人に怪しまれないのだ。

なぜなら、その道路には、夕方になるといろんな人が車をもってきてはとめておくので、夜の間は十数台もずらっと並んで、道路だか駐車場だかわからないようになってしまう。いわゆる青空駐車というやつだ。だから、めだたない色の車一台くらいちょっととめておいても、人に怪しまれたり、とくに記憶されたりという心配はまずないのだ。

こういうわけで、ふたりは殺人の計画をたてた。ある晩ふたりは殺人の予行演習をやってみた。甲田が春川の首を軽くしめたのだ。春川はわざともがいてみせた。

ところが驚いたことにパトカーがやってきた。春川たちは、自分の窓が、ほそいすきまを通してうちの二階の窓から見おろされることにうっかり気づいていなかったのだった。ふたりが柔道のまねでもして遊んでいたのなら、ありのままを正直に警官に話したろうけれど、なにぶんことは殺人の計画である。ふたりは将棋をさしていた、と言い張ってごまかしてしまった。

その夜はそれですんだけれど、ふたりは困ってしまった。

うちのにいさんの勉強部屋から見えるということになると、うっかりその部屋で殺人を行なうわけにはいかない。どこかよそでやればよいようなものだが、先にもいったとおり春川の部屋には、便利な点がいくつもある。それに第一困ったことには、殺されるほうの竹尾みな子さんが、このごろ甲田のことを疑ってひどく用心ぶかくなっているので、知らない場所へは、さそい出そうと思ってもついてこない。甲田の友だちの春川のことはまじめな人だと思って信用しているので、春川の部屋になら、それほど警戒しないでやってくるのだ。

それからまた、甲田にしてみれば、ぜひ春川の部屋でやりたい理由がもうひとつあった。

甲田は、殺人の計画を春川にはすっかり打ちあけて相談している。もちろん、春川というのも遊びずきでだらしのない変な男で、甲田は、たくさんお礼をするという約束でこの相談をもちかけた。もし甲田が、春川の部屋で殺人をするのをやめて、よそでやるとなると、将来じゅうぶんなお礼を払わなかったり、またはなにかのことで甲田と春川が仲がわるくなったような場合、春川が甲田の犯罪を警察に密告しないともかぎらない。春川の部屋で、彼にも手つだわせて殺人を行なえば、春川は共犯になるわけだから、かんたんに密告などできなくなる。

それやこれやの理由で、この殺人はやはり春川の部屋でやるのが好都合だった。

それならば、目撃者である大学生——うちのにいさん——の証言を、だれも信用しないようにしてしまえばよいではないか、とふたりは考えたのだ。

最近、大学生に、神経症や精神異常がふえたといわれている。精神異常の人の申したてだということになれば、警察では本気で取りあげようとはしなくなる。専門の医者が検査して、異常ではないという診断を下すかもしれないが、だいたい神経や精神の病気というものはたいへん診断がむずかしいというのが常識だ。

だから、ほんとうのところはなかなかわからないものだし、たとえ正常と診断されても、現実に二度三度と話の合わない申し立てを繰り返していれば、周囲の人間は、やっぱりおかしいと考えるだろうし、そんな申したてで警察が動き出すことはまずないと考えてよかろう。

そこでふたりは、二度めのしばいをやることにした。にいさんが部屋で勉強しているのを見すまして、また甲田が春川のくびをしめるまねをした。

そして、にいさんとおとうさんが駆けつけてくるあいだに、甲田は押し入れのなかにかくれ、春川は知らん顔をしてパジャマを着て寝ていた。

いよいよ殺人を行なう予定の日がきた。例の火曜日である。

甲田は緑荘マンションの竹尾さんを呼び出し、「春川に立ちあってもらってお金を分けるから」とだまして春川のアパートに連れて行って殺した。

うちのにいさんが駆けつけたときには、甲田と春川は押し入れにかくれていた。そのあとすぐに、今度は春川が押し入れから出て、死体をかくしたのだ。

かわいそうに洋一にいさんは、すっかり精神異常にされてしまった。

竹尾さんを殺してからあとのことは、わたしと桜井君が推理したとおりである。

竹尾さんの死体は、夜遅く、甲田が借りておいた車で運びだし、埼玉県の林のなかに捨ててきたが、警察の捜査で、じきにみつかったということだ。

家の前でタクシーがとまった。わたしと桜井君は玄関にとびだした。にこにこ顔のおとうさん、おかあさんのあとから、洋一にいさんがはいってきた。

「にいさん!」

わたしは、にいさんにしがみついた。

「ありがとう、真紀子。桜井君」

――ううん――とわたしは、かむりを振った。お礼なんかいわなくていいの。うれしい。ただもううれしい。

不意に涙がにじみだした。

すこしやつれて不精ひげののびかけたにいさんの顔が、目の前でぼやけていった。

盗まれたひな祭り

挿絵　山野辺進

1

「秋山君」

明るい声だった。秋山研一は、ポストにハガキを入れかけた手をとめてふり返った。河井美樹子が、赤いチェックのマフラーを首に巻いて笑っていた。手に、レース編みの袋を握っている。

「秋山君、今夜、遅れないように来てね。きっとよ」

「行くよ」

研一もにっこりしてうなずいた。

きょうは三月五日、日曜日。——桃の節句には二日おそいが、ちょうど美樹子の誕生日なので、ひな祭りと誕生祝いを兼ねたパーティーをするから来てくれと、研一は二、三日前からいわれていたのだった。

「これからお菓子とへやに飾る花を買いに行くの。ふつうのひなあられじゃ平凡だから、淡雪豆《あわゆきまめ》にしようと思うのよ。たかい屋で売ってるの。黒豆にお砂糖をうすくまぶしてあって、とてもおいしいわ」

そういってから、首をかしげて、

「でも男の人たちには、甘くないほうがいいのかしら？　塩せんべいかなんか——」

「甘くても塩からくても、なんでももりもり食っちまうよ。心配無用さ」

「じゃ、いろいろとりまぜて買って来るわ。それはそうと、いま何分かしら？」

研一は、腕時計に目をやった。

「一時二十分だ」

「ありがと。わたし、時計が具合わるくなっちゃったの。これも直してもらいに持って行くのよ」

白い歯を見せて、美樹子は急ぎ足で去って行った。高校二年にしては子どもっぽいが、無邪気でくったくのない彼女は、クラスのだれからも好意をもたれている。今夜のパーティーも、きっと、楽しいものになるにちがいない。

研一は、晴れやかな気分でサンダルを鳴らしながら家に帰った。彼の家は通りから細い路地をはいった奥にある。その二階の四畳半が彼の勉強べやだ。机に向かってしばらく文庫本を広げていた研一は、やがてふと思いついて立ち上がると、北側の窓をあけた。手を伸ばせばとどくほどのところに、隣の工場の殺風景なトタン屋根がある。電球をつくる工場と、通信機の部品をつくるそれとが並んでいるのだ。その二つの建物の細長いすきまから、向こうの通りが見おろせることに気づいているのはたぶん研一ひとりだけだろう。背伸びしてからだを斜めにした、ほんのちょっとした角度で見えるのだから。

研一は、軽い期待に胸をはずませて、その道路に視線を落とした。買い物に行った美樹子が、そろそろもどって来るころだ。のぞき見をするなどというけしからん考えではない。パーティーの準備にはずんでいきいきとした彼女の顔を見るのが楽しかったのだ。

と、待つほどもなく、美樹子が現われた。レースの袋になにやら買物をつめこみ、もう一方の腕には桃と菜の花の束をかかえている。だがその表情は研一が期待したのとはちょっと違っていた。何かを一心に考えこんでいる顔つきで、ゆっくりゆっくり歩いて来る。

「どうしたのかな？」

研一が思ったときだった。いきなり視野に一台の車がとびこんで来た。美樹子のからだにすれすれの乱暴な運転だ。美樹子が身をすくめたのが見えた。次の瞬間、信じられないことが起こった。車のドアがいきなりあいて、とびおりた男が美樹子のからだをひっかかえるなり、車の中にひきずりこんだのだ。

「あっ」

研一がつま先だちしたときには、車はもう走り去っていた。

「たいへんだ」

研一は階段をころがりおりるなり外へ飛び出した。路地を駆け抜けて通りへ出る。だれもいない道路上に、ピンクの桃の枝と、あざやかな菜の花の黄が無残に散っていた。そのほか残っているものといっては、スリップしたタイヤのかすかな跡だけだ。

2

秋山研一の急報で、美樹子の家では大騒ぎになった。美樹子の父は、研一を伴って交番へ駆けつけた。

自分の家に帰って来たとき、研一は、もう一度勉強べやの窓に立って、あのとき見たことを心で復習してみた。警官にことの次第をできるだけ詳しく話して来たが、自分の説明した範囲では、ほとんど記憶ちがいはないという自信があった。

――まず、道に赤いチェックのマフラーを巻いた美樹子が現われた。彼女は、何か考えこんでいる様子に見えたが、それは研一の思いすごしだったかもしれない。そこへものすごい勢いで車がつっこんで来た。灰色のブルーバードだった。この点にはまちがいない。乗っていたのはふたり。運転していた人物は残念ながら全然思い出せない。あっと思った瞬間、車の前半分は建物のかげになり、その位置で車がとまったからだ。うしろのシートにいたのは、黒っぽいジャンパーだかアノラックだかを着た男で、その男が美樹子をひきずりこんだのだ。美樹子は恐怖のあまり声をたてられなかったか、それとも、あの男が手で彼女の口をしっかり押えてしまったのかもしれない。ふたりの位置と姿勢からいって、そう考えるのが妥当のように思える。

どちらにしろ、ほんの数秒間のできごとで、美樹子をさらうことを、あらかじめ計画しての行動であることは明らかだった。あの通りは、片側が雑木林に、もう片側が工場になっているので、商店街などと違って人通りがあまりない。ことにきょうは日曜で工場が休みなので、目撃者といっては、ほかにいないのだ。犯人の側からいえば、工場と工場との間の細いすきまのずっと奥から、ひとりの少年が見おろしていようとは思いもよらなかったに違いない。

警察では車のナンバーをくどいほど尋ねられた。が、それを答えることは、研一には不可能だった。彼が見ていた角度からは、ナンバー・プレートは見えないのだ。

「まあ、ナンバーが不明でも、車の型と色がわかっていますから、割り出すのはそれほどむずかしくないでしょう」

警官は、そう白になっている美樹子の父に向かって慰め顔にいったが、車の持ち主が割り出されても、美樹子が無事にもどって来るということと、ただちにつながるわけではない。研一は、いても立ってもいられない気持ちだった。彼はもう一度、最初からの光景をまぶたに浮かべてみた。

「あ？」

研一の心にひらめいたものがあった。そうだった。今まで思い出せなかったが、車の後部の窓のところに、何かが置いてあったような気がする。そうだ。犬だ。シェパードが寝そべった形の、大きな縫いぐるみだ。車のうしろのところに動物のおもちゃを飾ることがはやっているが、あの車は、確かに寝そべったシェパードを飾っていた。そして研一には、そのシェパードに見覚えがあったのだ。研一は、大急ぎで階段をおりた。

3

「どこか、出かけるの？」

母が心配そうに声をかけた。

「河井さんのことが心配だから。もう一度、様子を聞いて来る」

研一は小声でいった。何かのかたちの見通しがつくまで、この事件については両親以外だれにももらさないようにと、かたくいわれているのだった。営利誘かいかもしれないので、世間で騒がれて被害者の身にもしものことがあってはならないという配慮からである。

研一は小走りに走って、洋品店「ジュニア」にやって来た。「ジュニア」は、彼の親友、佐々木昇の家だ。昇は父親がなく、母と姉でこの店をやっている。名まえのとおりジュニア向けのおしゃれの店だが、身につけるものだけでなく、キー・ホルダー、サイン帳、ドル入れなどの小間物から、オルゴールや人形、縫いぐるみの飾り動物まで置いている。ガラスのケースの中で、シール製のシェパードが目だって大きく堂々としていたのを研一は記憶していた。

「どうしたんだ。あわくって」

店番しながらトランジ

スタ・ラジオを聞いていた佐々木昇が、研一の顔を見るなり笑った。家が「おしゃれの店」なのに、どちらかというと身なりなどかまわない、線の太い感じの少年である。

「ちょっと聞きたいことがあるんだ」

「なんだい？　改まって――。それはそうと、今しがた河井さんのうちから電話があって、河井さんが急病になったので今夜の誕生祝いはわるいけど延期にするっていって来たぜ。そのことかい？」

昇も、今夜の美樹子の誕生パーティーに呼ばれていたのだ。

「ううん、それは――」

研一はいいしぶった。親友の昇にかくしだてするのは気がすすまないが、こればかりは軽々しく話すわけにいかない。

「聞きたいってのは、べつのことなんだ。ここのたなに、このあいだまでシェパードがあったろう？　あれ、売れたのかい？」

「ああ、あの犬か。四、五日前にね」

研一の質問が意外だったとみえて、昇は目をぱちくりさせた。

「買って行ったのはどこのだれか、わからないか？」

「わかってるよ。青戸といううちのむすこだよ。あの犬は四千円もするんだが、気に入ったとみえて、灰色のブルーバードでのりつけて、ぽんと金をおいて持って行ったよ」

「灰色のブルーバード！」

研一の胸の動悸が速くなった。

「き、きみ……その青戸といううちは、どこだ？　お……おしえてくれ」

「秋山君。きょうは少し変だぜ。そんな、かみつくようにいわなくてもいいだろう？　青戸というのは、消防署の先をずっと行ってタバコ屋の角を左手にはいったところだ。大きな邸宅だよ」

そういってから、ちょっと気がかりな表情になって、

「どんな用事があるか知らないが、あんなうちとはあまりつきあわないほうがいいぜ。金持ちなの

を鼻にかけて、人を人とも思わない連中なんだ。シェパードを買って行ったむすこは大学生なんだが、学校もろくに行かないで、がらのわるい仲間やいかれたような女の子をひきつれて遊び歩いているらしい。このまえも酔っぱらい運転で小さい子にけがをさせたが、おやじが金を出してむりやり示談にしたって話だよ。金の力さえあれば、できないことはないと思っているんだな。もっとも、おしゃれ好きで、うちの店にはしょっちゅう来てくれるから、ほんとはいいお得意さんなんだけど」

昇は苦笑した。

「つきあったりしないよ。ただちょっと用があるんだ」

4

研一は「ジュニア」から飛び出すと、教えられたとおりに青戸家に行ってみた。

それは、想像していたよりももっと大きなデラックスな邸宅だった。鉄棒でつくった扉の内側がカー・ポートになっているが、今は車ははいっていない。研一は、門柱についているブザーを押した。意外に近くで男の声が答えた。庭先を歩いていたのか、きざな服装をした青年が植込みのかげから姿を現わし、こちらに近づいて来た。

「だれだか知らないが、おやじとおふくろはきのうから旅行に行ってるんだ。通いの女中も休みだし、うちの者がいるとき来てくれよ」

両手をズボンのポケットに入れたまま、おうへいな口調でいった。

「ちょっと聞きたいことがあるんです。お宅の車は、どんなんですか?」

「車?」

青年の目が光った。

「六六年型のブルーバードだよ。ライトグレーの。それがどうしたのかね」

「その車は、今どこにあるんですか?」

「盗まれちまったよ。けさがたね」

「盗まれた?」

「ああ、けさ、うちの前に置いといたら、ねえのさ。すぐ乗るつもりで、ちょっとうちん中に物をとり行ったすきによ。一分とかかからねえつもりだったから、キーもさしたまんまにしといたのがまずかった」

青年はくちびるをゆがめて笑った。

「警察に届けたんですか?」

「今これから届けに行くとこよ。うちの車をどっかで見かけでもしたのかね?」

「いいえ」

「そんなら、ぐずぐずいってねえで、早く帰ってくれ。今もいったとおり、うちはみんなるすだからな。用があったら、おふくろのいるとき来てくれ」

研一は、しかたなくそこをたち去った。車が盗まれたという件はどうもくさい。いずれにしても、例のシェパードの話は警察にしなければなるまい。青戸のむすこがその犬のおもちゃを買ったことも、青戸家の車が灰色のブルーバードであることも——。


ふと研一は、今ひとつの事実に思い当たった。美樹子が買い物からもどって来たときに見せていた表情だった。行きにはあんなに浮き浮きとはしゃいでいたのに、帰りには何か一心に考えこんでいるふうにみえた。心配ごとがあるとか、しょんぼりしているとかいうのとも違う。いわば、数学のむずかしい問題を考えてでもいるような感じに、研一にはとれたのだった。美樹子はいったい何を考えていたのだろう? それを知りたい、と研一は思った。

美樹子は、レース編みの手さげ袋にお菓子の包みらしいものを入れ、花の束をかかえていた。そうだ。ついでに花屋に寄ってそれとなく聞いてみよう。交番へは早く行ったほうがいいが、花屋へ寄るのなら、遠回りではない。

5

研一は商店街を急いだ。花屋は、「ジュニア」の筋向かいにある。早春の花屋の店先は、チューリップ、フリージア、三色すみれとさまざまな色彩に溢れていた。

「あのう、二時間半くらい前、赤いチェックのマフラーをした高校生の女の子が花を買いに来なかった？　桃と菜の花を買ったはずなんだけど」

店先にいたのは、研一とおない年くらいの目のくるっとした少女だった。

「女の子って、河井美樹子さんのことじゃないの？」

少女は、いたずらっぽい目で聞き返した。

「あ？　きみ、河井君のこと知ってるの？」

「知ってますとも。あたし、小学校も中学も河井さんといっしょだったのよ。高校になってからべつべつになったけど」

「へえ、そう。で、河井君、この店へ来たでしょう？」

「来たわ。桃と菜の花を欲しいっていったから、大まけにまけてあげたわ。だっておひな祭りの花は売れ残りですもの。六日のあやめ、十日の菊ってね」

花屋の娘らしいことわざを口にして笑う。が、研一はそれどころではなかった。

「で、河井君には、なにか変わった様子はなかった？　こう考えこんでいるとか」

「ちっとも、いつものとおり朗らかで、お誕生会をするとかいってはしゃいでたわ」

「この店のあと、どこへ行くっていった？」

「時計屋さんに行って、こわれた腕時計を修理に出してから、お菓子を買いに行くっていったわ」

「どこの時計屋だろう？」

「皆尾《みなお》時計店だと思うわ。そこの横丁をはいったところよ。お菓子屋さんは『たから屋』へ行くっていってたわよ。——はい、いらっしゃい」

花屋の店にお客がはいって来たのだった。研一は、少女のほうに頭をさげて店を出た。

皆尾時計店は、表通りからちょっとひっこんだところにある小さな店だった。ショーウィンドーには、少しばかりの時計やめがねが並んでいるだけで、あまり繁盛しているようにはみえない。店には人の姿がなかった。

「ごめんください」

声をかけても、だれも出て来ない。研一は、あたりを見回した。時計屋の向かいは材木置場。隣は何かの倉庫になっている。これでは人通りも自然少なくなるし、商売もうまくいかないだろう。

それにしても、変な店だな――と思ったとき、ふいに研一の目にとびこんで来たものがあった。隣の倉庫の入り口近くに落ちている小さな粒だった。研一は、しゃがんで目をこらした。黒い豆にうすく雪のように白砂糖をまぶしたものだった。

これは――これは美樹子のいっていた「淡雪豆」ではないだろうか。「ふつうのひなあられでは平凡だから『たから屋』で淡雪豆を買って来るわ。黒豆にお砂糖をまぶしてあってとてもおいしいの」と彼女はいった。

その淡雪豆がここに落ちている！

これは、どういう意味だろう？　花屋の少女の話によると、美樹子は、花屋→皆尾時計店→たから屋、という順序で用事をたしに歩いたらしい。そうとすると、ここの時計屋に腕時計修理を頼みに立ち寄ったときには、彼女はまだ淡雪豆を持ってはいなかったはずだ。それなのに、なぜここに淡雪豆が落ちているのか。事件に関係のない他人が落として行ったと考えるのは、あまりに偶然すぎる。やはりこの豆は、河井美樹子が落としたものに違いない。

よく見回わすと、黒い豆は、あたりの道路上や草の間に、まだいくつもころがっているではないか。それに――。

「あ、これはタイヤの跡だ！」

研一は、その場にしゃがみこんだ。簡易舗装された通路の表面にかすかに残っているのは、乗用車のらしいタイヤの跡だった。美樹子のさらわれた現場にあったのと同じものかどうか、はっきりとはわからないが、よく似ているような気がする。鑑識の人が、さきのタイヤの跡をカメラにと

っていたから、警察ならばすぐにわかるはずだ。
「警察に行かなければ！　いや一刻も早いほうがいいから電話で……」
　はねあがるように身を起こした研一は、ぎょっとして立ちすくんだ。いつのまに来たのか、ふたりの男が、彼の前に立っていたのだ。ひとりは、あの車に乗っていた黒いジャンパーの男、もうひとりは青戸だった。

6

「声をたてるな」

　ジャンパーの男が、ポケットからちらりと何かをのぞかせていった。拳銃の銃口だった。

「とっとと帰れといったのに、いうことを聞かねえでこんなところをうろついてやがるからさ」

　青戸が、あざけるようにつぶやいた。

「歩け。はいるんだ」

　ジャンパーの男が、うしろから研一を追いたてて時計屋の横手の入り口から中にはいらせた。よく晴れた明るい戸外からいきなりはいったので、目の前に幕をおろされたようで、何も見えない。やっと少し目がなれて来たとき、研一は思わず叫んだ。

「河井さん！」

　へやのすみに手足をしばられてころがされているのは美樹子だった。手ぬぐいでさるぐつわをされているのでものはいわないが、おびえた黒い目が、ひたと研一を見つめている。

「おっとっと、坊や。大きな声をたててもらっては困るね」

「ジャンパー」が、ぐいと研一の背中を堅いものでついた。研一はくちびるを噛んだ。

　十分もたたないうちに、研一のからだは、美樹子と同じように縛りあげられてころがされていた。

「兄貴。こいつらをどうするつもりだね？」

「ジャンパー」が聞いた。青戸は鼻で笑った。

「かわいそうだが、始末するよりねえだろうな。おまえ、ご苦労だが、日が暮れたらゴリラのとこのライトバン借りて来て、こいつら荒川にでも運んで土左衛門《どざえもん》にして来てくれよ。詳しい手はずはおれが考えるから」

「だいじょうぶかい？　そんなことして」

「だいじょうぶさ。ただし、おれんとこはそのうち警察が車に目をつけて調べに来るから、おれにはアリバイがないと困るんだ。おまえがこいつらをかたづける時刻に、おれはしっかりしたアリバイをつくっとくからな」

「いやな仕事をおっつけて、手数料はくれるんだろうね？」

「もちろんやるよ。それはそうと、品物の数をちゃんと数えておかなきゃならねえ。ゴリラに渡すとき、代金をごまかされるといけねえからな」

　青戸がそばにあったかばんをひきよせて、ふたをあけた。ころがされたままの研一は、さるぐつわをされていなかったら、

「あっ！」

と叫ぶところだった。かばんの中には、外国製らしい小型の高級腕時計がぎっしり何百個もつまっていた。

「おい、坊や。たいしたもんだろう？　この世のなごりに、おがましてやらあ」

　ジャンパーが、こばかにした口調でいった。

　――ううっ。こんなやつにやられて、たまるか――。

　身もだえしても、手足のなわは皮膚にくいこむばかりだ。美樹子が、がくがく震えるからだをすりよせて来た。

　そのときだった。入り口の戸を激しくたたく音がした。

「なんだあれは」

「兄貴。様子が変だ」
ドアをたたきやぶる音に続いて、どやどやと足音が駆けこんで来た。青戸が、たたみの上に置いてあった拳銃を取り上げた。が、次の瞬間、いち早くとびかかった警官の手で、拳銃がはたき落とされていた。
「秋山君。河井さん！」
駆けよって研一と美樹子のからだに手をかけたのは、佐々木昇だった。

7

「ほんとうに皆さんのおかげです。美樹子はかなりショックを受けている様子ですが、母親がつきそって休ませましたから、もうだいじょうぶと思います。ありがとうございました」

美樹子の父は家に落ちつくと、研一や研一の両親、それに佐々木に深く頭をさげた。

「おじさん。ぼくまだよくわからないんです。河井さんは、どうしてあんな目にあったんですか？」

やっと興奮も静まった研一が、さっそく質問した。美樹子の父はうなずいて、

「私もまだ詳しくは聞いていないんですが、美樹子がきれぎれに話したところによると、こういうことらしいのです。あの連中は、かなりおおぜいの仲間で組織をつくって時計や宝石の密輸をやってい

たのですね。美樹子は、そんなことは夢にも知らずに皆尾時計店へ腕時計の修理を頼みに行った。するとだれもいないのでなにげなく中をのぞいたところが、中ではおびただしい高級時計や札束を並べていたそうです。あの子は、そのまま買い物をすまして帰って来たのですが、道々あれはいったいどういうことなのだろうと考えていたそうです」

「わかった！　悪漢のほうでは、河井さんに秘密を見られたというので、すぐ車で追ってきて誘かいしたのですね」

「そうです。仲間のひとりの青戸という大学生のブルーバードでね。その車はそのあとどこかへ置き去りにして、盗まれたということにしてしまった。青戸の家では、たまたま家の人が旅行中なので、車が盗まれたことにするのに都合がいい。そして、そのブルーバードが犯罪に関係したといって調べられても、盗んだ人間がやったことだから知らないといってしらばっくれればよいと――こういう計画だったんですね」


「そうか。で、佐々木君は、どうしてぼくらを助けに来てくれたの？」

「ぼくは、きょう秋山君の態度がいつもと違うので気になっていたんだ。するときみ、うちの筋向かいの花屋の女の子と、しきりに話していたろう？　ぼくはどうも気がかりであれから、きみのあとをつけたんだ。そして、きみが拳銃でおどされてあのさびれた時計屋に連れこまれたのを見たので、すぐ一一〇番に電話したんだ」

「そうだったのか。ありがとう。ぼくは少し考えが足りなかったな。まんまと敵の手におちるなんて」

「いや、そんなことはありませんよ。秋山君」

美樹子の父がかむりを振った。

「美樹子は、車でさらわれてあの時計屋に連れて行かれたとき、自分がこんなところに連れて来られたことをなんとかしてひとに知らせたいと思ったが、どうすることもできないので持っていた淡雪豆の紙袋を破いて、わざとそこにまきちらしたのだそうです。それをきみが、注意ぶかく発見してくれたので、あの子は助かったのです。ほんとうにあの子は、よいお友だちをもっていてしあわせです」

「そしてぼくらもですよ。ね、佐々木君」

秋山研一と佐々木昇は、目を見合わせてにっこりした。

あした天気に

挿絵　オオタダイハチ

1

たぬきのポン太くんは、野原のまんなかをかけて行きました。むねがわくわくして、じっとしていられません。だって、あしたは、ポン太くんたち動物小学校のえんそくなんですもの。

「うれしいな。あした天気になあれ」

ポン太くんは、青空にむかって、大きな声でどなりました。

「あした天気になあれ」

うしろで声がしました。だれかがポン太くんのまねをしたのです。ポン太くんは、びっくりしてふりかえりました。ぞうの花彦くんが立っていました。細い目をもっと細くして、にこにこわらっています。

「ポン太くん、えんそくのしたく、できた？」

花彦くんが、ききました。

「できたよ。キャラメルも夏みかんも買って、リュックサックに入れてあるんだ。花彦君も、お菓子買ってもらった？」

「うん、チョコレートとガムだ。それからね、もっといいもの買ってもらっちゃったんだ」

「へえ？　なに？　なにを買ってもらったの？」

ポン太くんがきくと、花彦くんは、またにこっとわらいました。それから、太い足を、ゆっくり前へ出してみせました。

「ほら、これだよ、ポン太くん」

「わあ、くつか？　新しいくつ、すごいじゃないか」

「うん、ぼくの今までのくつは、古くなって、かかとのとこに穴があいてたんだ。えんそくに行って石なんかはいったら、足を痛くするからって、おかあさんが買ってくれたの。ね？　いいくつだろう？　こうやって、ひもでむすぶんだぜ」

「ほんとだね。茶色くって、ぴかぴかしてて、きれいだな。でも、ずいぶん大きなくつだねえ」

ポン太くんは、感心して花彦くんの新しいくつをながめました。まったく大きなくつです。ポン太くんの足なんか、七つもはいりそうです。

だって花彦くんは、ぞうさんの子ですものね。からだも足も、とくだいなんです。

「花彦くん。あしたお天気だといいね」

「そうだね。ひとつ、うらないをやってみようか？」

「うらないって、どうやるの？」

「うらないっていうのはね、こうやって足をふって、くつをぽーんとほうりだすんだよ。『あーした天気になあれ』って言いながらさ」

「そうすると、どうなるの？」

「そうすると、くつがとんで行くだろう？　そして、ちゃんと立ったらお天気で、ひっくりかえったら雨なんだよ」

「へえ、おもしろいな。やってごらんよ」

「やってみようか」

花彦くんは、しゃがんで、片っぽうのくつのひもをゆるめました。それから、

「あーしたてんきになーァれっ」

と、さけんで、足を力一ぱいふりました。くつは足からぬげてとんで行きました。

「どうだった？　お天気かい？」

「おやおや、くつのやつ、あそこの木の枝にひっかかってら。これじゃあ、お天気か雨かわからないや」

「じゃあ、こんど、ぼくのでやってみるよ」

ポン太くんは、一本足で立って、

「あーした天気に……」

と片足をふりかけました。そのとたん、ポン太くんは、よろよろとよろけて、そばにあった穴の中にしりもちをついてしまいました。

「あ痛っ！」

「だいじょぶかい？　ポン太くん。けがしなかった？」

花彦くんが、心配そうに、ポン太くんの手をとって起してくれました。

「だいじょぶだよ。ああ痛かった。こんなところに穴ボコがあるからわるいんだ」

ポン太くんは、顔をしかめて立ちあがりました。花彦くんが、大きな手で、ズボンのほこりをたたいてくれました。

「ありがとう、じゃあもう一ぺん、うらないのやりなおしだ」

ポン太くんは、もう一度足をふって、

「あーした天気に……」

と言いかけましたが、急に目をまんまるくしてさけびました。

「花彦くん、たいへんだ。花彦くんのくつがないよ」

ほんとうです。むこうの木の枝にぶらさがっていた、くつの片っぽうは、どこへ消えたのか、かげもかたちもありません。ふたりは、木の下へ、かけよりました。

「あったかい？　花彦くん」

「ない。……どこにもないよ」

「困ったなあ。ぼくが穴に落ちてさわいでいたあいだに、だれか持って行ってしまったんだ」

「どうしよう」

花彦くんの小さな目から、涙がぽろんぽろんころがり落ちました。

「花彦くん。泣いちゃだめだよ。ふたりでさがしたら、きっとみつかるよ。きみ、あっちの方をさがせよ。ぼくは、こっちの方へ行ってみよう」

ポン太くんと花彦くんは、わかれわかれになって、くつをさがしに出かけました。

2

　ポン太くんは、いっしょうけんめいあたりを見まわしながら歩いて行きました。すこし行くとむこうから、子ブタのプーコちゃんが、アメ玉をなめながらやって来ました。プーコちゃんは、やっと三つになったばかりの小さな子です。

「プーコちゃん、ちょっとちょっと」

　ポン太くんは、プーコちゃんをよびとめました。

「プーコちゃん。どこかで、くつを片っぽ見なかった？」

「クチュ？」

　プーコちゃんは、ふしぎそうに、ポン太くんを見あげました。

「そうだよ。茶色いやつなんだ。このくらいの大きさなんだよ」

　ポン太くんは、棒きれをひろって、地面に、すこし長っぽそい丸をかいてみせました。プーコちゃんは、頭をちょこんとかしげて考えていましたが、

「このくらい、おっきいの？」

「そうだよ。このくらい大きいんだ」

「こんなかたちちてるの？」

「そうだよ。だいたいこんな形だよ」

「そうして、茶色いの？」

「そうだよ。茶色なんだ」

「わかった、わかった」

　プーコちゃんは、手をたたきました。

「プーコ、ちってる、ちってる」

「えっ、ほんと？　どこで見たの？」

「あっち」

「プーコちゃん、いい子だから、ぼくをそこへ連れてってよ」

　ポン太くんは、ちょこちょこかけて行くプーコちゃんについて行きました。やがて、プーコちゃんは、一けんのパン屋さんのまえに立ちどまりました。

「ここよ」

「え？　だってここは、パン屋さんじゃないか」

「そうよ。ほら、あれよ、あれよ」

プーコちゃんが指さしたのは、コッペパンでした。

茶色いコッペパンです。

丸くてすこし長っぽそいかたちをしています。

ポン太くんが地面にかいてみせたのと、ちょうどおんなじくらいの大きさでした。

「ちえっ、なんだかへんだと思った。プーコちゃん、ぼくがさがしてるのはコッペパンじゃないよ。くつだよ」

「クチュ――って、なあに？」

「なんだい。くつを知らないの？　プーコちゃんが足にはいてる、それがくつだよ」

「ちがうわよ。これはオクックよ」

「やれやれ。オクックって言わないとわからないのか。プーコちゃんは、まだ小さいからしょうがないな」

ポン太くんは、がっかりして、もと来た方へ戻って行きました。

3

原っぱへ戻ってみると、花彦くんは、もうさきに帰って来ていて、木の下に立って、しょんぼりと上を見あげていました。

「花彦くん。くつはみつかった?」

「だめなんだ。だれにきいてもわからないんだよ」

「困ったなあ」

ポン太くんは、しばらく考えこんでいました。が、ぽこんとおなかをたたいて言いました。

「ひとにきくばっかりじゃ、だめなんだ。花彦くん。ぼくたちも考えてみなくっちゃ」

「考えるって、何を考えるのさ」

「くつを持って行ったのは、どんなひとかっていうことだよ。ねえ花彦くん。くつは、そこの木の枝にひっかかって、ぶらさがっていたろう?」

「そうだよ」

「だれかさんが、くつを持って行ったとすると、そのだれかさんはきっと、せいの高いひとだったにちがいないと思うんだ。だって、せいのひくい人だったら、ぶらさがっているくつに、手がとどかないもの」

「そうだ、そうだ。せいの高い人にちがいない」

と、花彦くんもさんせいしました。

「この動物町でいちばんせいの高いのは、キリンさんだね」

「うん、きっとキリンさんだ。ねえきみ。キリンさんのところへ行ってきいてみよう」

ふたりは、すぐ、キリンさんの家へ行きました。

「キリンのおばさん。花彦くんの新しいくつを片っぽ持って行ったのは、おばさんでしょう?」

ポン太くんが言うと、キリンのおばさんは目を丸くして怒りだしました。

「へんなことを言わないでよ。わたしはひとのものなんか持って来たりしないわ。どうして持って来たなんて思うの?」

ふたりは、自分たちの考えを話しました。キリ

ンのおばさんは、くびをふりふり聞いていましたが、

「木の枝にぶらさがっていたくつを取るのなら、せいが高くなくてもできるわよ。そら、うさぎさんのように、ぴょんぴょんはねるひとだって、とどくじゃないの」

「ほんとだ。じゃあきっと、うさぎさんだよ」

ふたりは、うさぎの白吉くんの家に走って行きました。

「なんだって？　とんでもない。ぼくは花彦くんのくつなんか取ったおぼえはないよ。どうしてぼくが取ったなんて思うんだい」

白吉くんは、長い耳をぴりぴりさせて怒りました。ふたりは、自分たちの考えたわけを話しました。

「そうか。しかし木の枝にぶらさがったくつを取るのなら、ぴょんぴょんはねなくたって取れるよ。空を飛んで来る鳥だったら、らくらくとさらって行けるじゃないか」

「あっそうか。なるほど」

ふたりは顔を見あわせました。

「きっと鳥だね。鳥の中でも大きく力の強いトンビさんにちがいない」

ポン太くんと花彦くんは、トンビのおじさんの家にかけて行きました。

「なんだと？　わしが花彦くんのくつをさらったって？」

トンビのおじさんは、とがったくちばしを、かちかちいわせて怒りました。

「わしは、ひとのものをさらったことなんか、ただの一ぺんもないぞ。わしばかりではない。わしたち鳥のなかまには、そんなことをするやつは一羽もいないんだ」

「でも、木の枝にぶらさがったくつを取れるのは、空を飛べる鳥さんでしょう?」

ポン太くんが自分たちの考えをせつめいしました。トンビのおじさんは頭をふって、

「これこれ、よく考えてごらん。空を飛べなくても、木のぼりのじょうずな動物ならば、だれだって取れるじゃないか」

「あっそうか。木のぼりがじょうずなのは、だれだろう？　花彦くん」

「木のぼりがじょうずなのは、ねこだよ。きっとねこのミケ子ちゃんだ」

　ふたりは、ミケ子ちゃんの家に走って行きました。

「なにを言うの？　わたしは花彦くんのくつなんかとりはしないわ。どうしてわたしがそんなことをしたなんて考えるの？」

　ミケ子ちゃんは、金いろの目だまを光らせて怒りました。

「だってミケ子ちゃんは木のぼりがじょうずだもの」

　ポン太くんが言いました。

「木のぼりがじょうずなのは、わたしだけじゃないわ。おさるの喜一郎くんや、りすのチョロ子ちゃんや、まだまだ大ぜいいるわ」

「あっそうか。じゃあおさるの喜一郎くんかな？」

　とポン太くんが言いました。

「りすのチョロ子ちゃんかもしれないぞ」

と花彦くんが言いました。すると、ミケ子ちゃんが言いました。

「ポン太君と花彦くん。ふたりともそんなにすぐ、ひとをうたがうもんじゃないわ。せいが高いから、とか、木のぼりがじょうずだから、とか言って、すぐそのひとのせいにするなんて、しつれいよ」

「そうだなあ。そう言えばぼくたち、しつれいだったなあ」

ふたりは頭をかきました。

「大いにしつれいよ。ひとをうたがうよりも、もっとよくしらべてみればいいじゃないの。わたしもいっしょにしらべてあげるわ」

4

ポン太くんと、花彦くんと、ミケ子ちゃんは、またあの原っぱにやって来ました。

「なるほど。この木にひっかかっていたのね」

ミケ子ちゃんは、するすると木によじのぼりました。そして、はなを鳴らして、においをかぎました。

「なにかのにおいがするわ。なんだかわからないけれど、わたしのだいすきなにおい」

「ミケ子ちゃんのすきなにおいっていうと、カツオブシかな？」

ポン太くんが、うでぐみして言いました。

「カツオブシじゃないわ。もっとやわらかくて、ちょろちょろしたにおいよ」

「やわらかくて、ちょろちょろしたもので、ミケ子ちゃんのだいすきなものっていうと――ねずみかな？」

「それだわ！　ねずみよ！　ねずみのにおいよ！」

ミケ子ちゃんが、木からとびおりました。三人は、息をきらして駈けだしました。

「こんにちは。ねずみのおばさん」

ポン太くんが、ねずみさんのうちのドアをあけました。ねずみのおばさんは、十二匹の子ねずみ

たちを、ゆりかごにねかして、ゆすぶっていると
ころでした。そのゆりかごを見たとたん、花彦く
んが、
「ぼくのくつだ！」
とさけびました。ゆりかごは、茶色くて大き
な、花彦くんのくつでした。
「まあ、これ、坊やのくつなの？」
小さな小さなねずみのおばさんは、びっくりし
て、大きな大きなぞうの坊やの花彦くんを見あげ
ました。
「原っぱの木にひっかかっていたから、いらない
のだと思って持って来て、おとうさんに天じょう
からつるしてもらったのよ。子どもたちのゆりか
ごに、ちょうどいいんですもの」
「でも、ぼくのだいじな新しいくつなんだよ。返
してくれない？　おばさん」
「そりゃあ、あんたのならば返さなければならな
いわ。待っててね。今おとうさんを呼んで来て、
おろしてもらうから」
ねずみのおばさんは、残念そうに、くつのゆり
かごを見あげました。くつのゆりかごは、ゆらー
りゆらーりゆれて、とてもぐあいがよさそうで
す。
「おばさん。ぼくの古い方のくつだったら、ゆり
かごにならないかしら？」
花彦くんが言いだしました。
「古い方のくつって？」
「今まではいていたくつなんだ。洗えばきれいに
なるんだけど、かかとんとこに穴があいてるん
だ。あの穴から、あかちゃんがこぼれてしまうか
なあ」
「穴なんか、だいじょうぶよ。おとうさんにふさ
いでもらうから。――うちのおとうさん、そりゃ
あきようで、細かいしごとがとくいなのよ」
「それだったら、ぼくの古い方のくつあげるよ。
二つあるから、ひとつはゆりかごにして、もうひ
とつは、あかちゃんたちが自動車ごっこして遊ぶ
といいよ」
「まあどうもありがとう。ごしんせつに」
ねずみのおばさんは、花彦くんにおじぎをしま

した。それからポン太くんにおじぎをして、おしまいにミケ子ちゃんにおじぎをしました。ミケ子ちゃんは、ねずみのおばさんの方を見ないように横をむきながらおじぎをしました。動物町のねこは、動物町のねずみを食べない約束になっているのですが、でも、見ればつい食べたくなってしまうからです。

「じゃあおばさん。すぐにくつ持って来るからね」

花彦くんとポン太くんとミケ子ちゃんは、ねずみさんのうちを出て元気に歩きだしました。青空に、まっ白な雲がうかんでいます。きっとあしたも、いいお天気ですよ。

まよなかのお客さま

挿絵　堀内誠一

ゆうれいというやつは、白いきものを着ているものだ、とぼくは思っていた。と言っても、この世の中にほんとにゆうれいがいるなどとは思いやしない。絵にかいたゆうれいの話だ。だいたい、一九五三年うまれの小学生がゆうれいなんか信じたら、めいよにかかわる——と、きのうまでぼくは考えていた。

ところが、ゆうべのことだ。へんてこなことがおこったんだ。

ゆうべぼくは宿題をやってしまってから、テレビの「テキサス・ボーイ」を見て、それから二階のへやにねに行った。ここの家にひっこして来てから、ぼくは二階の四じょうはんにひとりでねる。まえに住んでいたうちは、へやが二つしかなかったけれど、こんどの家は二階だてで広いので、ちゃんとぼくだけのへやがあるんだ。だから、ぼくは大いにこの家が気にいっている。

ところで、どのくらい眠ったろうか。ぼくはふと目をさました。足のほうのくらやみに、なにか立っている。それが、うすももいろにぼーっと光っているんだ。

ももいろのやつは、ぼくが見ているのに気がつかないらしい。そろそろとうごきだした。

いけない、どろぼうだ！　と、ぼくは、おなかの中でさけんだ。なぜって、ももいろのやつは、おしいれの前までいって、なにやら考えこんでいるのだ。そのおしいれには、つくりかけのプラモデルの消防自動車がはいっている。プラモデルとかんたんに言うが、おとうさんのくつぐらいの大きさで、はしごがのびちぢみするし、ホースもまいたりのばしたりできる高級なやつで、千円もしたんだ。ながいことおこづかいをためて、やっと買って、つくりはじめたのに、あれを持っていかれたら、泣いても泣いてもおっつかない。

「ねえ」

ぼくは思いきって、むっくりおきあがると、ももいろのやつに声をかけた。

「ねえ、おねがいだから、消防自動車は持っていかないでよ。ほかのものは、持っていってもいいからさ」

「なあに？」

ももいろのやつは、そう言ってふりかえった。ぼくはびっくりした。くらやみの中なのに、その顔がよく見えるのだ。それは、わかい女の人だった。うすももいろのワンピースを着ている。どろぼうにしては、しょうしょうかわったどろぼうだな、と思った。女の人は、ふしぎそうにぼくの顔をのぞきこんで、

「あんた、だあれ？」

「ぼく、松本ヒロシだよ」

「松本ヒロシ？　どうしてここにねてるの？」

「どうしてって、ここ、ぼくのへやだもの」

「うそよ。ここ、わたしのへやよ」

「じょうだんいっちゃ、こまるよ。『この四じょうはんを、ヒロシのへやにしような』って、おとうさんが言ったんだよ」

「へんねえ」

女の人は、あたまをかかえて考えていた。が、やがて、

「わかったわ。思いだしたわ。ここは、たしかにわたしのへやだったのよ。でも、それは、わたしが、まだ生きていたときのことだったわ」

「生きていたときだって？　じゃあ、おねえさんは死んだの？　ゆうれいなの？」

「そうなのよ。トラックにはねとばされて死んだの。そのとき頭をぶつけたので、すこしばかり、ものおぼえがわるくなっちゃったのよ。今からちょうど百年前に死んだ緒方洪庵《おがたこうあん》というお医者さんが、わたしのこと診察してくれて、ものおぼえのほうは、だんだんにもとどおりになるって言ってくれたけど」

「それじゃ、まだよかったね」

とぼくは言った。いくらゆうれいでも、ものおぼえがわるくては、こまるだろう。

「それで、おねえさんは、なんのためにゆうれいになって出てきたの？」

「ハンドバッグをとりに来たのよ」

「ハンドバッグ？」

「そう。このへやは、もと、わたしのへやだったから、どこかにおいてないかと思ってさがしに来たんだけど。……ほんものの皮の、上等のハンドバッグなのよ」

「このへやにないことはたしかだよ。ぼくたちが、ひっこして来たとき、この家はあきやになっていて、なんにもなかったんだもの」

「そうなの？　この家は、まえ、わたしのしんせきの家だったのよ。わたし、この四じょうはんをかしてもらって、おつとめに行っていたの。わたしが死んで、それからしんせきの人がひっこしたあと、ヒロシくんたちがすむことになったのね。

でもこまったわ。わたしのハンドバッグ……」

ゆうれいのおねえさんは、べそをかいている。

ぼくは、わらいだした。

「ゆうれいでもハンドバッグなんか、いるの？」

「そりゃあ、いるわよ。ゆうれいだって、なんにも持たないであるくんじゃ、かっこうがつかないわ。それにあのハンドバッグはとくべつだいじなんですもの。おこづかいをためて、やっと買ったのよ」

それをきいて、ぼくはゆうれいのおねえさんに同情した。さっきも言ったとおり、ぼくも、おこづかいでプラモデルを買ったばかりだったからだ。

「それじゃあ、まだあたらしかったの？」

「そうよ。その日はじめて、おつとめに持って行って、かえりに死んじゃったんですもの。……あっ、そうだわ」

なにを思いだしたか、ゆうれいのおねえさんは手をたたいた。

「わたしの死んだところへ行ってみましょう。ハンドバッグ、あるかもしれないわ」

「そんなのむりだよ。ハンドバッグを、いつまでもそんなところに、おとしておくはずないじゃないか」

「でも、もしかあのとき、ハンドバッグもめちゃめちゃにこわれて死んでしまっていたら、ハンドバッグのゆうれいが、うろついているかもしれないじゃないの」

「なるほど。ゆうれいのおねえさんに、ゆうれいのハンドバッグなら、ちょうどいいね」

「わたし、さがしに行ってみるわ。ヒロシくんもいっしょに来てよ」

「ぼくも行くの？」

「だって、ひとりじゃこわいもの」

ゆうれいでも、よる外をあるくのはこわいのだろうか？　そんな話ははじめてきいた。でも、ぼくは、おねえさんと手をつないで外へ出た。なんだか、いつもよりもかるくすいすいとあるける。ぼくたちは、いつのまにか、銀座四丁目の角に来ていた。

「わたしが、ここんとこをあるいていたら、むこうからトラックが来て、はねとばされちゃったの。トラックもわるいけど、わたしもぼんやりだったのよ。横断歩道じゃないところを横ぎろうとしたものだから」

「ふうん」

「ヒロシくんも、道をあるくときは、よくよく気をつけてね。……あら、あそこにいろんなゆうれいがいるわ。見てごらんなさい」

ほんとうだった。道のわきにたって、ほそい手をたれているのは、かれたヤナギの木のゆうれいらしい。むこうのビルのいりぐちのところでは、ドブネズミのゆうれいが、きょろんとした目をしてこっちを見ている。大きなビルには、ネズミがたくさんすんでいるというから、あのビルにすんでいたネズミかもしれない。

もう一つむこうの角には、古ぼけた六角形のこやみたいなものが、うすぼんやり光りながら立っていた。

「きみは、なあに？」

ぼくは、ちかよっていってきいた。

「わしかね？　わしは、大正のはじめごろ、ここに立っていた電話ボックスだよ。古くなって、とりこわされてしまったが、わしはこの町がだいすきなのでな。ゆうれいになって、ここに立っているのさ。ふつう人間たちの目には見えないがね」

電話ボックスの頭の上には、小さなツバメの子がとまって、しきりにせきをしている。

「この子ツバメは、自動車の排気ガスと地下鉄工事の土ぼこりで肺炎になって、おととい死んだんだよ。でもやっぱりじぶんの生まれた東京の町がいいらしいよ。それにしても大正時代はよかったな。ヤナギなみ木も、もっとあおあおしていたからな」

「ちょっと、電話ボックスのゆうれいさん。このへんで茶色いハンドバッグのゆうれいを見かけなかった？」

ゆうれいのおねえさんは、ハンドバッグのかたちや大きさをせつめいした。電話ボックスのゆうれいは、くびをかしげて考えていたが、

「まてよ。そのハンドバッグは、たしかに見たことがあるぞ」

「えっ、ほんと？」

「うむ。しかし、ゆうれいではなかったぞ。そのハンドバッグは、まだ生きているんだ。そうそう、思いだした、思いだした」

「なにを思いだしたの？　早くはなして」

「ちょうどあんたとおなじくらいの、わかい女の人が、そのハンドバッグをかかえて、まいあさここで電車をおりるんだよ。そして夜になるとかえってゆく。ゆうれいじゃなくて、ちゃんと生きている女の人だよ」

「その人、どんな人？」

「そうだな。やせがたで、目が大きくて、やさしいかおをしている。かみの毛はすこし赤っ毛でな」

「ふみ子さんだわ。その人」

ゆうれいのおねえさんが、さけんだ。

「ふみ子さんは、わたしのいちばんのなかよしで、いっしょにおつとめしていたの。わたし、あのハンドバッグを買ったとき、じょうだんに『ふみ子さん。もしわたしが死んだら、このハンドバッグをあなたにあげるわ。だいじにつかってね』って言ったのよ」

「そうか。それでその人、おねえさんのかたみに

ハンドバッグをもらって、まいにちつかっているんだね」

「こまったなあ。あんなこと言わなきゃよかったわ。わたし、まさか死ぬなんて、思っていなかったんですもの。ざんねん、むねん」

　ゆうれいのおねえさんは、しばらくからだをゆすぶっていたが、

「でもいいわ。ふみ子さんがつかってくれるんだったら、あきらめるわ。それに、そのうち、すてきなハンドバッグのゆうれいと、どこかであうかもしれないし。……わたし、もうそろそろかえらなくちゃ。ヒロシくん、さよなら」

　ゆうれいのおねえさんは、手をふって、ふわりとうきあがった。

「もうかえるの？　またおいでよ。ね」

「うん。またあそびに行くわね」

　うすもいろのワンピースは、ぼんやり光りながら、よるのそらをのぼっていって、そのうち見えなくなってしまった。

「ねえ、電話ボックスのおじさん」

　言いかけてぼくは、あたりを見まわした。いつのまにかぼくは、自分の四じょうはんのへやにすわっているのだった。

　そんなばかなこと、ゆめでもみたのだろうって？　そうかもしれない。でもぼくは、これからおやつにキャラメルなんかもらったら、一つくらいたべないでのこしておこうと思っているんだ。ゆうれいのおねえさんは、またあそびに来るっていってたし、ゆうれいだって、キャラメルはよろこんでたべると思うんだ。女の人ってたいてい、あまいものがすきだからね。

やさしい少女たち

挿絵　御正伸

1

山井周一は、いつものとおり七時半すこしすぎに家を出た。バスで三停留所ほど行き、静かな住宅地をすこし歩いたところに、彼の勤め先の私立女子高校・芳李《ほうり》女学園はあるのだった。

「山井先生、おはようございます」

バスを待っていると、かばんを下げて急ぎ足にやって来た島原文子が声をかけた。山井の担任である二年B組のひとりで、おとなしいやさしい子だ。

「あら、生生どうかなさったの？　お顔の色が悪いわ」

文子は山井の顔を見あげて目をみはった。

「顔色が？　べつになんともないんだが」

「そうですか？」

文子は気がかりそうだったが、それ以上は言わなかった。バスに乗りこんだとき、これも担任の生徒の野崎千冬と顔が会った。

「先生、お顔の色、わるいみたい」

千冬も、山井の顔を見るなり言った。そう言われるとなんとなく気分がすぐれないようでもあった。もともと山井周一は、病気をひどく怖れるたちだった。学校にいた間は、そんなことも忘れていたが、帰りのバスの中でまた、べつの生徒ふたりから同じことを言われた。山井はほんとうにいく分青ざめた顔で家に帰った。

「体の調子がすこしおかしいんだ。顔色が悪いことないか?」

妻の賀津子に言うと、

「なんともありゃしないわ。気のせいよ」と、鼻の先で笑った。

「しかし、四人もの生徒が言うんだから——」

「具合が悪いと思うと顔色もさえなくなるのよ。あなたって、いつもそうなんだから」

賀津子はうるさそうに横を向いてしまった。

妻は、芳李女学園の校主・杉岡栄吉の娘である。山井は、この学園に来る前は東京都下の田舎町の小さな公立中学に勤めていた。死んだ父の友だった杉岡が、「自分の娘と結婚するなら、自分の経営する芳李女学園の教師として迎え、ゆくゆくは教頭から校長にしよう」と申し入れて来たとき、山井は夢かと思った。貧しい家に育ち、一生うだつの上らない人生しか自分にはないのだと思っていた彼だったのだ。杉岡の娘の賀津子は醜い上にわがままで、しかも一度結婚に失敗した出戻りだと聞いたが、それでも彼は一も二もなくこの話にとびついた。ただひとつの問題は、彼に森田あき代という婚約者がいたことだった。すなおな娘でデパートの女店員をしていた。山井を心そこ愛していて「あなたに捨てられたら死ぬ」と言って泣くのを振りきって賀津子と結婚したのだった。杉岡は喜んで、新しい学校への通勤に便利な所に小じんまりした家を買ってくれ、なにくれとなく山井に目をかけてくれた。賀津子は女らしい良い妻とはお世辞にも言えないが、その点を除けば山井は現状に一応満足であり、さらに将来のことを考えると、やはり自分の選択は賢明だったとほくそ笑むのだった。

2

翌朝、山井はまたいつものとおり家を出た。表

通りで島原文子に会ったとき、

「きょうも顔色わるいかい？」

と、じょうだんめかして聞いてみた。

「さあ——きのうよりはいいようですけど」

文子は、山井の顔をそっと見て、言葉を濁した。——よくないのだろうか？　この子はやさしい性格だから、心配させまいとしてわざとこんなふうに言っているのではないか？——と、山井は不安になった。

彼の想像は当たっていたらしい。バスの中でいっしょになった野崎千冬は、島原文子よりも活発で率直なたちなので、大きな声で言ったのだ。

「まあ先生。きょうは、きのうよりお加減わるいみたい。大丈夫？」

バスをおりてから出会った生徒にも、校門のところで出会った生徒にも、同じことを言われた。教室のドアの前で、学級委員の瀬戸ひろみから、

「先生、大丈夫ですか？　ご病気みたいって皆心配してますけど」

と気づかわしげに聞かれたときには、彼は明かに胸苦しさを感じていた。

昼休み、職員室で、山井は隣のつくえの年とった女教師に話しかけた。

「須藤先生。僕、すこし気分が悪いんですが、顔色が変ですか？」

「さあねえ、そうも思わないけど」

「しかし、このあたりが、重苦しいんです。本当に変じゃないですか？　変でしょう？」

「そう言われれば、顔色がよくないようにも見えるわ。お大事になさった方がいいわね」

山井は、妻のこしらえた弁当を開いた。肉の焼いたのがはいっていた。味気ない顔で彼はそれを食べた。胸につかえて食べられない。

「食欲ないんですか？　先生」

たまたまなにかの用で職員室にはいって来た二年B組の田中雪枝が、気の毒そうに弁当と山井の顔を見くらべた。

やっとの思いで授業を終えて、とぼとぼと帰りかけたとき、前を歩いて行くふたりの生徒の話が耳にはいった。

「わたしのおじさんね、胃ガンなのよ。もう助からないって言われているの」

「まあ」

「三月くらい前から食欲がないって言ってたの。ことにお肉がきらいになってね。胃ガンて肉類が食べられなくなるんですって」

「早いうちに、わたしたちのクラスの篠田さんのおとうさんに見ていただけばよかったのに。ガンの方では大家なんですってね」

　山井の体の中を烈しい衝撃が走った。

3

　山井は、日にいく度となく胃のあたりに激痛を感じるようになった。ある日彼は、勤めを休んで、篠田病院へ行った。鉄筋四階建の立派な病院で、ここのひとり娘の篠田昌子は彼のクラスの生徒だった。

「どこも悪くないようですがね。神経性のものではないですかな。胃は神経の作用をつよく受けますからね」

　そう言われても、山井の胃痛はひどくなるばかりだった。院長は「精密検査をしてみるから二、三日入院するように」と言った。検査の間も彼はまるで重病人のようだった。佐々木みち代という看護婦がいて、親切に面倒をみてくれた。さまざまな検査がようやく終わった日の夕方のこと、山井は階段の上り口のトイレにはいっていた。

「あのう、山井先生のお見舞に来たんですけど」

廊下で少女の声がした。瀬戸ひろみと島原文子らしい。佐々木看護婦がなにか答えようとしているところへ、篠田昌子の声が聞こえた。

「あら、瀬戸さんと島原さん、山井先生のお見舞？　先生のお部屋は一番奥よ」

それから昌子は声をひそめて言った。

「あなたたち、先生のご病気のこと知って？　先生はね、ガンなのよ」

「ガン？」息をのむ気配だった。

「そうなの。胃ガンで、とても悪いんですって。――ね、佐々木さん？」

「ええ、検査の結果、手遅れなことがわかったんです。手のつけようがなくて、これからは痛みがひどくなる一方でしょうよ」

山井は、トイレの中にへたへたとすわりこんだ。病室に戻ると、花束を抱えた女生徒たちは、ハンカチで涙をおさえていた。

「先生。とてもお元気そうですわ。この分なら大丈夫よ。おだいじに」

少女たちは、逃げるように帰って行った。入れかわりにはいって来たのは院長だった。

「検査の結果はなんともありません。ご退院になって大丈夫です」

「うそでしょう？　僕はガンなんだ。もう手遅れなんだ。そうなんでしょう？」

「困りますね。最近はガン・ノイローゼが多くてまったく困る。大丈夫と言ったら大丈夫ですよ。どうぞお帰り下さい」

院長が出て行くと、山井はベッドの上につっ伏した。――うそだ！　治療の方法がないもんだから、家へ帰そうとするんだ！

「あなた、もう帰っていいんですって」

いつのまに来たのか、妻の賀津子が立っていた。

「賀津子、おれはガンなんだ。苦しみ死にに死ぬよりないんだ。そうなんだろう？　え？」

「ばかなこと言わないでくださいよ。なんともなかったって先生がおっしゃったでしょう？」

「うそだ、うそだ！　皆おれにかくしているんだ！　本当のことを言え！」

山井は、妻を責め続けた。賀津子は、かんしゃくを起こした。

「しつっこいわね。そんなにそう言って欲しいんなら言ってあげますとも。えーえ、あなたは胃ガンですよ。手遅れでもう死ぬほかないんです。そう言えばいいんでしょ」

「やっぱりそうなんだな——」

絶望のうめきを残して、山井はベッドをとびおり窓にかけ寄った。あっというまもなく、彼の体は四階の高さからまっさかさまに落ちて行った。即死だった。

× ×

「おねえさん」

看護婦の佐々木みち代は墓石に手を合わせてささやいた。

「おねえさん。あの男は死んだわ。わたしが、山井とおねえさんのことを昌子お嬢さんに話したのがきっかけで、お嬢さんとお友だちが皆でかたきをうってくださったのよ」

みち代のまぶたに、懐しい姉の顔が浮かんだ。父親が違うためみょうじは違っているが、あんな仲よしだった姉のあき代——二年前、電車のレールにとびこんで若いいのちを絶った姉の顔が——。

雪のなかの光

挿絵　伊勢田邦貴

1

土よう日の午後のことだった。

ぼくは、こたつにはいって、弟のたかしとトランプをしていた。たかしは一年生だから、あんまりむずかしいあそびはできない。せいぜい「ばばぬき」くらいだ。

「そうら、ぼくのかちだ」

ぼくは、手をたたいた。

「にいちゃんのばか。ずるいことしたなっ」

たかしは、トランプを、ぼくの顔になげつけた。

「なに言うんだ。ずるいことなんかしないぞ」

「だって、にいちゃんばかり勝つじゃないか」

たかしは、だいどころのかあちゃんのところへかけていって、

「にいちゃんが、ずるいんだよう。ぼくをやっつけるんだよう」

と、なき声をだした。

「のぼる。弟をいじめては、だめじゃないか」

かあちゃんが、だいどころから顔をだして、ぼくをにらんだ。

「いじめてやしないよ。トランプでまけたのがく

やしくて、あんなこと言ってるんだ」

「なによ、にいさんのくせに。大きい子は、小さい子をかわいがるもんだよ」

かあちゃんにそう言われて、ぼくは、あたまがかっかとしてきた。

「ひどいや、かあちゃんは。……どうして、たかしの言うことばっかり聞いて、ぼくをしかるんだよう」

ぼくのうちでは、とうちゃんもかあちゃんも、弟のたかしをとてもかわいがっている。

ことにかあちゃんは、けんかをすると、かならずぼくのほうだけしかる。ぼくがわるくないときでも、しかられることにきまっているんだ。

ぼくは、むねの中をぼうきれでかきまわされているように、はらがたった。でも、かあちゃんはよけいこわい顔になって、

「なにさ、ふくれっつらして。……五年生にもなってみっともない」

そのとき、げんかんで、

「新川《しんかわ》さん、小づつみ」

と、いう声がした。

「あ、小づつみだって……」

たかしが、とびだしていった。

小づつみと聞いては、ふくれっつらなんかしてはいられない。ぼくもすぐとんでいった。

「わあい、とうちゃんからだ。とうちゃんから小づつみだ」

ぼくのとうちゃんは、東京へ出かせぎにいっている。

ビルをつくる工事げんばで働いているのだ。

ぼくたちは、小づつみをざしきに持ってきて、さっそくひらいてみた。

「わあ、うまそうなおかしだ！」

「もうすぐ旧正月だから、おくってくれたんだね」

「まだなんか、はいっているよ。なんだろう？」

「たかしへ」とかいた四かくいつつみと、「のぼるへ」とかいた、ほそながい小さなつつみが出てきた。「たかしへ」とかいてある紙を、弟がびりっとやぶいた。

「あ、自動車だ！　パトカーだぞ！」

　黒と白にぬったパトカーのおもちゃだった。やねの上に、赤い電燈までちゃんとついている。ぼくのも、きっといいものにちがいない。ぼくは、いそいで、ぼくのつつみをあけてみた。

「わあっ、かいちゅう電燈だ！」

　かいちゅう電燈といっても、ふつうのかいちゅう電燈ではない。万年筆のかたちをした、とてもかっこうのいいやつだ。ボタンをおすと、先にぽっとあかりがつく。ぼくは、うれしくて、へやじゅうをとびまわった。

「あ、いいなあ。かしておくれよ」

　たかしが、とろうとした。

「だめだ。ぼくのだい」

「かしたっていいじゃないか。にいちゃんのけちんぼ」

　また、けんかになってしまった。たかしはかあちゃんのところへかけていって、

「にいちゃんが、あれ、かしてくれないんだよう」

と、からだをゆすぶった。

「のぼる、かしてやりな」

「いやだい。ぼくだって、まだよく見てもいないのに、そんなのひどいや」

「ちょっと、かしてやるぐらい、いいじゃないか」

かあちゃんはそういうけど、たかしは、パトカーをしっかり手につかんでいるじゃないか。ひとのものは、かせかせと言うけれど、自分のものは、けっしてひとにかさないのだ。

「のぼる、にいさんのくせに、そんなわからずやを言うんだったら、そのかいちゅう電燈は、とうちゃんに送りかえしてしまうよ」

かあちゃんが、言った。

「いやだい。だれがなんと言ったっていやだい」

ぼくは、かいちゅう電燈をにぎりしめて、外へとびだした。

2

空がどんよりとくもって、また雪がふりはじめていた。ぼくは、ゴム長ぐつをぶかぶかいわせながら、雪のつもった道をあるいていった。

「かあちゃんのばか」

ぼくの目から、なみだがぽたぽたおちた。

「たかしのばか」

弟のたかしは、あんなにわがままでよくばりな

のに、ちっともしかられない。いくら五年生と一年生だって、あんまりひどいじゃないか。

「ばかばかばか。うちへなんか、かえってやるもんか」

　ぼくは、ぐんぐん歩きつづけた。ときどき、手の中のかいちゅう電燈のボタンをおしてみる。ぽっとあかりがつく。きいろっぽいミカンいろの、きれいな光だ。そのいろだけが、ぼくをやさしくなぐさめてくれるような気がした。

　林の中をぬけると、道はのぼりざかになった。人の通らない道なので、雪がふかくて、長ぐつが、すっぽりうずまってしまうほどだ。ぼくは、足もとをみつめて、ひとあし、ひとあしすすんでいった。

　ふと顔をあげると、山がびっくりするほど大きく、目のまえにそびえていた。いつのまに、こんなところまで来てしまったのだろう？　空も、もうくらくなりはじめていた。

「いけない。日がくれたらたいへんだ」

　ぼくは、いそいで、いま来たほうへひっかえした。「うちへなんか、かえってやるもんか」と言ったけれど、こうなっては一こくも早く、うちへかえりたかった。

　つもった雪に足をとられながら、ぼくはいっしょうけんめい歩いた。ところが行っても行っても、いつもの道へ出ないのだ。

「しまった。道をまちがえたらしい」

　あたりはもう、まっくらだった。雪もはげしくなって、人間はひとりも通らない。どこかに家でもあったら道を教えてもらえるのだけれど、歩けば歩くほど、さびしいやぶみたいなところへまよいこんでしまって、どっちのほうがくが、ぼくの村なのか、けんとうもつかなかった。

「おうい、そこへ行くぼうや」

　とつぜん声をかけられて、ぼくはびっくりして立ちどまった。ぼくのかいちゅう電燈の光のなか

に、ひとりの男のすがたが、うかびあがった。かたはばのひろい、四十くらいの、やさしい目をしたおじさんだった。

「ぼうや。こんな雪のなかをおつかいかね？」

「ううん」

ぼくは、くびをふった。人にあうことができたあんしんで、からだじゅうの力がぬけて、それいじょう、なにも言えなかった。

「いそがないんだったら、ちょっと手つだってくれないか？　車が雪にはまりこんじまったんだ」

「いいよ。おじさん」

やぶのかどをまがると、ライトバンが一台とまっていた。タイヤにチエーンをつけた、わりと大きいライトバンだった。

「スコップで雪をすこしどけたんだ。いまむしろをしくから、手をかして、車をおしてほしいんだ」

おじさんは、ライトバンの中からむしろをなんまいか出して、タイヤのまえにしいた。

「それ、一二の三」

「よいしょっ」

　おじさんとふたりでおすと、車はうまくすべりだした。

「ありがとう、これでだいじょうぶだ。国道まで出れば、雪はずっとすくないからな。ぼうや、お礼に乗せていってあげよう。うちはどこなんだ？」

　ぼくが村の名をいうと、おじさんはあきれたように目をまるくして、

「三キロちかくあるぜ。雪の中をあるいて来たのか？」

「うん」

　ぼくは、うちをとびだしたわけを話した。

　おじさんのやさしそうな目を見ていると、なんだか、ぜんぶ話してしまいたくなったのだ。「ばかなやつだな」と言ってわらわれると思ったのに、おじさんはわらわなかった。

3

「そうか。ふたりきりの男のきょうだいか」

　おじさんは、わらわないで、うなずいた。

「おじさんとおんなじだな。おじさんとこでも、子どものころ、ひとつのものを取りあって、しょっちゅうけんかをしたものだった」

「ふうん。やっぱり弟がなんでもほしがるのでこまったの？」

「いや、おじさんは弟だった。四つ上のあにきがひとりいたんだ」

「なあんだ、そうなの。それじゃあ、ぼくの気もちなんて、わからないな」

　ぼくが言うと、おじさんはしばらくだまっていた。が、やがて話しはじめた。

「あれは、おじさんが一年生くらいのときだったかな。あにきが、よその人から磁石をもらった。時計みたいにガラスがはまってて、はりがくるくるまわって北をさす磁石さ。おじさんは、そ

れがめずらしくて、さわってみたくてたまらなかった。でも、あにきはぜったいにさわらしてくれない。おじさんはなきわめいた。するとおふくろが、あにきをしかって、外へおいだした。弟に磁石をかしてやるまで、うちにはいってはいけないというんだ。さむい冬のよるだったよ」

「それで、どうしたの？」

ぼくは、ごくんとつばをのんで聞いた。

「おじさんは年が小さかったから、はやくねどこにはいった。でも、どうしてもねむれなかった。外に立っているあにきのことを考えると、自分までぞくぞくさむくなるようでね。おじさんは、おやじやおふくろにみつからないように、そっと出て行って雨戸をあけた。それから、あにきとおじさんは、いっしょのねどこにもぐりこんだ。あにきは、氷のような手でにぎりしめていた磁石を、おじさんの手に持たせてくれたよ」

「おじさんのにいさんて、この近くに住んでいるの？」

「いいや。戦争に行って、死んでしまった。いいあにきだったが……さあ、ぼうや、乗りな。うちで、おかあさんがさがしてるぞ」

「かあちゃんは、ぼくのことなんか、あんまりかわいくないいんだよ」

「ばか！」

おじさんが、どなった。

「子どもがかわいくない親なんてあるものか。ぐずぐず言ってないで乗るんだ」

おじさんは、ライトバンのうんてんせきにのりこみ、ぼくをとなりにすわらせた。

ふりしきる雪のなかを、ライトバンはまっしぐらに走った。

「あそこだよ。あの右がわがぼくのうち」

言いかけたとたん、ぼくの目にとびこんできたものがあった。

うちのまえの、うすぐらい電燈の光の中に、小さなすがたが立っているのだ。

「たかしだ！」

ぼくは、のびあがってさけんだ。ライトバンは、ぼくの家のまえにとまった。車をおりるな

り、

「にいちゃん！」

たかしが、とびついてきた。ながいこと雪のなかに立っていたとみえて、がいとうのかたも、ずきんも、白くなっていた。

「かあちゃんは？」

「しんぱいして、にいちゃんの友だちのところへ、さがしに行った。ぼく……にいちゃんが、もうかえってこないのかと思って……」

たかしは、ぼくのむねにしがみついて、大きな声でなきだした。

ふりかえると、ライトバンのうんてんせきで、おじさんが、にっこりして手をあげた。車はエンジンをがたがたいわせ、はしりだした。

「たかし、かいちゅう電燈かしてやるよ。こわすなよ」

ぼくは、弟の手にかいちゅう電燈を持たせた。たかしは、まだしゃくりあげながら、だいじそうに、かいちゅう電燈のボタンをおした。
やわらかいミカンいろの光が、雪のなかにぽっともった。

緑色の自動車

挿絵　藤沢友一

1

「ねえ、日曜日にはきっと来てね、良夫《よしお》ちゃん」

正子《まさこ》が言った。良夫はうなずいた。

「行くともさあ。おたん生日のプレゼント、何がいい？」

「プレゼントなんていいわよ。友だちがおおぜい来てくれるのがいちばんうれしいわ」

今度の月曜日は正子の十一回めのたん生日である。でも月曜日では、学校が終わって家に帰るともう夕方なので、一日くりあげて日曜日にたん生日のパーティーをやり、友だちを家によぶことになったのだ。森本正子と青木良夫は五年二組のなかよしだ。家も近いし、幼稚園時代からずっといっしょだったのだ。

「正子ちゃん、ごらん。あんなところにさいふが――」

良夫が、ふいに足を止めて言った。三、四メートル先のタイセイ印刷社の前の道路に、黒いものが落ちているのが目にはいったのだ。

「ほんとだわ」

ふたりは、かけよって拾った。黒い皮でできていて、二つ折りになったおさつ入れだ。

「あら、免許証がはいってる」

二つ折りを開くと、すきとおったプラスチックの下に運転免許証がはさまっていた。おでこのはげあがった丸顔のおじさんの写真がはってある。

「早坂町三ノ十一ノ二、深井周次郎——この人、免許証を落としてこまっているよねえ」

「早坂町ならバスで二つめだから、持っていってあげようか」

「交番にとどければいいよ。住所も名まえもちゃんとわかってるんだし、すぐこの人に知らせてくれるよ」

良夫が言ったときだった。一台の黄色いカローラが走ってきて、すうっと止まった。車からおりてきたのは、おでこのはげあがったおじさんだった。

「あ、きみたち、そのさつ入れは——」

と、おじさんが言いかけたのと、

「あっ、このおじさんだ」

と良夫がさけんだのと、同時だった。

「きみたちが拾ってくれたのか、ありがとう」

おじさんはにこにこしてお礼を言った。

「さっきここで車からおりて用事を足したんだが、乗ろうとしたとき落としたんだな。お金も少し入れてあるから、悪い人に拾われたら持っていかれてしまうところだった」

「交番へとどけようって、今話していたところなんです」

良夫もにっこりした。ほかの品ものだったら、「わたしが落としたのだ」と言う人が現われてもうっかりわたすわけにはいかない。うそをついて横取りしようとしているのかもしれないからだ。でも今のばあいは、さいわい写真があるので、こ

のおじさんの落とし物にまちがいない。

「とちゅうまで行って気がついて、見つからなかったらどうしようかと思っていたんだ。いやあ、ありがとう、ありがとう。きみたちにお礼をしなければならないな」

おじさん――深井さんは、おさつ入れから千円さつをぬきだしながら言った。

「お礼なんて、いりません。ただ拾っただけなのにお金もらうなんて」

「そうか。しかし、何かでお礼しないと、わたしとしても気がすまない。ジュース一ぱいくらいごちそうさせてもらってもいいだろう。ブルー・シャトーへ行くか」

ふたりはうなずいた。学校の帰りに道草はよろしくないが、深井さんが熱心に言ってくれるのをことわるのは悪い気がしたのと、それにブルー・シャトーと聞いてはむねがわくわくするのだ。ブルー・シャトーは駅前にあるきっさ店で、この町ではいちばん高級な店だ。良夫たちは、ジュースもケーキもとびきりおいしい。たまに親せきの人が来たときなど連れていってもらうだけだった。

「さあ行こう。乗りなさい」

おじさんは黄色い車のドアをあけた。良夫と正子は顔を見あわせた。

「どうした？　ああそうか。よその人の車に乗ってはいけないと言われているんだね。このごろはゆうかい事件が多いからな。これはおじさんが悪かった」

深井さんは、はげた頭をかいた。

「それじゃ、車はここにおいて歩いていこう。それならばいいだろう？」

「ええ。――ごめんなさい、おじさん」

親切なおじさんを、うたがうようで、すまないと思う。でもクラスの話し合いで『知らない人の車に乗せてもらわないこと』というきまりをみんなでつくったところなのだ。みんなで決めたきまりは守らなければならない。

深井さんは気を悪くしたようすはなく、先にたって歩きだした。

ブルー・シャトーは、かべも天じょうもうすい青色にぬってあるきれいな店だ。いすやテーブルも全部青い。まどのガラスもうす青い色つきなので、見慣れた町のけしきが、知らない町のように美しく見える。

「ほんとに助かったよ。きみたちのようなよい子どもたちに拾ってもらって」

とってくれたオレンジ・ジュースとショート・ケーキは、とてもおいしかった。

2

次の週の月曜日のことだった。良夫がばんごはんを食べようとしていると、

「ごめんください」

と、だれかやってきた。おかあさんが出ていって、

「あらまあ、きのうは、良夫がごちそうさま――」

と、あいさつしている。正子のおかあさんらしい。良夫はげん関に出てみた。正子のおかあさん

が、弟のケンぼうの手をひいて立っていた。

「良夫ちゃん、うちの正子、知らない？」

「知らないよ。正子ちゃん、うちにいないの？」

「ええ、学校から帰ってこなかったらしいのよ。こんなに暗くなったのに。——お友だちの所に寄ったのかしらと思って、聞いてあるいているんだけど」

良夫は正子となかよしだし、うちも同じほうなので、たいていはいっしょに帰る。でも、きょうは良夫は動物当番でうさぎの世話をしていたので、少しおそくなってひとりで帰ったのだ。

「へんだなあ。正子ちゃん、うちへ帰らなかった

の?」

「どうもそうらしいのよ。わたしは出かけていて、今帰ってきたところなんだけど」

正子のおかあさんは、心配顔だ。

話を聞くと、こうである。

正子のおかあさんは、きょうは知りあいの人の結婚式で出かけた。ケンぼうはまだ小さくて、ひとりでるす番させるわけにいかないので、おとなりの田中さんに預けていった。

正子には朝、げん関のかぎをわたして、学校から帰ったら、自分でかぎをあけてはいるように、と言っておいた。

夕方結婚式から帰ってきたおかあさんは、おとなりの家に寄ってケンぼうを受けとり、家に帰った。げん関にはかぎがかかっていて、正子はいなかった。おかあさんは、

「正子は、いったんうちに帰ってから、またお友だちのところにでも出かけたのだろう」

と思って、気にとめないで、ばんごはんのしたくをしていた。でも、いつまでたっても正子は帰ってこない。調べてみると、学校の道具もないし、戸だなの中に用意してあったおやつもそのまま食べずに残っている。おかあさんは、心配になって、こうして聞きにきたのだった。

「それはご心配ねえ」

良夫のおかあさんが、首をかしげて言った。

「ええ。きょうは正子のたんじょう日なので、大すきなオムライスを作ったのに。——実は、このケンぼうが、へんなことを言うのよ」

「へんなことって?」

「『ねえちゃんは、緑色のブーブに乗っていった』って」

「ちょうだよう。緑色のブーブだよ。ねえたん、のんのしたの」

そばからケンぼうが、おかあさんの顔を見あげて言った。目のまんまるいかわいい子で、まだよく舌がまわらない。

「そんなはずないよ、おばさん。正子ちゃんが自動車に乗っていったなんて」

と、良夫が言った。

「そんなこと絶対にないよ。『知らない人の車に乗せてもらわないこと』って、クラスで約束したんだもん」

あの用心深い正子が、きまりを破るはずがない。ひとりきりで、よその車に乗っていくなんて、考えられない。

「ええ。わたしもそう思うんだけど。――良夫ちゃん、きょう学校で、何か正子に変わったようすはなかったかしら？」

「さあ」

良夫は考えこんだ。

けさ、良夫はねぼうをした。正子が、

「良夫ちゃん、学校へ行きましょう」

と、よびに来たとき、ごはんを食べはじめたところだった。

「ねぼうしちゃったんだ。正子ちゃん、先に行って」

そういうわけで、良夫は、けさはめずらしく正子といっしょではなかった。

学校に行って初めて、正子と顔を合わせたのだ。正子は、これまで見たことのないバラの花のもようの赤い手さげに図画や習字の道具を入れて持っていた。

「きれいだね。この手さげ、どうしたの？」

「大阪のおばあちゃんが、小包で送ってくれたの。おたんじょう日のプレゼントよ。おばあちゃんは、わたしがばらの花が大すきだって知っているから」

正子はにっこりした。でもそのわらい顔は、ふだんとは、どこかちがっていた。なにかほかのことが気になっているような感じだった。休み時間になったとき、良夫は、

「正子ちゃん、なんか心配事があるの？」

と聞いてみた。

「心配事なんかないわ。ただね、ちょっとへんなことがあったのよ。あの、タイセイ――」

言いかけたとき、ベルが鳴った。

「あとでゆっくり話すわね」

ふたりは教室にはいった。

だが、昼休みにも、ふたりは話をするチャンスがなかった。それぞれ、友だちが、

「遊ぼうよ」

「ドッジボールしないか」

と、話しかけてきたのだった。そして、学校の帰りにも別々だったことは、さっき言ったとおりである。

「正子ちゃんは、なんか考えこんでいたみたいだったなあ。話をするひまがなかったのでよくわか

らないけど」

「そう。ご心配かけてごめんなさい。もう、おとうさんが帰ってくるころだから、相談してみるわ。もしどうしてもゆくえがわからなかったら、警察にそうさく願いを──」

正子のおかあさんは、そう言いかけて声をつまらせた。

3

よく朝。──

良夫は早くから目がさめた。

いつもは朝ねぼうなのに、けさは落ち着いてねむっていられなかった。

「正子ちゃん、帰ってきたかしら?」

ねまきのまま、おかってに行って、おかあさんに話しかけた。

「そうねえ。帰っていればいいけど。よっちゃん、お電話してみたら?」

「そうだね」

良夫は電話の所へ飛んでいって、正子の家のナンバーを回した。

「もしもし」

「はい。──あ、良夫ちゃん?」

女の人の声が、答えた。正子のおかあさんだ。

「正子のこと? いいえ。とうとうゆうべは帰ってこなかったの」

からからにかわいたような声だった。正子のおとうさんもおかあさんも、一ばんじゅうねむらなかったのだろう。

「警察には知らせたの? そうさく願い、出した?」

「いいえ、まだよ。もしこれがゆうかい事件なのだったら、むやみとさわいで正子の身に何かあってはと思ってね」

「ゆうかい犯人から、何か言ってきたの? みのしろ金をよこせとか」

「それが、なんにも言ってこないの。一ばんじゅう電話が鳴るか鳴るかと待っていたんだけど」

話を聞いているうちに、良夫も心が暗くなった。

学校に行っているあいだも、良夫は勉強が手につかなかった。

「どうしたんだい？　顔色が悪いよ」

だまりこくっている良夫に、友だちが聞いた。

「ううん。なんでもない」

むねは心配ではちきれそうだ。だが、正子のゆくえ不明のことは、だれにも話すわけにはいかない。正子のおかあさんから、『このことは、だれにも言わないでね。万一ゆうかいだったらこまるから』と、何度も念をおされてたのまれたのだ。

学校のほうには、正子の家から『きょうは病気で休ませます』と電話をしたので、正子の欠席を問題にする者はいなかった。

学校から帰ると良夫は、おやつも食べないで、正子の家に行ってみた。背広を着た男の人が来ていた。正子のおとうさんが会社を休んで家にいて、なにか話していた。制服を着てはいないけれど、警官らしい。

「やっぱり警察に知らせることにしたの。まる一日になるのに、なんの知らせもないんですもの」

正子のおかあさんが、低い声で言った。警察に知らせるといっても、手がかりはケンぼうの『緑色の自動車に乗っていった』ということばだけである。警察の人は、ケンぼうに、

「おねえちゃんは、だれと乗っていった？　え？だれが運転していたの？」

と、しきりに聞いた。ケンぼうは、まるい目をますますまるくして考えていたが、

「大きいおにいたんと、大きいおねえたん」

と答えた。

「どうも、こんな小さなぼうやの言うことでは、はっきりしませんなあ」

警察の人はこまったように言った。ケンぼうは、軽べつされたと思ったらしく、顔をまっかにして口をとがらせている。

「ケンぼう、おいでよ。ぼくと遊ぼう」

良夫はケンぼうをなだめて、外に連れだした。車のたくさん通る大通りのかどまで連れていった。

「ほら、ケンぼう。トラックが来たよ。あのトラック、何色？」

「茶色」

「そうだ、おりこうだね。――今度の車は？」

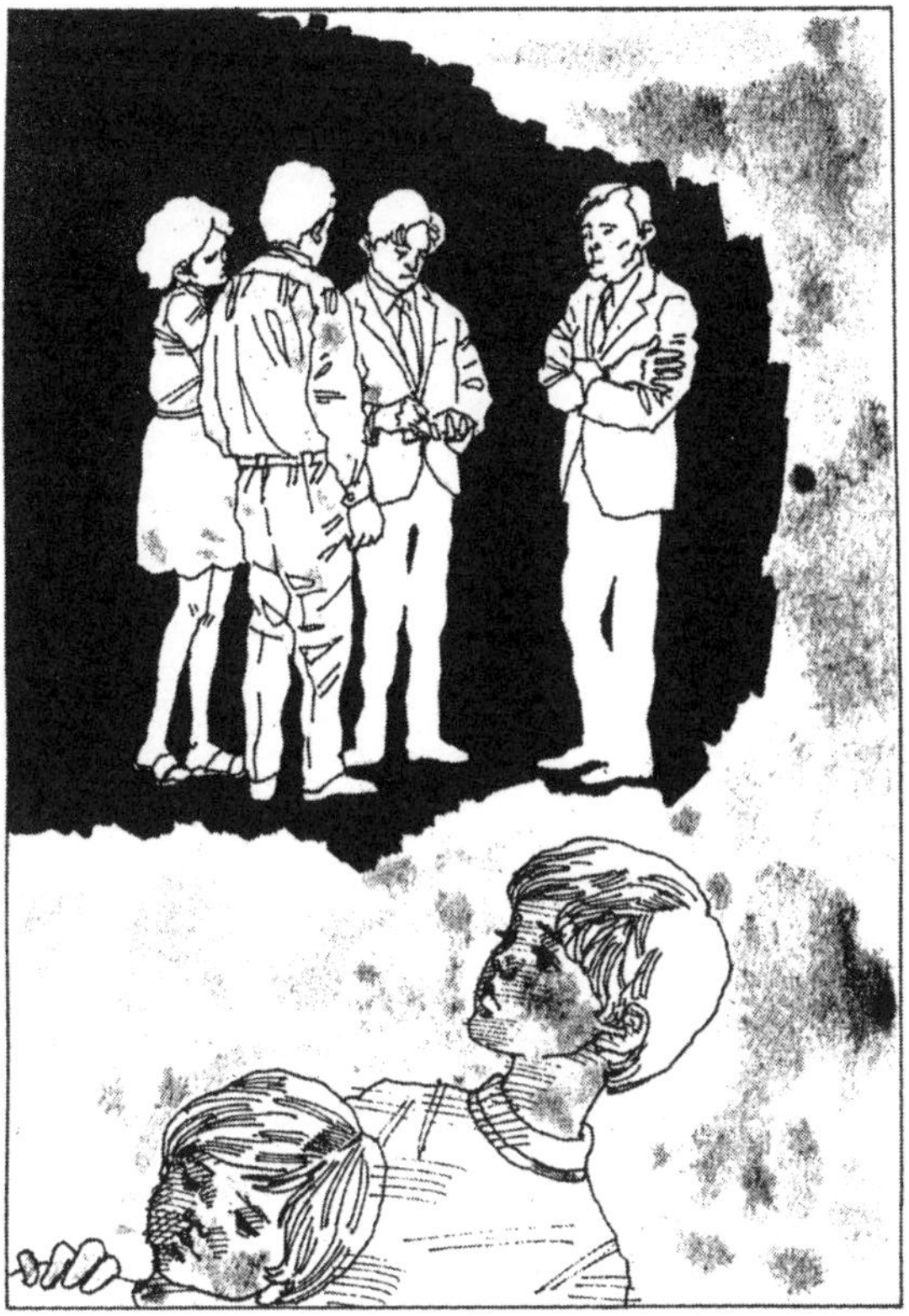

「緑色」

「そうだそうだ。今度のは？」

「青」

ケンぼうは車がだいすきだ。たちまちごきげんが直ってしまった。舌はまわらないが、ケンぼうの答えには一つもまちがいがなかった。

――ケンぼうって、ちびのくせに頭がいいんだなあ。正子ちゃんが緑色の車に乗っていったというのは、どうやらまちがいないらしいぞ。――

良夫はケンぼうの手をひいて、田中さんの家に行った。田中さんは正子の家のおとなりさんで、きのうケンぼうが預けられた家だ。そこのおばさんに、きのうのことを聞いてみたいと思ったのだ。

「きのうのことねえ」

田中さんのおばさんは、首をかしげていたが、

「きのうは、おとなりのおくさんが結婚式に行かれるので、ケンちゃんを預かったのよ。正子ちゃんのことは、かぎを持っているし、おやつも用意してあるから、心配しないで、と言われたの。ケンちゃんは、うちでおとなしく遊んでいたけれど、そのうちあきてぐずぐず言いだしたので、手を引いて買い物に出かけたの」

「それは何時ごろ？」

「三時少し前ごろだったかしら？　初め、やお屋さんに行って、それからパン屋さんに行ったわ。それから駅のところまで行ったら、おばさんのむかしの友だちにばったり会ったので、ブルー・シャトーにはいってコーヒーを飲みながら、ちょっとのあいだ話をしたの。友だちと別れてからは、えーと、洋品屋さんと、さかな屋さんに寄って帰ってきたのよ」

「そのとちゅうのどこかで正子ちゃんを見なかった？」

「それがねえ、見なかったのよ。ケンちゃんは『おねえちゃんが、緑の車に乗るのを見た』って言ったそうだけど、わたしは全然気がつかなかったわ。警察の人からも聞かれて、さんざん考えたのだけど。――ケンちゃんの思いちがいじゃないかしら」

良夫には、そうは思えなかった。りこうなケンぼうが、自分のねえさんを見まちがえるなどとは考えられない。

4

良夫は、ケンぼうを連れてまた歩きだした。田中さんのおばさんの言ったとおりの道順で歩いていった。やお屋さんの前まで来たとき、

「ケンぼう。おねえちゃんが乗っていった緑色の自動車はどこに止まっていたの？」

と聞いてみた。ケンぼうは、

「あーっち」

と遠くを指さした。パン屋さんの前まで行って、また聞いてみた。やっぱり、

「あーっち」

と言うだけだ。そのとき、良夫の心に、ぱっとひらめいたものがあった。良夫はケンぼうを連れてブルー・シャトーに急いだ。

ブルー・シャトーの中は、わりとすいていた。

「ケンぼう。田中さんのおばちゃんと来たとき、ケンぼうは、どこのいすにすわったの？」

「ここ」

ケンぼうは、ちょこちょこ走っていって、まどぎわの席にちょこんとすわった。

「田中さんのおばさんは、どこにすわったの？」

「このいすだよ」

ケンぼうは、すぐとなりのいすを、とんとんとたたいてみせた。良夫はそこにこしをおろした。まどにせなかを向けた席なので、良夫には外は見えない。

「ご注文は？」

ウエートレスのおねえさんが、聞きに来た。

「ジュース、二つください」

良夫は注文した。ポケットにはいっているお金は、今月号の雑誌を買うつもりだったおこづかいなのだが、そんなことをいってはいられなかった。

「ねえ、ケンぼう。おねえちゃんが乗っていった車は、どこにいたの？」

ジュースを待つあいだ、良夫はもう一度聞いた。

「あっこ、あっこにいたの」

ケンぼうは、まどの外を指さした。良夫は、からだをねじまげて外を見た。

まどの外は駅前広場だ。向かい側に銀行がある。問題の車は、その前に止まっていたらしい。銀行は白い建物で、そこに赤い字で〝明星銀行〟と書いてある。でも、ここから見ると銀行はうす青い色に、字は赤ではなくむらさき色に見える。なぜだろう？　このきっさ店ブルー・シャトーは、まどガラスがうす青い色つきなのだ。赤い字は青いガラスを通すと、むらさきに見えるのだ。

「そうだ。思ったとおりだ。正子ちゃんが乗っていった車は、緑ではなくて黄色だったのだ。黄色と青が重なると緑色になる。ケンぼうはこのまどガラスを通して見たので、車の色を緑だと思ったのだ」

良夫は心の中でさけんだ。黄色い車といえば、このまえの金曜日、おさつ入れを拾ってあげたおじさん――深井さんが乗っていた車は黄色だった。でも、あの人が正子をゆうかいしたとは、ちょっと考えられない。なんの関係もない人だし、だいいちケンぼうは「乗っていたのは、大きいおにいさんと大きいおねえさんだった」と言っているではないか。

でも――と、良夫はさらに考えた。正子は学校で良夫になにか話そうとした。あのとき「タイセイ」と言いかけたではないか。「タイセイ」とは、タイセイ印刷社のことではないだろうか。深井さんという人は、あのタイセイ印刷社には関係があるようだ。タイセイ印刷社に用事があって来て、おさつ入れを落としたのだ。

せっかくのおいしいジュースも、良夫には味なんかまるでわからなかった。大急ぎで飲みおわると、ブルー・シャトーを飛びだした。

ケンぼうを家まで連れてかえっておかあさんにわたしてから、良夫はいったん自分の家に帰った。良夫のおかあさんは、ばんのおかずの買い物に行ったらしい。家には、だれもいなかった。興奮でわくわくする心をおさえて、良夫はしばらく考えこんでいた。手帳のページを一枚破って何か書きこみ、玄関わきの郵便受けにおしこんだ。それから、いちばん近くのバス停に向かって急いだ。

　早坂町のバス停は、二つめだった。

「ちょっとすみませんが、三丁目の十一の二って、どの辺ですか」

　バスをおりた目の前のたばこ屋で、良夫は聞いた。

「三丁目というと、だいぶ遠いよ。そこのかどをはいって、まっすぐ行って、雑木林を通って——」

　たばこ屋のおじいさんは、ていねいに教えてくれた。

「お使いかね、ぼうや、感心だね。でも、そのあたりは、あんまり家のないさびしいところだから、暗くならないうちに早くお帰りよ」

「どうもありがとう」

　お礼を言って、良夫は、教えられた道を歩きだした。おじいさんの言ったとおり、道はさびしい林の中へはいっていった。人通りはあまりない。たまに自動車が、せまい道をすれすれになって通りすぎるだけだ。

　林を出ると、そこは八幡様のお宮で、大きなすぎの木がこんもりと、うす暗くしげっていた。良夫は八幡様の境内をぬけて歩いていった。

「あ、このうちだ」

それは、石造りのへいで囲まれた大きな家だった。門の柱に「深井」と書いたふだが出ている。門の中のガレージに、見覚えのある黄色いカローラがあった。良夫は、門に付いているベルのボタンをおした。

5

「だあれ。あんた、どこの子」

中から出てきたのは、まっかに口べにをぬったわかい女の人だった。良夫には、女の人の年なんかあまりよくわからない。でも、だいたい二十才くらいのように思えた。

「ぼく、青木良夫っていうんです。深井さんに会いたいんです」

「へえ?　ちょっと待ってよ」

女の人は家の中へはいっていった。立って待っていると、深井さんが出てきた。

「やあ、きみか。よくここがわかったね。何か用かい?」

深井さんは、にこにこして言った。

「まあ、せっかく来たんだ。あがりたまえ」

深井さんに言われて、良夫はズックぐつをぬいであがった。

テーブルや食器戸だなの置いてあるダイニング・キッチンに、さっきのわかい女の人と、もうひとり、同じぐらいの年の青年がいた。長いかみの毛にパーマをかけて、赤いシャツを着ているので、見たしゅん間、これも女の人かと思ったが、よく見たら男だとわかった。

「これ、お客様だぞ。お茶とおかしを出してあげなさい。――良夫くん、これはわたしのむすことむすめだよ。よろしく」

深井さんがしょうかいした。

「ところで良夫くん。用事というのはなんだね?」

「あのう。――友だちの森本正子ちゃんのことなんです。あのとき、ぼくといっしょにいた子です」

「ふんふん。あのおじょうちゃんが、どうかしたの？」

「おじさんの所へ来なかったでしょうか？」

「あの子が？　来ないよ。どうしてまた、ここへ来たかなんて考えたんだね」

「来たんじゃないかなって気がしたんです。このうちに、いないんですか」

　良夫が言うと、女の人がそばから、

「この子ったら、へんなこと言うのね。あたしたちが友だちをかくしてるみたいな言い方して、かんじ悪いわ」

「まあ、おまえ、おこるものじゃない。これにはなにかわけがあるのだろう。良夫くん、気がかりなら、この家の中をすみからすみまでさがしてごらん。気がすむまで、さがしたらいい」

　深井さんは立ちあがった。わかいふたりもついてきた。三人の案内で、良夫はこの大きな家をすみずみまで見てまわった。二階のへやや、荷物のいっぱいつめこんである物置きべやや、トイレまで見せてもらったが、正子のすがたはなかった。

「ごめんなさい。ぼく、へんなことを言って」

「いいさ、いいさ。だれにでも思いちがいはある。さ、おそくならないうちにお帰り」

　良夫は、しょんぼりと、深井さんの家を出た。深井さんは門の所まで送ってきてくれた。門のすぐそばに、しげったばらの木があって、ピンクの花がさいていた。

「あ、ばらだ。ばらって、今ごろでもさくんですか？　ぼく、ばらは六月ごろにさくのかと思っていた」

「これは秋ばらだよ。秋ばらは今ごろさくのだ。きみは男の子なのに、花がすきなのかね。よく気がついたね」

　深井さんは、感心したように言った。

「ぼくがすきというんじゃないんです。正子ちゃんが、とてもばらの花がすきなんです」

　ピンクのばらを見ていると、正子のことがいっそう強くむねをしめつけてくる。

「そうか。そういえば正子ちゃんは、ばらの模様の手さげを持っていたな。よっぽどばらがすきなのだね」

良夫は、はっとした。思わず深井さんの顔を見あげた。深井さんはどうして正子がばらの手さげを持っていることを知っているのだろう。深井さんが、さいふを落とした金曜日には、正子はまだあの手さげを持っていなかったのだ。正子があの手さげを持つようになったのは、きのうからなのだ。深井さんは、いったいいつどこで正子を見たのか?

良夫に見つめられて、深井さんの顔がみるみるひきしまった。うっかり口をすべらせた――と、気がついたのだ。

「きみ。こうなっては、生かして帰すわけにはいかない。気の毒だが」

さっきまでのにこにこ顔とは、うって変わったおそろしい顔で、深井さんは良夫をにらみつけた。

にげようとしたときはおそかった。冷たい、かたい物が、良夫のわき腹におしつけられた。けん銃の銃口だった。

「声をたてると、うつぞ」

けん銃をつきつけられたまま、良夫は家の中に逆もどりさせられた。

「どうしたのよ、深井のおやじさん」

わかい女が、あきれたように言った。

「この小ぞうが感づいたんだ。こいつも、物置きにほうりこめ」

良夫は、手足をぐるぐるしばられて、物置きべやにほうりこまれた。さっき、見てまわったへやだ。積みかさねられたはこの後ろに、これも手足をしばられて、ころがされているのは、おどろいたことに正子ではないか。正子は、さるぐつわをされている。だから、さっき良夫がすぐそばまで来たのに、声をたてることができなかったのだ。もっとも、あのとき良夫が正子に気づいたら、良夫もその場でしばりあげられてしまったにちがいない。

「さあ、なかよしのおふたりさん。この世のお別れにゆっくり話をするがいい。ただし、大きな声をたててもむだだぞ。すぐ、おれたちが飛んでくるし、ここは人通りのないところで、外には聞こえないからな」

深井は、正子のさるぐつわをはずしながら言った。

悪者たちがへやを出ていくと、正子が、

「良夫ちゃん」

と、ふるえながら言った。

「ごめんなさい。わたしのために、こんなことになって」

「正子ちゃんのせいじゃないよ。だけど、どうしてこんなことになったの？」

「あの三人は、親子でもきょうだいでもなくて、にせさつ作りの一味なのよ。にせさつを印刷している場所は、あのタイセイ印刷社なんだわ」

「タイセイ印刷社でにせさつを？」

良夫はびっくりした。

「そうなの。わたし、きのうの朝、学校へ行くとちゅうタイセイ印刷社の前を通りかかったの。そしたら、深井さんと、あのわかい男の人が印刷社から出てきたの。大きなかばんをさげてね。ところが、わかいほうの人がつまずいて、かばんを落としたとたんに、口があいて、一万円さつのたばがたくさんつまっているのが見えたのよ。ふたりは、とてもあわててかばんをしめたけど、わたし見てしまったの」

「それで、悪いことをしているのがばれるところま

るから、正子ちゃんをゆうかいしたというわけか」

「そうなのよ。わたしが、良夫ちゃんにこの話をしようと考えながら学校から帰ってきたら、いきなり女の人にけん銃をつきつけられて、車に連れこまれてしまったの」

「あいつらは、ぼくたちをどうするつもりなんだろう」

「今晩、おそくなったら、殺してどこかへ運んでいくつもりらしいわ。『川にほうりこむか』なんて相談していたのよ。ああ、もうだめだわ」

「あきらめちゃだめだよ。正子ちゃん。最後までがんばるんだ」

　そうは言っても、良夫もおそろしさで、からだがかたくなるようだった。

　そのときだ。向こうのへやが、さわがしくなった。悪漢たちが、何か大声で言っている。すると、力強い男の声が、

「もう観念しろ。子どもがここの家に来ていることは、わかっているんだ。子どもはどこだ」

　と言うのが聞こえた。

「警察だ！　警察が来てくれた！」

　良夫はさけんだ。

「ぼく、ここへ来ることをメモに書いて、郵便受けに入れてきたんだ。おかあさんがそれを見て、警察に知らせてくれたんだ」

　物置きべやの戸ががらりとあいた。

「正子！」

「良夫！」

　なつかしいおとうさん、おかあさんの声だ。

「助かったのね。良夫ちゃん、助かったのね」

　正子の頭が、良夫のかたにもたれかかった。

消えたケーキ

挿絵　宮内保行

ふうがわりなケーキ

「ケーキ買いに行こうよう、おかあさん。クリスマスのケーキ、買ってくれるっていったじゃない」

　さっきからわめきたてているのは、わたしの弟の道夫だ。道夫は三年生で、やんちゃぼうずだ。

「ちょっとまってよ。これだけぬってしまわなきゃ」

　おかあさんは、一生けんめいミシンにむかっている。わたしのお正月用のワンピースを作ってくれているのだ。

「ねえちゃんの服なんか、どうだっていいよう。ケーキだよう」

「それじゃあね、道夫。おねえちゃんとふたりで、マンマル堂に買いに行ったら？　お金あげるから」

「うん、行こう行こう、ねえちゃん」

　道夫はとんで来て、わたしの手をひっぱった。わたしも、もちろんさんせいだった。冬休みにはいってのんびりしているところだし、ケーキをえらんで買うのはたのしみだし、それにおかあさんが家にいてミシンの手を休めなければ、ワンピースも早くできる。こんないいことはない。

「車に気をつけるのよ。道夫も由美も」

おかあさんの声をせなかに、もらったお金をにぎって、わたしと弟はとびだした。

商店街に来てみると、どこのお店もクリスマスツリーや色とりどりのモールをかざって、ジングルベルの音楽をながしている。福引所では、がらがらといせいのいい音をさせて、だれかが福引きのきかいをまわしている。なんとなく、わくわくする気分だった。

「由美さん。買いものに行くの？」

声をかけたのは、わたしと同じ六年二組の和彦くんだった。青い自転車にまたがって、かた足を道路についている。

「ケーキ買いに行くんだよ」

道夫が、わたしよりさきに答えた。

「ぼくは、本屋さんでざっしを一さつ買って、それからおばさんとこにおつかいに行くんだ。じゃ、さよなら」

和彦くんは、げんきよく、ペダルをふんではしって行ってしまった。

おかし屋さんのマンマル堂の前まで来た。ガラスばりのウインドーにクリスマスケーキが、大きいのや小さいのや、ずらっとならんでいる。

「どれがいいかなあ、ねえちゃん」

ガラスに鼻のあたまをおしつけて、道夫がごくんとのどをならした。

「このバラの花がついたのがいいわ」

「そんなのつまんないよ。女の子むきだもん」

「男の子むきのクリスマスケーキなんてあるかしら。あ、サンタクロースがまん中に立ってるのがある。これ、かわいいわ」

「それよりか、あの下のがいいよ」

道夫が指さしたのは、いちばん下のたなのおくのほうにあるやつだった。ほかの大きなケーキのうしろに、かくれるように置かれているので、よく見えない。わたしは、しゃがんでのぞきこんだ。それから顔をしかめた。

「なあにこれ。黒いコウモリがついてるケーキなんて、へんなの」

たいていのクリスマスケーキは、サンタクロースとか、エンゼルとか、小さなツリーとかがかざりについている。それなのにこのケーキときたら、つばさをひろげたコウモリが一ぴき、まんまんなかにつっ立っているのだ。コウモリはチョコレートでできているらしかった。

「よそうよ、こんなの。きもちわるいわ」

「いいじゃないか。かわってておもしろいよ。これがいいんだあい」

しかたなく、わたしはお店にはいって行って、おばさんに、

「これ、ください」

といった。お客さんがなん人も来ていて、おばさんはいそがしそうだった。アルバイトの若い男の人も、むこうのすみでつぎつぎおつりをわたしたりしている。

せっかちな道夫は、ウインドーのケースのうしろをあけて、問題のケーキを自分で出し、おばさんのところへ持って行った。

「はいはい。待たせてすみませんね」

おばさんはケーキを箱に入れ、星のもようのついたきれいな赤い紙で包んでくれた。

小さなポリ袋

うちに帰ると、道夫はおとくいで、包みをひらいておかあさんに見せた。

「なあにこれ？　コウモリのついているケーキなんて、はじめてだわ」

おかあさんも、みょうな顔をした。

「まあいいわ。道夫がいいっていうんならね。晩のお食後にたべるんだから、キッチンのとだなにしまっておきなさい」

わたしたちは、ケーキをキッチンに持って行った。

「めずらしくって、おもしろいよ。ほら」

道夫が、チョコレートのコウモリを指でつまんだ。すると、コウモリは、すぽんと抜けてしまった。

「いじるんじゃないの。食べないうちにめちゃくちゃになっちゃうじゃない」

「だいじょうぶだよ。こうやってまた差しておけば。——おや、ねえちゃん、これなんだろう？」

コウモリがとれたあと、ケーキのまん中に、おや指がはいるくらいの穴があいている。その穴の中にポリ袋の切れはしみたいなものが見えた。

「なにかしら？」

つめの先でひっぱり出してみた。小さな、すき通った袋だ。中に、さらさらした白い粉がはいっているのが見えた。

「お砂糖かしら？」

「そうだよ、きっと。ほら、グラ……グラ……なんとかってお砂糖があるじゃない？」

「グラニュー糖？」

「それだそれだ。上等なお砂糖なんだよ」

「でも、なんだって、こんなところにお砂糖を入れとくのよ」

「ぼく、わかった。人間には、うんとあまいものの好きな人と、おとうさんみたいにあんまりあまくないほうが好きな人とあるだろ？　あまくないのがいい人は、ケーキをこのまんまたべてさ、あまとうの人は、このお砂糖をふりかけてたべるんだよ。めいめいが好きなようにしてたべられるように、お砂糖がついてるんだよ」

「そうかあ。あのおかし屋さんて、しんせつなのね」

わたしは、袋をまたケーキの穴の中にもどした。道夫が、その上にチョコレートのコウモリをさした。

わたしは、自分のへやに行って冬休みの宿題をはじめた。お正月にうんと遊べるために、宿題は早くかたずけてしまうつもりだった。わたしは六年生だ。小学生としては最後のお正月なのだから、思いっきり遊ばなけりゃ。

「由美」

と、そのときおかあさんが呼んだ。

「由美。買って来たケーキはどこにあるの?」

「キッチンのガラス戸だなに入れといたわよ」

「ガラス戸だなには、ないわよ」

「ええっ?」

わたしは、とんで行った。ケーキは、包みごとなくなっていた。

「道夫。ケーキ知らない?」

テレビを見ていた道夫もとんで来た。

「ケーキ、どっか行っちゃったの? え?」

「そうなの。まさかあんた、たべたんじゃないでしょうね」

「ちがうよう。ねえちゃんのばか」

「まあまあ、けんかしないの。でもへんねえ」

おかあさんがくびをかしげた。

「おかあさん」

わたしは大声をだした。

「ちょっと見て。——ここのまどのふちに」

おかあさんと道夫がかけよってきた。キッチンのまどわくに、小さな紙のきれはしがひっかかって、ひらひらしている。星のもようの赤い包み紙だ。

「だれかがまどからはいって、ケーキの箱を持って行ったんだわ。そのとき、包み紙のはじっこが、ひっかかったのよ」

「いやあねえ。ケーキどろぼうなんて」

「わあん。ケーキがなくなったあ。どうしてくれるんだあ」

　ことしは不けいきだからといっても、クリスマスケーキ一個だけぬすんで行くどろぼうがいるなんて、へんな話だ。でも、なくなったことは事実なのだ。

「しかたがないわ。もう一つ買っていらっしゃい。せっかくのクリスマスなんだから」

　おかあさんは、しぶしぶおさいふを取りだした。

なぞの男⁉

「コウモリのついたクリスマスケーキ？　そんなの、うちでは売っていませんよ」

　マンマル堂のおばさんは、聞きちがいではないかというような顔をした。

「たしかにこのお店で買ったのよ。さっき」

「ぼうやとおねえちゃんにケーキを売ったのは、おぼえていますよ。でもコウモリがついているケーキなんて」

「ケースのここんとこに、はいっていたんだよ」

　おばさんには、なっとくがいかないようだった。さっきはお客さんが大ぜい来ていていそがしかったので、おばさんはケーキの大きさだけをざっと見て、くわしくは見なかったらしかった。

　しかたなく、わたしたちは、サンタクロースの立っているケーキを買って、箱に入れてもらった。

　おかし屋さんを出て、五十メートルくらい来たとき、また、自転車に乗った和彦くんに会った。

「和彦くん。おばさんとこに行ってきたの？」

「うん。いま帰って来たとこだ、ああ、そういえば由美さん。さっき、由美さんたちを、さがしていた人がいたよ」

「へえ？　だあれ？」

「若い男の人だよ。オートバイに乗ってた。『オレンジ色のセーターを着た女の子と、みどりのセーターの男の子とを見なかったか』って聞いてあるいていたんだ。十二、三と九つぐらいの子だっていったから『それはきっと由美さんと道夫ちゃんだよ』って、ぼく、きみの家を教えてやったんだ」

「ふうん。どこの人かしら？」

「えーと。そうだ。おかし屋さんの人だよ。アルバイトのおにいさんがいるだろ。あの人だ。ひどくせかせかしていたよ」

「あの人が、わたしに、なんの用があるのかしらね」

「おかし屋さんに行って、聞いてごらんよ。あの人じしんにさ」

「そうしようかしら。でも、あの人お店にいなかったわ。わたしたち、ついいま、もう一ぺんマンマル堂に行ってきたんだけど、あのおにいさんはいなくて、おばさんひとりでてんてこまいしていたわ」

「へんだな」

「その人がわたしたちのことをきいたのって、なん時ごろ？」

「さっきだよ。ぼくが本屋さんから出て、これからおばさんのうちへ行こうと、自転車を走らせかけたときだから、二時ごろかな」

そうだとすると、わたしと弟が一回目にマンマル堂へ行ったすぐあとぐらいだ。わたしは、なんだか気がかりだったので、もう一度マンマル堂までもどって、おばさんに聞いてみることにした。

「うちで働いているアルバイトのおにいさん？ああ、赤谷《あかたに》さんのこと？」

マンマル堂のおばさんは、あいかわらずいそがしそうにしながら、そう答えた。

「赤谷さんていうの？あの人、いまいないの？」

「いないのよ。きょうはケーキを買うお客さんが多くて、一年じゅうでいちばんいそがしい日なのに、しょうのない人だわ」

「どこへ行ったの？」

「わからないの。さっき、二時ごろだったかしら。きゅうにそわそわしだして、『いそぎの用事ができたから、きょうはもう帰らせてもらいます』っていうなり、オートバイでとんで行ってしまったの。とめるひまもなにもありゃしない。そうそう、あんたたちが、はじめにケーキを買いにきた、すぐあとだったわ」

そこへまた、お客さんがどやどやとはいってきた。おばさんにこれいじょういろいろ聞くのは、めいわくになると思って、わたしはお店を出た。

「ねえちゃん。なに考えこんでいるの？」

道夫がいった。

「へんなことばっかりある日よねえ。なにがなんだか、わたしにはちっともわからないわ」

「そんなこと、どうだっていいじゃないか。早くうちへ帰ろうよう。きょうはおかあさんがごちそうつくってくれるんだし、ケーキもたべるんじゃないか」

道夫はたべる話ばっかりだ。

もう夕方で、商店街は、ますます人どおりがはげしくなっていた。

「道夫。近みちして帰ろうか」

「うん」

わたしたちは、横ちょうにはいった。そこからわたしの家までは、工場の倉庫がならんだ道で、人どおりはほとんどない。この道をぬけて行くと、だいぶ近みちになるのだった。

まがり角をまがって、すこし行ったときだった。

うしろから、一台の自動車がはしってきて、わたしの横にすっととまった。黒ぬりの、大きな外国せいらしい車だった。

車のドアがあいて、男の人が二、三人、ばらばらとおりてきた。男たちは、いきなり、わたしと道夫におそいかかった。

「なにをするの」

わたしは、みをかわそうとした。ケーキの箱が道の上におちてころがった。そのうでを、男の手が、がしっとつかんだ。

「こい。くるんだ」

あっというまもなく、わたしと弟は、車の中にひきずりこまれていた。

つれさられた二人

男は三人だった。うんてんしているのは、せのたかい人で、そのとなりはずんぐりした小男だった。

うしろのシートに、わたしはからだをかたくしてすわっていた。右がわにいる三人めの男が、けん銃のさきをわたしの横っぱらにおしつけている。けん銃は、かたくてつめたかった。

「声をたてたり、にげようとしてみろ。そのしゅんかんにいのちがなくなるんだ。おい、そっちのぼうずも、へたなまねをしたら、ねえちゃんの心ぞうがとまるんだってことをおぼえとけ」

道夫は、わたしの左がわにこしかけて、まっさおな顔でぶるぶるふるえていた。

ふるえがとまらないのは、わたしもおなじだ。いったいこの男たちは、なに者なのだろう？　なんのために、わたしたちはこんなめにあわされなければならないのだろう？

どのくらいはしっただろうか？　車がとまったときには、あたりはもうまっくらになっていた。そこは一けんの二かい家のまえだった。

「おりるんだ。だまって歩け」

わたしたちは、車からおりた。

男たちにおいたてられながら、わたしと弟は、家にはいり、かいだんをのぼった。

車をうんてんしていた、せのたかい男が、ドアをあけて、さきにたってはいって行った。へやの中には、りっぱなテーブルがあって、からだの大きな堂どうとした男が、そのむこうにこしかけていた。黒いめがねをかけている。

「がきどもを、つれてきました」

さきにたった男が、ていねいにいった。黒めがねの堂どうとしたのは、おやぶんらしい。

「よし。いすにかけさせろ」

わたしと弟は、ふるえながらテーブルのこっちがわにすわった。

「おい。さっきのあれを持ってこい」

おやぶんが、となりのへやにむかってどなった。

ドアがあいて、若い男がはいってきた。その人を一目見て、わたしは思わず、

「あっ」

といってしまった。それは、マンマル堂のみせにアルバイトで働いていた、赤谷という名の、あの男だったのだ。

それればかりではない。もっとおどろくことがあった。

赤谷が、りょう手に持ってきたものを、テーブルの上においた。

「ケーキだわ」

きょうの午後、うちのキッチンからなくなった、あのクリスマスケーキなのだ。チョコレートでできたコウモリが、まんなかに立っている。

「おまえたち。これに見おぼえがあるか？」

おやぶんが、すごみのある声でいった。

「あります」

「おまえたちは、きょうこれを、店から買って帰ったろう？」

「そう。でも、いつのまにか消えてしまったわ。おじさんたちが、ぬすんだの？」

「よけいなことをいうな」

おやぶんは、大きな手でチョコレートのコウモリをつかんで、あらあらしく引きぬいた。ケーキのまんなかに穴があいた。

「この中に、なにかはいっていたのを見なかったか？　え、おまえたち」

「すきとおった袋がはいっていたわ。お砂糖の」

「砂糖？」

男たちは顔を見あわせていたが、きゅうにげらげらわらいだした。

「おまえたちは、あれを砂糖だと思っているのか。ばかめ。まあ、砂糖でもなんでもいい。あの袋をどこへやった？」

「どこへもやらないわ。たべるときまで入れておこうって、またもとどおり穴の中に入れたわ」

わたしがそういったとき、横にいる道夫が、いちだんとはげしくふるえだした。いすが、がたがた音をたてるほどのふるえかただった。おやぶんの目が、黒めがねの中でするどく道夫をにらんだ。

「おい、こぞう。おまえなにか知ってるな。あの袋をかくしたのか」

「ご……ご……ごめんなさい」

道夫は、ふるえながら、ズボンのポケットから、なにか取りだした。ポリエチレンの小さな袋だった。

「道夫……あんたったら」

わたしは、あきれてしまった。道夫は、泣きべそをかきながら、

「ぼく……ぼく……このお砂糖、なめてみたかったんだよう。だから、こっそりキッチンへ行って、ケーキの中からこの袋を出して、なめようとしたんだ。そしたらさあ、どっかで足音がしたので、あわててポケットにかくして、六じょうのへやへ行ってテレビ見てたんだ」

「わかった！」

わたしは手をぱちんと打ちあわせた。

「わかったわ。このコウモリのついたケーキは、ほんとうは、だれかが買って、おやぶんにとどけることに決まっていたのね。ところが、わたしたちが買って、うちへ持って行ってしまった。赤谷さんはそれに気がついてあわてて、わたしたちがどこの家の子どもかしらべて、しのびこんでケーキを取りかえして行った。ところが、おやぶんのところにケーキをとどけて中をしらべると、かくしてあったかんじんの袋がなくなっている。そこでわたしたちをゆうかいして、袋をどこへやったかいわせようと思ったのね。

おじさんたちには、ケーキはどうでもよくて、だいじなのは、この袋の中の粉なんでしょ」

「りこうなねえちゃんだ」

おやぶんは、口をゆがめてわらった。

「では、りこうなねえちゃんに聞くがね。この粉はなんだと思う？　砂糖か？」

「ちがうわ。いまわかったけど、麻薬でしょ？　麻薬にちがいないわ」

「そのとおりだ。おれたちは、麻薬をひみつに売り買いするのを商売にしている。なかまのひとりが外国からもちこんだ麻薬を、この赤谷がケーキの中にかくしてショーウインドーにかざった。目じるしにチョコレートのコウモリをつけたケーキだ。コウモリなんかついたケーキは、みんなきみわるがって買わないだろうとあんしんしていたんだ。ところが、おまえたちが、ものずきにも買って行ってしまった。赤谷があわてるのはあたりまえだ。もうすぐ仲間がそれを買いにくることに決めてあったのに、ケーキがなくなってしまったんだからな。赤谷はすぐにおまえたちの家をつきとめ、ケーキを取りかえした。しかし、ここまで持って来てしらべてみると、かんじんのふくろがなくなっているじゃないか。そこで気のどくだがおまえたちに、ここまでおいでいただくことになったんだ。このふくろは、これでいくらすると思う？　え？　これだけで三千万円になるんだぞ」

「おじさんたち、麻薬がぶじにもどってまんぞくでしょ。もうわたしたちには用がないんでしょ。はやく帰らせてよ」

「そうはいかん」

おやぶんは、まわりに立っている男たちに目くばせをした。男たちは、ばらばらとかけよって、わたしと道夫をロープでしばりあげた。

「なにをするのよう！」

「ここまで、おれたちのひみつを知られてしまっては、子どもといっても、生かして帰すわけにはいかん。かわいそうとは思うがね」

うそだ！　ちっともかわいそうがっている顔じゃない！

「夜がふけたら、おまえたちの首をしめて、東京湾にはこんで行ってほうりこんでくる。それまでおとなしくしてろ」

　手足をしばられ、さるぐつわをされたわたしたちを、ゆかにころがして、男たちは、へやの電とうをけして出て行ってしまった。

恐怖のへや

　殺されるのなんかいやだ！　助けて！　おとうさん、おかあさん！

　わたしは、心の中でひっしにさけんでいた。そばにころがされている道夫は、おそろしさにみうごきもできないのか、くらやみの中でじいっとしている。死んでしまったのかと思うほどだ。

　どこかで、かさかさと音がした。わたしはぎょっとしてとびあがりそうになった。そのあたまの上を、かすかな足音がとおりすぎた。

　なあんだ。ネズミじゃないか。たださえこわいんだ。ネズミなんか出てこないでくれえ――とさけびだしたかった。

　そのとき、わたしの頭にひらめいたことがあった。

「そうだいい考えがあるわ」

　わたしは、たんてい小説がすきで、学校の図書室からかりてきたりしていつも読んでいる。その中に、こんな話があった。

　わたしたちのように悪かんにとらえられ、しばりあげられた少年が、なわの結び目にごはんつぶをなすりつけ、ネズミにかじらせるのだ。結び目をかじられて、なわがとけ、少年はしゅびよくにげだすことができた、という物語だ。

　わたしは、からだをおこし、よろよろしながら立ちあがった。足くびをしばられていて立つのは、ほんとうにむずかしい。なん回もころびそうになりながら、テーブルにからだをもたせかけて立った。それから、テーブルの上にからだを横だおしにたおした。

　ここには、ごはんつぶなんかより、もっといいものがある。ネズミがきっと大すきにちがいないものだ。

うしろ手にしばられた指さきに、やわらかいものがさわった。ケーキだ。男たちがテーブルの上に置きっぱなしにして行った、あのケーキだ。わたしは、手くびのロープの結び目を、むちゅうでケーキのまわりにこすりつけた。手も指も、クリームでベトベトだ。ロープの結び目にも、たっぷりクリームがついたにちがいない。これでネズミがかじってくれれば――。

しかし、耳をすましたとき、足音はもうどこにもしなかった。ネズミは、わたしが立ちあがったのにおどろいて、にげて行ってしまったのだ。

わたしはぜつぼうした。やっぱり物語のようにうまく行くもんじゃないのだ。だいいち、ネズミがいたとしても、うまく手くびの結び目をかじってくれるかどうかわからない。クリームだらけになったわたしの指をかじるかもしれない。いやそれよりも、テーブルの上のケーキそのものをたべに行くにちがいない。そのほうがネズミだってらくだもの。

わたしは、気がくるいそうだった。テーブルの上にからだをねかせたまま、全身をねじった。

そのとき、なんとなく、これまでと感じがちがうのに気がついた。どこがちがうのだろう？　そうだ。手くびのロープがゆるんでいるのだ。ロープの結び目に、クリームをめちゃくちゃにぬりつけた。クリームは、すべすべ、つるつるしている。そのために結び目がゆるんだんだ。

わたしは、きゅうにげんきが出てきた。もっとクリームをなすりつけながら、手くびをねじった。右手がすぽっとロープの輪からぬけた。しめた！

あとはもう、むがむちゅうだった。わたしは、自分のさるぐつわをはずし、足のロープをほどいた。それから、手さぐりで、ゆかにころがっている道夫のロープをほどきにかかった。手がクリームだらけで指先がすべってなかなかほどけない。このクリームのおかげで助かったのに、りょうほううまいぐあいにはいかないものだ。

「さ、道夫。はやく」

自由になった弟の耳もとでささやいて、わたしは、まどのほうへいそいだ。手にさわったカーテンをひきあけると、ガラス戸がしまっていた。わたしはとっさに思いついて、手についたクリームを、ガラス戸のしきいにこすりつけた。ガラス戸は、音をたてないで、すべるようにあいた。外は月の光であかるかった。

二かいのまどだから、かなり高い。わたしたちは、まどからやねの上に出た。

「雨どいがあるわ。これをつたって下におりるのよ」

道夫がうなずいて、やねのはしからからだをおろした。あんがいうまくおりて行く。道夫が地面に立ったのを見とどけて、こんどはわたしがおりはじめた。クリームはやっぱり、やくにたつときとじゃまになるときとりょうほうだ。雨どいをつかんでいる手がすべるので、わたしは、つめたいあせでびっしょりになった。やっと足がかたいものにさわった。

しめたっ！　これで助かった！

弟の手をつかんで、かけだそうとしたときだった。目のまえに、黒い大きな人かげがぬっと立った。だめだ。もうだめだ。ついてなかった。——わたしたちは、へたへたと地べたにすわりこみかけた。

「だいじょうぶだ。わたしは、警視庁の杉本警部補というものだ。よくにげられたな。えらいぞ」

黒い人かげがいった。わたしにはとても信じられなかった。

「きみたちがここにつれこまれたとわかったので、この家をとりかこんだ。しかし、へたにふみこんで、きみたちが殺されてはと、中のようすをうかがっていたのだ。きみたちがぶじに出てきたいじょう、安心してふみこめるぞ」

人かげが、手をあげてあいずをした。なんにんもの黒い人かげがばらばらとあらわれ、家にかけよって行った。

「でも、ふしぎだわ。警察は、どうしてわたしたちがここにとらえられていることがわかったのかしら？」

わたしがそういったときだった。よこから声をかけてきたものがあった。

「由美さん」

「あ、和彦くん」

こんなびっくりしたことはない。どうして和彦くんがここにいるのだろう？

「ぼくね。なんだかへんだと思ったので、こっそりきみたちのあとについて行ったんだ。そうしてきみたちが車につれこまれるのを見てしまった。自転車であとをおって、車のナンバーを警察に知らせたんだよ」

「そうだったの？　ありがとう」

「ううん。あの若い男は、かんじのわるいやつだったのに、うっかり、きみたちの家を教えたりして、ぼくにもせきにんがあったんだ」

家の中で、けん銃の音がつづけさまにおこった。が、すぐにやんだ。

「いやあ。きみたちのおかげだよ。麻薬みつゆ組織のいちみを、たいほすることができた。ありがとう、ありがとう」

杉本警部補が、大声でいった。あかるいかい中電灯の光の中で、四かくばった顔がわらっている。

「さあ、きみたちをパトカーで家まで送るぞ。とちゅうで、特大のクリスマスケーキを買って行こうな」

杉本警部補は、りょう手で、わたしと和彦くんのかたを、ぽんとたたいた。

口笛たんてい局

挿絵　土居淳男

1

朝のお日さまは、森も、畑も、村もかがやくような明るさで照らしている。

おかのだんだん畑の道を、まるまるとふとった小学生がひとり、学校かばんをさげておりてきた。四年生の佐田五郎くんだ。

「おおい、佐田の山、おはよう」

はんたいがわの道からやってきたふたりが、佐田くんのすがたを見て、手をふった。水谷仁《ひとし》くんと、小川町子さんだった。

「水谷くんと小川さん、おはよう」

佐田くんも、にっこり手をあげた。

「佐田くん。しゅくだいの算数、ぜんぶできた？　わたし、むずかしくてこまっちゃった」

小川さんが言った。まるがおで目のくるりとした小川さんは、佐田くんとおなじクラスの四年生だ。

「でも、きみ、算数とくいだって言ってたじゃないか」

と、きいたのは、水谷くんだ。水谷くんは、ひとつ年上の五年生。小さいとき「しょうにマヒ」という病気にかかって足がわるいので、まつばづえをついている。でも、とても元気な子だ。

「わたし、算数とくいよ。でも、もんだいがむずかしすぎるのよ」

小川さんが、口をとがらした。

そのとき、おじぞうさまのかどからひとりの女の子がかけてきた。おさげにあんだかみが二本、ぴんぴんはねあがっている。木村アケミさんだ。

「おそくなっちゃったわ。ごめんなさい」

木村さんは、近づいてくるなり言った。はしってきたので、ほっぺたがまっかだ。

「まだだいじょうぶだよ。でも、木村さんはいつもいちばん早いのに、けさはどうしたの？」

「けさねえ、へんなことがあったのよ。それで、おそくなったの」

「へんなことって？」

「うちのおとなりの三つになるぼうやが、きゅうにいなくなってしまったの。川へでも落ちたんじゃないかって、おとなりでは、大さわぎしてさがしているの。うちでも、みんなで手つだってさがしてあげていたんだけど、わたしは学校へ行かなければならないから、さがすのをやめて出てきたのよ」

「ふうん。あのぼうやが？　それはたいへんだ」

みんな、かおを見あわせた。

「学校、おそくなるから行きましょう」

小川さんが言った。四人は、なかよくあるきだした。水谷くんと木村さんは四年だが、佐田くんと小川さんは五年、からだは佐田くんがいちばん大きい。まるまるとふとっているうえに、せいもぐんと高く、「佐田の山」というあだなが、おにあいだ。

学校についた。学校は、村の西のはずれにたっている。うしろはぞうき林になっていて、そのうしろは山だ。

なかよしの四人も、学校では、ふたりずつ、べつべつの教室だ。じゅぎょうのあいだじゅう、水谷くんは、ときどき木村さんのほうをながめた。木村さんは、ぼんやりとまどの外に目をむけている。いつも勉強にねっしんな木村さんにしては、めずらしいことだ。となりのぼうやのことが気に

なるんだな、と水谷くんは思った。

　土曜日なので、じゅぎょうは、ひるまでで終わりだった。うちへかえっておひるをすませると、水谷くんは、木村さんのうちへ出かけた。ぼうやがみつかったかどうか、しんぱいだったからだ。

「おーい、水谷くん」

　おじぞうさんのところまできたとき、うしろからよびとめられた。ふりかえると、佐田くんと小川さんがかけてくるのだった。

「わたしたち、木村さんのおとなりのぼうやのことがしんぱいで、いってみようと思うのよ」

「ぼくもそうなんだ」

　三人は、木村さんの家のほうへまがった。

2

木村アケミさんの家は、農家ではなくてポンプ屋だ。井戸モーターや、かんがい用のポンプを売っていて、修理などもひきうけている。「キムラのポンプ」というかんばんの出ている店のまえに、木村さんは、ゆううつそうなかおで立っていた。

「おとなりのぼうや、どうなったの？」

小川さんが、まっさきにきいた。

「みつからないのよ。川や、ため池もしらべたんだけど、いないんですって。おとなりでは、うちじゅうでそうだんして、けいさつに知らせることにしたの。いま、おまわりさんがきて、いろいろきいているわ」

木村さんは、となりの店をゆびさした。

「わあ、おとうふがどっさりある。すごい」

おとうふがだいすきな佐田くんが言った。となりの店は、とうふ屋なのだ。

その店の中に、制服をきた警官の後ろすがたが見える。ちゅうざい所の高野じゅんさだ。佐田くんたちのクラスの高野くんのおとうさんだ。とうふ屋のおじさんとおばさんが、青いかおをして、なにかせつめいしていた。

「ぼくたちも、なんとかして、ぼうやをさがす手つだいをしようよ」

と、水谷くんが言った。

「ぼくたち、『口笛たんてい局』の局員じゃないか」

「そうよ、そうよ」

と、小川さんが言った。

『口笛たんてい局』というのは、この四人がヒミツにつくっているグループだ。ヒミツと言っても、もちろんわるいことをするのではない。「こまっている人があったら、だれにでも手をかしてあげること」「どんなことでも、四人のびょうどうな話しあいできめること」「むやみにあぶないいぼうけんはしないこと」「ひとりだけとくしたり、自分ひとりで、てがらをたてたりしようと思わないこと」というのが、このたんてい局のきそくだ。

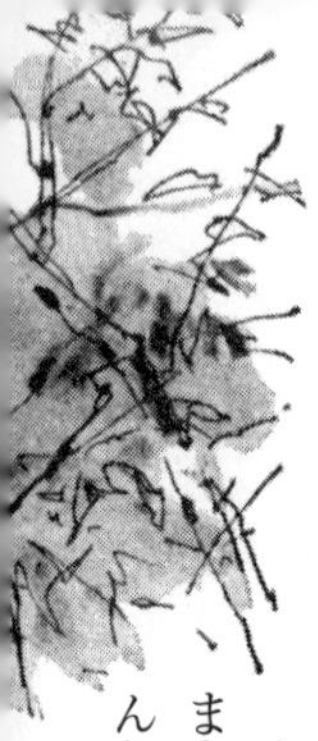

でも、今までに『口笛たんてい局』がやったことといったら、さいふをひろって、落とした人にとどけてあげたことが二回と、まいごの子ネコをかいぬしのところへつれていってやったことが一回あるだけだ。これでは、たんてい局のしごとのせいせきとしては、すこしさびしい。

「じゃあ、わたし、ぼうやをさがしにいってくるわねっ」

　そう言って、いきなりいきおいよくかけだそうとしたのは小川さんだ。

「まてよ、ロケットちゃん。ぼうやがどんな服をきていたか、どんなふうにしていなくなったか――そういうことをくわしくきかなければ、さがすわけにはいかないよ。ぼくたち、まだなんにも知らないんだもの」

　と、水谷くんに言われて、

「あっ、そうか」

　小川さんは、おかっぱあたまをおさえた。ロケットちゃんというのは、小川さんのあだなだ。

「ロケットちゃんは、やっぱりロケットちゃんね。すぐとびだすんだもの」

　と、木村さんがわらいだした。佐田くんが、そばから、

「ロケットだって、すぐになんかとびださないよ。スリー・ツー・ワン・ゼロって言ってからとびだすんだよ」

「しっぱい、しっぱい。木村さん。そのぼうやのことを話してよ」

「いいわ、ぼうやのなまえは本橋和男――みんな、カズぼう、カズぼうってよんでるの。年は三つ。みどり色のセーターをきて、茶いろの半ズボンをはいていたっていう話よ」

　水谷くんが、手帳をだして、木村さんの話をメモしている。木村さんは、つづけた。

「カズぼうはね、けさ目をさますとすぐ、お店のまえに出て、ひとりであそんでいたんだって。おとうふ屋さんって朝が早いのよ。おばさんは、ようじがひとくぎりついたので、朝ごはんにしよう

と思ったけど、そのときはもうすがたが見えなくて、大さわぎになったのよ。七時まえだったわ」

「ゆうかい事件じゃないのかな。手がかりは、ぜんぜんないんだね」

佐田くんが言った。

四人はまずさいしょに、手わけしてカズぼうのすがたを見たものがいないかきいてあるくことにした。小川さんは村役場から南のほう。水谷くんはお寺からバス道路のところまで。木村さんはとなり町に近いあたり。佐田くんは学校のまわり――と、うけもちがきまった。

「じゃあ、一時間ぐらいしたら、またここにあつまろうね」

四人は、それぞれのほうがくにちっていった。

佐田の山の佐田くんは、学校のほうへやってきた。道で会う人に、カズぼうのことをきいたけれど、見たという人はいなかった。佐田くんは、学校のうら山にのぼっていった。いつもあそびにくる山なのに、きょうはあんなことがあったせいか、なんとなくうすきみがわるい。風がふいて木の葉がざわざわすると、おそろしいかおをしたゆうかいはんにんが出てきそうで、佐田くんはすこしこわくなった。

「ゆうかいはんにん、出てこい」

佐田くんは、わざといばって言った。そのとたん、うしろのクマザサのしげみががさがさっとゆれて、人間のすがたが立ちあがった。

「ひゃあ、たすけてくれ」

佐田くんは、しりもちをつきかけた。

3

しげったクマザサの中から、ぬうっとあらわれたのは、村の広市《ひろいち》じいさんだった。

「なあんだ。広市じいさんか。びっくりさせるなあ」

佐田五郎くんは、ほっとした。

「ねえ、広市じいさん。どこかで、とうふ屋のカズぼうを見なかった？」

「さあね。カズぼうが、まいごにでもなったのかい？」

「うん、まあそうなんだ。おじいさん、どこかでカズぼうをみかけたら、すぐ知らせてね」

「ああ、いいよ。まいごさがしとは、ごくろうさんだな。ひとつ、たんてい犬でもつかったらどうだね」

広市じいさんは、わらって言った。

「たんてい犬？」

「ああ。ゆうべ見たテレビのたんていものに出てきたよ。小さいこどもがゆくえふめいになったので、犬ににおいをかがせて、さがさせるのさ」

広市じいさんは、じょうだんのつもりで言ったのだが、佐田くんは、とびあがった。

「そうだ！　それはいい考えだ！」

佐田くんは、大いそぎで山をかけおりた。とうふ屋の店のまえまでもどってきたとき、ちょうど木村アケミさんがかけてきた。

「どうだった、佐田くん。カズぼうは、みつかった？」

「それがだめなんだ、だれにきいても知らないって言うんだ」

　そこへ水谷仁くんが松葉づえをついてもどってきた。「ロケットちゃん」の小川町子さんも走ってきた。

「ねえ、みんな。いい考えがあるんだ。犬をつかってカズぼうをさがしたら、どうだろう?」

　佐田くんが、いきおいこんで言った。

「犬?」

「うん。たんてい犬さ。犬ににおいをかがせて、さがさせるんだ。うまい考えだろう?」

　佐田くんは、とくいそうだ。ほんとは自分が考えたのじゃなくて、広市じいさんに言われたことなのに、しょうしょうずるい。

「よし、犬のことなら、ぼくにまかしてくれ」

　水谷くんが、むねをとんとたたいた。水谷くんは、動物をあつかうのが、ふしぎなくらいうまい。小鳥でもネズミでも、なんでもならしてしまう。犬ぐらいは、あさめしまえだ。

「でも、かんじんの犬は?　どこからつれてくるの?」

　木村さんがきくと、小川さんが、

「うちのクロがいるわ。クロをつれてこようっと」

　と、さっそくとびだしかけた。佐田くんが、そばから、

「だめだよ、あんなまぬけな犬」

「あら、しつれいね、うちのクロは、まぬけじゃないわよ」

　小川さんが、口をとがらした。

「まぬけだよ。ちんちんもおあずけもできないし、ボールを投げて『持っておいで』って言っても持ってこないじゃないか」

「でも『クロや、ごはんだよ』って言うと、じぶんのおちゃわんをくわえてとんでくるわよ」

「なあんだ。食べることだけはいっしょうけんめいなのね。佐田くんとおんなじじゃない」

　木村さんが言ったので、こんどは佐田くんが口をとがらした。水谷くんが、

「ほかに犬がいなければしかたがないや。クロでいいからつれておいでよ」

と言った。
やがて小川さんは、クロをひっぱってもどってきた。からだじゅうまっくろで、足の先だけがぽっちり白い犬だ。クロは、みんなにあそんでもらえると思って大よろこび。くるくるかけまわるので、小川さんはひっぱられてころびそうだ。

「よしよし、クロ。いい子だからおとなしくするんだ」

水谷くんが、クロのあたまをかるく二、三回ついた。クロはきゅうにおとなしくなって、水谷くんの足もとにすわった。さすがは動物ならしの名人だ。

「わたし、なにか、カズぼうが身につけていたものをかりてくるわ」

木村さんは、とうふ屋の店にはいっていったが、すぐ、小さなくつしたをかたいっぽうもって出てきた。

「このくつした、カズぼうが、ゆうべまで、はいていたんだって。カズぼうのにおいがついていると思うわ」

「オーケイ。そら、クロ、このにおいをよくかぐんだぞ」

水谷くんが、くつしたをクロのはな先につきつけた。クロは、ふんふんとしきりににおいをかいでいる。

「わかったかい？　わか

ったら、このにおいのあとをつけるんだ」

水谷くんが、じめんをゆびさした。クロは、しばらくそのへんをかぎまわっていたが、

「ワン！」

と、ひと声ほえて、かけだした。

「まって、まって、クロ」

小川さんが、あわててクロのくさりをつかんだ。木村さんが言った。

「クロが、きゅうにかけだして、どこかへ行ってしまうとこまるわ。小川さんじゃ、ひっぱられてしまうから、佐田くんにかわってもらったら？佐田の山なら力がつよいもの」

「ようしきた」

でぶちゃんの佐田くんが、くさりをにぎった。クロは、ときどきかけだしたり、ゆっくりになったりしながら、じめんのにおいをかいでいく。

「うまいぞ、そのちょうし」

四人は、クロのあとからついて行った。

4

クロは、村道を右へまがり、村をぬけて、となり村のほうへみんなをあんないしていった。

「うちのクロ、やっぱりまぬけじゃないでしょう？」

小川さんが、じまんした。

クロは、きゅうにいそぎ足になった。「けんとうがついた」というように、小走りに走っていく。佐田くんが、くさりをつかんでかけだした。小川さんと、木村さんが、それにつづく。

「おーい、まってくれえ」

松葉づえの水谷くんが、ひっしになってあとをおってくる。

「だいじょうぶよ。わたし、あんまり早くいかないようにするから。水谷くん、わたしのすがたを目あてにして、ついてくればいいわ」

木村さんが、まえのクロと、うしろの水谷くんを見くらべながら言った。

クロはやがて、一けんの店のまえにとまった。とくいそうに、

「ワン、ワン」

と、みんなのほうをふりかえった。

「クロ、ここは、おとうふ屋さんじゃないの」

クロがとまったところは、となり村の「関山とうふ店」のまえだった。

「いやねえ、クロったら。カズぼうのにおいをさがさないで、おとうふのにおいをさがしあててしまったんだわ」

小川さんが、がっかりして言った。

「だからぼくが、まぬけ犬だって言ったろう?」

「まぬけじゃないわよっ。まちがえただけよ。犬だもの、まちがえることがあったって、しようがないじゃない?」

「まあまあ、ふたりともけんかしないで、けんかしないで」

あとからおいついてきた木村さんと水谷くんがなだめた。

「もういっぺん、やりなおしだ。クロ、この、こどものにおいだよ。まちがえるなよ」

クロは「ほいしまった」というように、くびをかしげてにおいをかいでいたが、ちがったほうがくにむかって走りだした。

「こんどは、ほんとらしいわ」

四人は、よろこんでおいかけていく。クロがこんどたちどまったのは、お宮のうらてにある、二かいだての家だった。

「ごめんください」

声をかけると、足音がして、ひとりの男が出てきた。

しまのセーターを着た、まだわかい、せのたかい男で、なんとなくくずるそうな顔をしている。

「こんにちは……あのう……ぼく……」

佐田くんが言いだした。知らない人にしゃべるのは、あまりとくいでないので、ふとった顔をまっかにしている。年上の木村さんが、かわって、

「ちょっと、おききしたいんですけど——このへんに、みどりいろのセーターと茶いろのズボンの男の子がこなかったでしょうか？　カズぼうといって三つなんです」

「みどりのセーターと茶いろのズボン？」

男の目が、きらりと光った。

「知らねえな。そんなこどもは見たこともねえ」

「でも……」

「見たこともねえと言ってるだろ？　おれはいそがしいんだ。帰れよ」

男は、けわしい声で言うと、おくへひっこんでしまった。

四人は、しょんぼりと、クロをひっぱって帰り

かけた。見たことがないと言われては、それいじょうどうすることもできない。クロがここへあんないしてきたというだけで、カズぼうがここへきたというしょうこは、なにもないのだ。

村ざかいまでもどってきたとき、

「あんたたち、どうしたのさ？　しょんぼりして」

声をかけたのは、しらないおばさんだった。四人は、カズぼうのことをきいてみた。

「みどりのセーターに、茶いろのズボンねえ。さあ、心あたりがないねえ」

「あ、そうだわ」

木村さんは、ふと思いついて、ポケットから手帳を出した。

木村さんは図画がとくいだ。手帳のページに、カズぼうの顔をかいてみせた。

「こういう子なのよ、おばさん」

「このぼうや？　この子なら、見たことあるよ」

5

「えっ、どこで見たの？」

四人は、思わずさけんだ。

「吉岡町の松本さんという家だよ。松本さんは、町会議員さんをしている人なんだよ。わたしは花畑をつくっているので、ときどき吉岡町まで花を売りに行って松本さんのところでも買ってもらうので、よく知っているのさ。おどろくほど大きな、りっぱなおやしきでね」

「吉岡町というと、ぼくたちの小柳村からは、バスで三十分くらいのところだね」

「そうだよ。この絵の男の子は、たしかに松本さんところのぼうやだよ。茂樹ちゃんとかいう名まえでね」

「あら、それじゃあちがうわ」

木村さんが、がっかりした声をあげた。

「それは、ぜんぜんべつのぼうやよ。わたしたちがさがしているのは、カズぼうといって、おとう

ふやさんの子なのよ」

「それでは、ちがう子だね。でもこの絵は、松本さんところのぼうやにそっくりだよ」

おばさんは、つくづくかんしんしたように、木村さんのかいた絵をながめた。

四人は、がっかりして、またあるきだした。村のまんなかを流れる川に、石の橋がかかっている。橋をわたると道が二つにわかれている。

「ぼく、おなかへったよ。うちへかえって、おやつ食べてくる」

佐田くんが言った。くいしんぼうの佐田くんだ。

「そういえば、すこしくたびれたな。うちへかえって、おやつでも食べたらまたうまい考えがうかぶかもしれないよ」

と、水谷くんが言った。

「じゃあ、またあとでね」

四人は、そこで、ふたりずつにわかれ

た。木村さんと佐田くんは右の道、水谷くんと小川さんと、それからクロは左の道だ。

犬のクロは「まだまだ遊びたりない」と言うように、あっちへちょこちょこ、こっちへちょこちょこ、道ばたの草の中へくびをつっこんだり、よその家のネコをおいかけたりする。

「クロ、おちつきがないわね。しずかにしなさい」

小川さんがしかった。そのとき、

「ねえ、小川さん」

松葉づえをつきながらゆっくりあるいていた水谷くんが話しかけた。

「小川さん。ぼく、となり町のあの二かい家にいたわかい男が、なんだかあやしいような気がするんだ。小川さんは、どう?」

「そういえばわたしも、あの人はなんだかかわるい人みたいな気がする。だってわたしたち、ただ、カズぼうのことをきいてみただけなのに、早くおいはらおうとするようなたいどだったじゃない?」

「そこだよ。ぼく、もういちど、あの家にもどってみようかと思うんだ」

「まって、水谷くん。わたしも行く。クロはもう用がすんだから、うちへおいてくるわ!」

小川さんは、はしって行って、クロをうちへつないできた。水谷くんは、橋のたもとで待っていた。

さて、そのころ、木村さんと佐田くんは、こんな話をしていた。

「ねえ、佐田くん。さっきのおばさんの言ったこと、どう思う?」

「おばさんの言ったことって?」

「吉岡町の松本さんていううちのぼうやは、カズぼうとそっくりだって――わたし、そのことがなんとなく気になるのよ」

「ふうん」

「佐田くん。わたし、吉岡町まで行ってみるわ。バスで行けばじきだもの」

木村さんは、ポケットから赤いビーズあみのさいふを出して、おこづかいをかんじょうした。小学生は半がくだから、おうふくのバス代くらいならじゅうぶんまにあう。

「佐田くんも行く？」

「うーん、ぼくも行ってみたいことは行ってみたいけど」

そう言うそばから、おなかがぐうっとなる。

「おやつ食べてきてからじゃ、だめ？　木村さん」

「そんなことしていたら、おそくなるわ。佐田くんは、こなくてもいいわよ。わたしひとりで行くわ」

「行くよ、行くよ。ぼくだって口笛たんてい局の一員だもの」

佐田くんは、すこし、なさけなさそうだった。

6

吉岡町の松本さんという家は、すぐわかった。この町では知らない人がないとみえて、だれにきいても、ていねいに道を教えてくれたのだ。


「ずいぶんりっぱなうちだなあ。門からげんかんまで、石がならんでいるよ。お正月に見た映画の、とのさまのやしきににているなあ」

「ほんとに広いおやしきだわ。茂樹ちゃんというぼうやは、どこにいるのかしら？」

そこへ、庭のほうからだれか出てきた。ほっそりした、やさしそうなおばあさんだった。

「おや、あんたたち、なにか用？」

木村さんと佐田くんのすがたを見て、おばあさんはたずねた。

「はい。ここに、茂樹ちゃんてぼうやがいるってきいたんですけど」

「茂樹？　あんたたち、茂樹を知っているの？」

おばあさんは、なにを思ったのか、きゅうに声をふるわせて、木村さんの手をつかんだ。

「いいえ、知らないんです。ただ――」

木村さんは、さっき手帳にかいたカズぼうの絵をだして見せた。おばあさんのからだが、いっそうふるえだした。

「茂樹だ！　これはたしかに茂樹だ！　あんたた

ち、どこでこの子を見たの？」

「これは茂樹ちゃんじゃないんです。わたしたちの村の、カズぼうというぼうやなんです」

木村さんがせつめいしても、おばあさんは、なかなかしんじられないようすだった。が、やがて、

「ああ、やっぱり茂樹ではなかったのか。あの子は、どこへ行ってしまったのだろう」

と、ぽろぽろとなみだをこぼした。

「おばあさん。茂樹ちゃんというぼうや、どうかしたの？」

「そうなんですよ。あの子は、わたしのたったひとりのまごでね。かわいいさかりの三つでした。それが一か月くらいまえに、とつぜんいなくなってしまったのですよ」

「いなくなった？」

「そう。川にでもおぼれたのか、それとも、ゆうかいされたのかと、うちじゅうでさがしたけれど、なんのてがかりもないのですよ。警察にもたのんでいるのだけれどねえ」

おばあさんは、おびのあいだから一まいのしゃしんをだして見せた。

「あ、カズぼうとそっくりだ！」

佐田くんがさけんだ。しゃしんにうつっているぼうやは、カズぼうよりほんのすこし小さいようだが、顔は見まちがえるほどにていた。

「おかしな話ねえ。こんなによくにたふたりのぼうやが、ふたりともゆくえふめいになるなんて」

木村さんが、くびをひねった。

ちょうどおなじころ、水谷くんと小川さんは、となり町のお宮のうらてにある、れいの二かい家のまえに立っていた。まどは、どこもガラス戸がぴったりしまって、うちがわにカーテンがひいてあるので、中は見えない。

「ざんねんだなあ。なんとかして、この家の中のようすをうかがうことができるといいんだがなあ」

「『ごめんください』って言って、もういっぺんげんかんから声をかけてみたら？」

「だめだろう。さっきとおなじように『カズぼう

などというこどもは知らん』と言って、おいかえされるだけだよ」

そのとき、道をだれかがやってきた。水谷くんと小川さんは、いそいでその場をはなれて、しらんかおをしていた。やってきたのは、青いスラックスに、はでなセーターをきたわかい女だった。うでに、買い物かごをかかえている。女は、もんだいの家のげんかんをあけてはいっていった。

「水谷くん!」

小川さんが、息をはずませた。

「今の人、かごの中になにを入れていたか、見えた?」

「見えなかった。きみ、見たの?」

「うん。キャンディのふくろとね、おもちゃの電車と、それから小さい男の子が着るしまのシャツと、こんな小さなズックぐつだったわ」

「こどものものばかりじゃないか」

「そうなのよ。ね、へんだと思わない？　じぶんのうちのこどものためだったら、そんなに、おかしだの、おもちゃだの、洋服だの、くつだの、なにもかもいっぺんに買ってやるようなことはしないと思うわ」

「そうだね。もしかすると、この家の中に、カズぼうがつかまえられているのかもしれない」

「きっとそうよ。カズぼうのきげんをとってあそばせるために、おもちゃやおかしを買ってきたんだわ。うらへまわって、のぞいてみましょうよ」

「ロケットちゃん」の小川さんは、思いたったらじっとしていられないたちだ。とぶように、家のうらてへまわった。水谷くんもあとにつづいた。

うら口には、すりガラスのはまったがたがたの戸がしめてある。そのガラスの一まいの、かどのところがかけて三角のあながあいていた。小川さんがそのあなに目をあててのぞいた。

「水谷くん！　青い小さなサンダルがあるわ！　カズぼうのだわ！」

小声でさけんだときだった。ふいに大きな手が、ふたりのくびすじをつかんだ。

「ああっ！　だれだ！」

「なにをするの！」

7

「なにをするっ！」

ふたりは、もがいた。

「しずかにしろ。声をたてると、いのちがないぞ」

黒めがねの男は、ひくい、すごみのある声で言った。家のまどから、いつのまにかもうひとりの人間が顔を出している。さっき買い物かごをさげて帰ってきたわかい女だ。女の手には小型のピストルがにぎられていた。

「見ろ。あのピストルは消音そうちつきだ。この家のうらては竹やぶで人どおりもないし、だれにもしられずにおまえたちのいのちをもらうことぐ

らい、朝めしまえのしごとだぞ」

男は、水谷くんと小川さんをひったてて家にはいるとぴしゃっと戸をしめてしまった。

「おい。ロープがあったな。このチビどもをしばるんだ」

水谷くんと小川さんは、たちまち、うしろ手にしばりあげられ、手ぬぐいでさるぐつわをされてしまった。

「このチビども、いったいどうするのさ」

と、女がきいた。

「女の子は、なかなかかわいい顔をしているから、外国へ売りとばしてやろう。男の子も外国船のボーイかなんかに売れば、金になる」

「でも、この男の子、足がわるいよ」

「それじゃあ売れねえな。金にならねえなら、めんどうだから殺しちまえ」

へいきな顔で言う。

「ねえ、それよりか、あっちの小さい子はどうするのよ。もうそろそろ、ひるねからさめるころだよ。『おかあちゃん、おかあちゃん』となきどおしだったので、今はくたびれてねているけど、目

をさましたら、また
なくよ」

「なあに、だいじょうぶさ。さっきおまえが買ってきた、きれいな服を着せて、松本の家へつれて行くんだ」

　そう言っているところへ、となりのへやで小さいこどものなき声がした。

「そうら、目をさましたぞ」

　男と女は、となりのへやへとんで行った。水谷くんと小川さんは、しばられたまま、目と目を見あわせた。

　――カズぼうだわ――小川さんが目で言った。水谷くんがうなずいた。

「おうちへかえる。おうちへかえるよう」

　カズぼうが、ないている。男と女がいっしょうけんめいきげんをとっている声がする。

「よしよし。そら電車のおもちゃだぞ」

「ほら、ぼうや、おいしいあめよ」

　カズぼうは、なきやんだ。

「ぼうや、ぼうやのなまえは、なんというんだ？」

「カズぼう」

「だめだよ。シゲぼうって答えるんだ。もう一度言ってみな。ぼうやの名は？」

「カズぼう」

「カズぼうじゃないったら。シゲぼうって言ってみな」

「シゲぼう」

「よしよし、じょうできだ」

「さあ、この子をつれて行こう。おれが車をうんてんするから、おまえ、ぼうやをだいてのるんだぞ」

「あの小学生ふたりはどうする？」

「しっかりしばってあるから、だいじょうぶだ。帰ってきてからしまつしよう」

わるものどもは、カズぼうをつれて出て行った。家の外で車のエンジンをかける音がした。

——今のうちににげなければ——

水谷くんと小川さんは、ひっしになってへやの中をころがりまわった。しかし、なわは手足にくいこむほどきつくしばってあって、ほどけそうもない。声をたてることは、もちろんできない。

——だめだ——ふたりは、つかれて、ぐったりとなってしまった。

8

ふいにどこかで、

「ワン。ワン」

という声がした。たたみの上にころがっていた小川さんが、むっくりとあたまを上げた。

「ワン——ワン、ワワン」

——クロだわ——小川さんは、水谷くんのほうをふりかえった。水谷くんも、しばられたままのからだをおこした。水谷くんは、うしろ手にしばられたまま、まどのそばへはって行った。手がつかえないので、右のかたでまどのガラス戸をおした。なかなかうまくあかない。くもりガラスに、うすぐろいかげが、ぱっ、ぱっとうつっては消える。まどの外で、クロがほえながらガラスにとびついているのだ。

やっとガラス戸が、がらがらとあいた。

「ワンッ」

クロが、まどから顔をつっこんだ。く

びわからくさりをひきずっている。小川さんはクロを家につないできたつもりだったが、クロは、くさりをふり切って、ふたりのにおいをおってきたのだ。でも、クロは犬だ。ふたりのなわをほどいたり、さるぐつわをはずしたりはできない。

　すると、水谷くんが、くびをふりはじめた。クロにむかって、くびをたてにふったり、よこにふったり、ななめにふったりしている。水谷くんは、動物をならすのがふしぎなほどうまい。水谷くんのことばやあいずは、動物にはよくわかるらしいのだ。クロは、しばらくくびをかしげていたが、

「ワン！」

　とひと声ほえると、くさりをひきずってかけて行った。あたりはもう、だいぶ暗くなっている。

　そこへ、いれちがいに、わるものどもがもどってきた。カズぼうは、どこへおいてきたのか、つれていない。

「うまく行ったな。松本の家では、あの子を、ゆくえふめいの自分の家の子だと思って、大よろこびだったじゃないか」

「三百万円も、おれいをくれると言ってたね」

　わるものどもは、じょうきげんだ。

「おや、まどのガラス戸があいている。このチビども、にげるつもりだったな」

　黒めがねの男が、あらあらしく戸をしめた。女がそばから、

「このふたり、早くしまつしてしまったほうがいいよ」

「そうだな。いいぐあいに日もくれた。ひとつ友だちのところへ行って売りとばしてこよう。おい、手つだえよ」

　男と女は、水谷くんと小川さんをかついで運びだした。家の横手にライトバンが一台とまっている。わるものどもの車らしい。水谷くんと小川さんは、うしろのにもつをつむところへおしこまれ、上からあついきれをかぶせられた。これではまるでにもつとしか見えないだろう。

車は走りだした。――ああ、もうだめか――ふたりは、からだじゅうから力がぬけていくような気持ちがした。

どのくらい時間がたったろう。遠くのほうで、けたたましいサイレンの音がした。きれをかぶせてころがされているふたりには、なにも見えないが、サイレンの音はぐんぐん近づいてくるようだ。しかも、一つではない。二つ三つと音がかさなってきこえてくる。

「ちくしょう！　パトカーだ」

男が、したうちするのが聞こえた。

「どうしよう。このライトバンをおいかけてくるよ。あっ、前のほうからも来た！」

女のふるえ声だった。ふいに車が、がくんととまった。

「おい、おりろ。ふたりともおとなしくおりろ」

警官らしい声がどなった。

とつぜん、かぶせてあったきれが、ぱっとめくられた。懐中電燈の光がまぶしくて、ふたりは目をつぶった。

「あっ、水谷くん！」

「小川さん！」

さけんでしがみついたのは、佐田くんと木村さんだった。ふたりのうしろから、クロがワンワンほえたてた。

9

あくる朝の新聞には、口笛たんてい局の四人の写真が、だいだいてきにのせられていた。いや、クロもいっしょだから、四人と一ぴきだ。

あのわるものどもは、大金持ちの松本さんの家の茂樹ちゃんが、すこしまえからゆくえふめいになっていることを知って、茂樹ちゃんとよくにたぼうやをみつけてつれてゆく計画をたてた。「茂樹ちゃんをみつけてきました」と言えば、たくさんお礼がもらえるからだ。わるものどもは、二つほどはなれた村のとうふ屋のカズぼうが、松本茂樹ちゃんとそっくりなのに目をつけて、カズぼうをゆうかいしたのだった。

木村アケミさんと佐田五郎くんは、あの夕がた、自分の村へもどってくると、クロがものすごいいきおいでとんできた。クロはしきりに、ふたりの服をひっぱってどこかへつれて行こうとする。ついて行ってみると、そこはあのわるものどもの家で、ちょうど男と女が水谷くんと小川さんをライトバンにつみこもうとしているところだった。木村さんと佐田くんは、そのライトバンのナンバーをおぼえて警察にしらせたのだった。

さて、あれから二、三日たった午後のことだった。水谷くん、木村さん、小川さんの三人は、なかよくかたをならべて学校から帰ってきた。

「おお、きみたち」

とよびとめたのは、村のちゅうざい所の高野じゅんさだった。

「きみたち。いいニュースがあるぞ。吉岡町の松本さんのところのぼうやが発見されたんだ」

「まあ、あの茂樹ちゃんていう子、みつかったの？　どこにいたの？」

「東京だよ。茂樹ちゃんはのりものがすきで、町の駅からちょこちょこと列車にのりこんで東京まで行ってしまったらしい。まいごとして、東京のしせつでそだてられていたんだ」

「よかったなあ。カズぼうもぶじに家にかえれたし、こんどは茂樹ちゃんがみつかって」

「いやあ、これも、君たち『口笛たんてい局』のてがらだよ。あの事件が新聞にのったのがきっかけで、茂樹ちゃんが発見されたんだ」

高野じゅんさに言われて、三人は、にっこりと顔を見あわせた。そこへ、佐田の山の佐田くんが、ふうふう言いながらかけてきた。

「おうい、みんな。たいへんだ。新しい事件が起こったんだ」

10

「え? なに?」

「なにが起こったの?」

三人は、くちぐちにたずねた。佐田くんは、まだ息をきらしながら、

「ぼくのうちにね、どろぼうがはいったんだ」

「どろぼうが? で、なにをとられたの? お金?」

「それがへんなんだよ。とられたのは、ぼくのボールペンなんだ」

「ボールペン?」

「うん。じくが黒くて、金いろのキャップがかぶさっているんだ。まるで万年筆みたいに見えるすてきなボールペンなんだ」

「そんなすてきなボールペン、持ってなかったじゃないの。買ったの?」

小川さんがきいた。

「買ったんじゃないんだ。おじさんのおみやげだよ。きのう、東京のおじさんがやって来て、ぼくにくれたんだ」

「きのうもらったばかりのボールペンが、きょう、もうなくなったの?」

「そうなんだ。へんだと思わない?」

「へんねえ」

「よし、それじゃみんなでしらべに行こう。ボールペンをぬすまれたげんばへ」

「たのむ。みんな来てよ。げんばはぼくのへやなんだ」

一どうは、家にかばんをおいてから、佐田くんのうちへ行った。

「ね、ボールペンは、ここのつくえの上においてあったんだ」

佐田くんは、へやにはいると、じぶんのべんきょうづくえを指さした。

「佐田くんのつくえ、ずいぶんちらかってるのねえ。ノートやら、まんがの本やら、ごちゃごちゃじゃないの」

木村さんが、かおをしかめた。

「ボールペンをさがすので、そこらじゅうをひっくりかえしたからだよ。ぼくのより、にいさんのつくえのほうが、もっとちらかってるよ」

佐田くんのにいさんは高校一年だ。いっしょのべんきょうべやなので、へやのはんたいのすみには、にいさんのつくえがおいてある。ほんとに、そっちのつくえのほうが、もっとごちゃごちゃになっていた。

「どろぼうは、どこからはいって来たの？」

「このまどからだと思うんだ。ふちに手をかければ、楽に出はいりできるからね」

「ボールペンのほかには、なにもとられなかったの？」

「うん。ぼくその点がおかしいと思うんだよ。だって、このへやにはほら、置時計だって、にいさんのトランジスター・ラジオだって、あるんだぜ。それなのに、ぼくのボールペン一本だけとって行くなんて、へんだよ」

佐田くんは、くやしそうだ。

「外のようすも、しらべてみたほうがいいんじゃない？」

木村さんが言ったので、みんなは外へ出て、家のまわりをぐるぐるまわってみた。

「あっ、あれ、なにかしら？」

小川さんが、じめんに落ちている白いものをみつけた。

「紙きれだわ。字がかいてある」
「どれどれ」
四つのあたまがくっつきあって紙きれをのぞきこむ。紙きれには、

D 1430　スクールマエ

と書いてあった。

「なんのことだろう?」

「なにかのあんごうかな?」

「一四三〇というのは、千四百三十年のことかしら?」

「社会科のべんきょうみたいだな。千四百三十年といえば、今から五百三十七年もむかしのことだぜ。どろぼうが、そんなべんきょうをするはずないよ」

水谷くんが言うと、小川さんが、

「でも、べんきょうずきのどろぼうかもしれないわよ」

と言ったので、みんなは大わらいした。小川さ

んは、口をとがらせて、

「だってここにスクールなんて書いてあるじゃない？　スクールっていうのは学校のことでしょう？　わたし、中学のねえさんに教えてもらったのよ」

「そういえば、そうだな」

「あっ、わかった！」

佐田くんが手をたたいた。

「スクールマエっていうのは、学校前のことだよ。ほら、バスが学校の前で止まるじゃないか。学校前のバス停のことにちがいないよ」

「そうだ、そうだ」

「佐田の山。からだが大きいばかりじゃなくて、あたまもあんがいいいのね」

「あんがいとはなんだい。あんがいとは」

口ではふんがいしながら、佐田くんは、とくいそうだ。

11

「四年生の小川さんと佐田くんがなぞを半ぶんといたんだから、あとの半ぶんはわたしたちがとかなければ。ね、水谷くん。五年生のめいよにかけてよ」

木村さんが、水谷くんに言った。

「まってくれよ。ぼく、わかりそうだ。一四三〇っていうのは千四百三十年のことじゃないよ。これは、午後二時三十分のことだと思うな」

「午後二時三十分？　どうして？」

「列車とかバスとか、のりものかんけいの人は、時刻をこういって数えるんだよ。いいかい？　おひるは十二時だろう？　そのあと午後一時は、一時と言わないで十三時っていうんだ。午後二時は十四時。午後三時は十五時だ」

「そういえば『二十一時発の上野行きが発車いたしまあす』なんていうね」

「だから一四三〇は十四時三十分、つまり午後二時三十分だと思うんだ」

「だいぶわかってきたわね。あとわからないのは『D』っていう字だけだわ」

木村さんは考えこんでいたが、

「あっそうだわ。Dというのは土曜日のことじゃないかしら？」

「土曜日のことだって？」

「そうよ。一四三〇が午後二時三十分だとすると、いったい何日の午後二時三十分のことかわからないでしょ？　だからDの字がつけてあるのよ。土曜日はローマ字で書くと『Doyôbi』でDがつくじゃない？　日曜から土曜までのあいだでDがつくのは土曜日だけしかないわ」

「それだ！　それにちがいない！　じゃあ、このあんごうは『土曜日の午後二時三十分に学校前のバス停で会おう』というい みなんだな」

「やっぱり、わが口笛たんてい局員は、あたまがいいよ」

「そんなのんきなこと言ってるときじゃないわよ。土曜日といえばきょうじゃないの。きょうの午後二時三十分といえば、もうすぐじゃない？」

「そうだ！　よし、すぐ学校前まで行ってみよう」

「あやしいやつ、来るかもしれないわ」

四人ははりきって佐田くんの家をとびだした。

学校まえのバス停には、ふたりの人がバスを待っていた。

「ひとりは村役場の助役さんだし、もうひとりは新田《しんでん》のおばあさんだ。ふたりともあやしい人じゃないな」

佐田くんが、がっかりしたように言った。

「これから来るのかもしれないわ。まだ二時半には、なっていないもの」

木村さんが、なぐさめた。

「ここで待っていたら来るかしら？」

「きっと来るわよ。あ、そうだ。佐田くんは、どこかへすがたをかくしているほうがいいと思うわ」

「どうしてさ？」

「だってね、もしやって来るのが佐田くんのボールペンをとったどろぼうだとしたら、佐田くんの顔を知っている人かもしれないでしょう？　佐田くんのすがたを見て、『おや、かんづかれたかな？』と思って、けいかいしたらまずいじゃないの」

「そうよそうよ。佐田くんはかくれていたほうがいいわ。だいいち、からだが大きすぎて、目につきやすいもの」

小川さんが言った。すると木村さんがまた、

「それから水谷くんもかくれたほうがいいわ。水谷くんは松葉づえをついていて、やっぱりめだつから、わるいやつにおぼえられたらそんよ」

「そうそう。ここは、わたくしと木村さんに、まかせていただきまあす」

「ちえっ。女の子ったら、かってなことばかりいうんだなあ」

水谷くんと佐田くんは、ぶつくさ言いながら、道ばたにつんであったあきばこのかげに身をかくした。ちょうどそのときだった。ひとりの若い男

が歩いて来るのが見えた。はでな黄色いシャツを着ている。目つきのするどい男だ。男はバス停まで来ると立ちどまって、うで時計を見た。だれかを待っているらしい。道のあちらを見たり、こちらを見たりしている。
時間は、こっこくにたっていった。若い男は、だんだんいらいらしはじめた。待っている人が来

ないためらしい。

「きっと、待っている相手の人間が、佐田くんのボールペンをとったどろぼうなのよ。どろぼうは、あの紙きれを落としてしまったので、ここに何時に来ればよいのか、わからなくなってしまったんだわ」

木村さんが、小川さんにささやいた。

そこへ、二時半のバスがやって来た。助役さんとおばあさんは、すぐに乗りこんだ。黄色いシャツの男は、いっそういらいらして、しきりにあたりを見まわしている。

「乗らないのですか？　発車しますよ」

バスのしゃしょうさんが、おこったように言った。これが行ってしまうと、あと二時間バスは来ない。男は、しかたなくバスに乗った。そのときだった。小川さんが、ぱっととびだしてバスにかけよったのだ。

「あ、小川さん！」

「ロケットちゃん！」

佐田くんたちも、あわてて出て来てよんだ。が、ロケットちゃんは、ロケットのようないきおいでバスにとび乗っていた。あやしい男と小川さんをのせたバスは、白い土ぼこりをあげて走りだした。

12

「あっ、小川さん！」

「ロケットちゃん！」

三人は、あわててさけんだ。が、バスは白い土ぼこりをあげて走って行ってしまった。

「ロケットちゃんたら、むてっぽうだなあ」

佐田くんが、おこったように言った。

「『むやみにあぶないぼうけんはしないこと』『自分ひとりでてがらをたてようと思わないこと』というのが、口笛たんてい局のもうしあわせなのに」

木村さんも、水谷くんも、しんぱいそうだ。

そこへ、ひとりの男が道を走ってきた。十八か十九ぐらいのわかい男で、はなのわきに大きなホクロがある。男は、バス停のところまで来ると、きょろきょろとあたりを見まわした。だれかをさがしているようだ。

「ちょっと見てごらん、あの男」

水谷くんの顔がひきしまった。

「さっきバスに乗って行った男のなかまじゃないかしら。バスに乗って行った黄色いシャツの男は、だれかを待っているようすだったろう?」

「そうだわ。きっとそうだわ。このホクロの男も、だれかをさがしているふうだもの」

「この男、やくそくの時間におくれたんだね」

三人のそうぞうは、まちがっていないらしい。ホクロの男は、バス停のひょうしきのそばに立ってしきりにあちこち見まわしている。

「あんまりじろじろ見ると、あやしまれるわ。しらん顔していようよ」

木村さんが、しゃがんで足もとの草をつむまねをした。

ホクロの男は、二十分ほど、うで時計を見ながらいらいらしていたが、やがてあきらめたように歩きだした。

「あ、行ってしまうよ」

佐田くんが、大きな声を出しかけてあわてて手で口をおさえた。

「あとをつけてみよう」

水谷くんが、ささやいた。三人は男のあとから歩きだした。ところが、ホクロの男は、おどろくほど足が早いのだ。大またで、さっさと歩いて行く。

いちばんさいしょに息をきらしはじめたのは水

谷くんだ。

「よいしょ、よいしょ……急いで、急いで……」

口の中で言いながら、力いっぱい松葉づえを動かした。しかし、不自由な足は思うように動かない。みるみる引きはなされて行く。

すこしたつと、佐田くんもふうふう言いはじめた。顔がまっかになって、汗がぽたぽた落ちてくる。なにしろ、佐田の山のようなでぶちゃんだから、しかたがない。

「ふう。もうだめだあ」

佐田くんと水谷くんは、道ばたの草の上にぺたんとすわりこんだ。

木村さんは、女の子のくせにみがるで足がはやい。小走りに走るようにして、ホクロの男のあとをおって行った。

「あーあ、女の子たちにまけちゃったなあ」

「くやしいなあ」

ふたりは、くやしそうに顔を見あわせた。

「そうだ！」

水谷くんが、ふいに手をたたいた。

「めいたんていというものは、事件をさいしょからじゅんじょよく考えて推理するものなんだ。そうじゃないか？　佐田くん」

「そうだよ、もちろん——だけど、どこにそんなめいたんていがいるんだい？」

「ばかだなあ。ぼくたちのことじゃないか。ぼくたち、口笛たんてい局員だろう？」

「そうだったね。でも、ぼくたち、そんなにめいたんていかなあ」

「まあ、そんなことはどうでもいいや。それより事件のことを、さいしょから考えるんだ。ねえ、佐田くん、この事件はそもそも、きみのボールペンがなくなったことからはじまったんだったね。そのボールペンは、おじさんからもらったって言ってたね？」

「そうだよ。東京のおじさんのおみやげだ」

「そのおじさん、もう東京へかえってしまったのかい？」

「まだだよ。ゆうべ、ぼくのうちにとまって、それからとなり村のおばあちゃんのところへ行っ

た。おじさんは東京の会社につとめているんだけど、休暇をもらってかえって来たんだ。まだ二、三日、おばあちゃんのところへとまって行くんだって」

「じゃあ、となり村へ行けば、おじさんに会えるんだね。行ってみようよ。おじさんに会って、ボールペンのことをもうすこしくわしくきいてみよう」

13

水谷くんと佐田くんは、となり村へ行った。となり村には、佐田くんのおかあさんの生まれた家がある。いつもは、おばあちゃんがひとりでひっそりとくらしているが、きょうはおじさんがとまりに来ているので、空気までがにぎやかに、いきいきとしているかんじだった。佐田くんのおじさんは、佐田くんそっくり、まるまるとふとって元気そうな人だ。

「あのボールペンかい？　あれは、ぼくのつとめている会社でつくったものだよ。ボールペンや万年筆をつくる会社なんだ。いい品物だから、五郎のおみやげにちょうどいいと思ったんだよ」

「おじさんは、そのボールペンを、どうやって持って来たんですか？　カバンに入れて？」

水谷くんがたずねた。

「いや、ポケットに入れていたんだ」

「ずうっとですか？」

「そう言えば、列車の中でメモを書こうと思ったとき、書く道具をもっていなかったので、ポケットからあのボールペンを出して使ったっけ、そのときうっかりボールペンを落としてしまった。しまったと思ってさがしたら、ざせきの下にころがりこんでいたので安心したよ。べつによごれてなんかいなかったろう？」

「うん」

佐田くんは、うなずいた。このおじさんには、ボールペンがなくなったことをまだ話してない。ぬすまれたと言っても、『ボールペン一本だけをぬすんで行くどろぼうなんか、あるものか』と言

われそうだし、だいいち、せっかくおみやげに持って来てくれたのに、たった一晩でなくなってしまったときいたら、おじさんはがっかりするだろうと思ったのだ。

「どうもありがとう。さようなら」

かえりかけたら、おばあちゃんが、

「ふたりともお待ち。おじさんが帰って来たので、おはぎをこしらえたから食べてお行きよ」

と、よびとめた。大きなおさらに、山もりにおはぎができている。

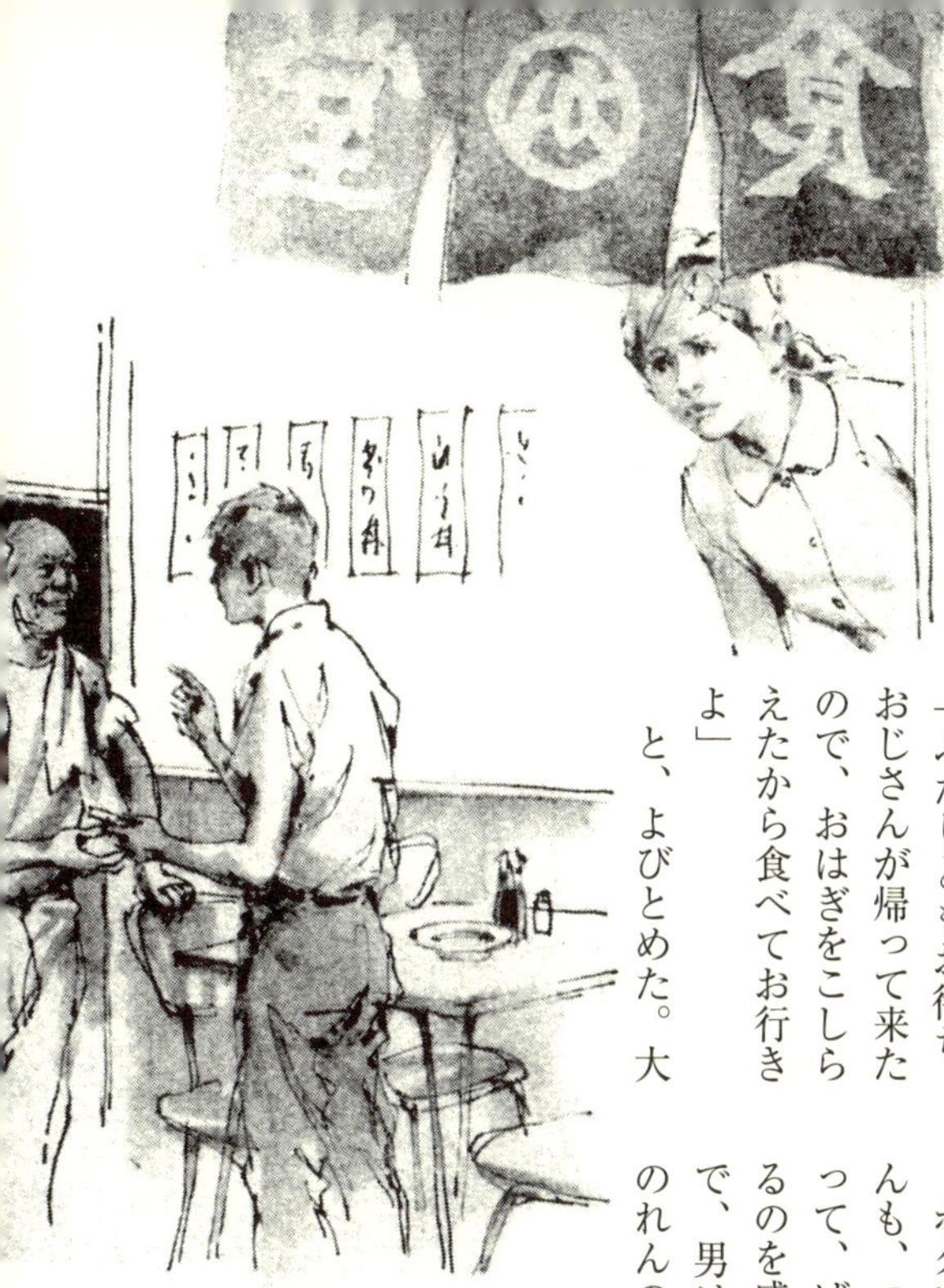

「わあ、すごい！　いただきまあす！」

めいたんていたちは、たちまちおはぎをぱくつきはじめた。

一方、ホクロの男のあとをつけて行った木村さんは、どうしたろう？

ホクロの男の足がはやいので、さすがの木村さんも、ついて行くのがやっとだった。そうかといって、ばたばた走ったりしては、あとをつけているのを感づかれてしまう。村を出はずれたところで、男は一けんの食堂にはいった。木村さんは、のれんのあいだからそっとのぞいてみた。店の中には、お客はひとりもいない。おくのほうに、主人らしいおじさんが立っている。ホクロの男はそのそばへ行って、小声でなにか話していた。それから男は、紙に包んだ小さなほそながいものを、食堂の主人にわたした。

――佐田くんのボールペンだわ――

木村さんのむねがおどった。もっとよ

く見ようとのりだしたとたん、食堂の主人が、じろりとこっちをにらんだ。木村さんは、どきんとして首をひっこめた。

　店の中から、ホクロの男が出て来た。

「あずけておいた自転車、もらって行くぜ」

　色のはげかかった自転車を店の横手からひっぱりだすと、男はひらりと乗って町のほうへ行ってしまった。木村さんはがっかりした。自転車では、これ以上あとをつけるわけにはいかない。でも、今までに見たことだけでも早くみんなに話そうと考えて、木村さんは、いそいで自分の村へかえって来た。水谷くんのうちへかけて行くと、

「仁は遊びに行ったきり、まだかえって来ないのよ」

　と、水谷くんのおかあさんが言った。佐田くんのうちへ行ってみたら、佐田くんも、やはりまだかえっていない。

「あのふたあり、いったいどこで、なにをしているのかしら？」

　木村さんは、ぶつぶつ言いながら、自分の家へかえった。木村さんの家はポンプ屋だ。「キムラのポンプ」と、かんばんの出ている店にはいったとき、電話のベルが鳴った。商売のために必要なので木村さんの家には電話があるのだ。おとうさんが、すぐ電話に出た。

「はいはい、木村ポンプですが――え？　アケミに用事ですか？　なあんだ、町《まっ》ちゃんか」

　おとうさんはこっちをふりかえると、

「アケミ。小川の町ちゃんからだ」

　と呼んだ。

「小川さんから、電話？」

　木村さんは、かけよって、受話器をうけとった。

「もしもし、小川さん？　わたしよ」

「ああ、木村さん……あのね、わたし見たのよ……あの黄色いシャツの男がね……」

　そこまで言ったとたん、

「きゃあっ、なにをするの！」

　電話の中の小川さんの声がさけんだ。さけぶというより、ひめいをあげるといったほうがよいだ

ろう。
「小川さん！　小川さん、どうしたの？　もしもし……もしもし……」
木村さんは、ひっしに呼びかけた。が、電話はそのまままぷつっと切れてしまった。

14

「たいへんだわ。小川さんの身になにかかかわったことが」

木村さんは、あわてて家をとび出した。ちょうどむこうから水谷くんと佐田くんがやってくるところだった。

「水谷くんと佐田くん。いったいどこへ行ってたの？」

「となり村だよ。おばあちゃんが、おはぎをごちそうしてくれたんだ。ああ、うまかった」

「そんなのんきなこと言ってるときじゃないわ。小川さんがね……」

木村さんは、今の電話の話をした。

「やはり警察へ知らせたほうがいいんじゃないかな」

「わたしもそう思うの。行きましょう」

三人は、ちゅうざいしょへいそいだ。

ちゅうざいしょの高野じゅんさも、話をきくと、みるみるむずかしいかおになった。

「そうか。町子ちゃんの身に、もしものことがあってはたいへんだ。すぐ手はいしよう」

高野じゅんさは、すぐバス会社に電話した。あのバスのしゃしょうさんがなにかおぼえていないか、きいてみるのだ。しゃしょうさんは、おぼえていた。

「ああ、九つくらいの、目のくりっとした、おかっぱの女の子でしょう？　たしか小柳村の学校前のていりゅうじょから乗ったのでしたね。あの子なら田代町の町役場前のバス停でおりましたよ。学校前からは五つめのていりゅうじょです。えーと、黄色いシャツの男ですか？　その人も同じところでおりたと思います。そうそう、黄色いシャツの男がおりたら、女の子もそのあとをおいかけるようにおりて行ったんです」

と、いうへんじだった。

「やっぱり小川さんは、あの男のあとをおって行ったんだ」

佐田くんが言った。

そこへ県警察のパトカーがとうちゃくした。これも、高野じゅんさが電話でれんらくしておいたのだ。

「田代町いったいのそうさには、べつのパトカーがむかいました。わたしたちは、こっちの方面をそうさするようにとの命令を受けました」

わかい警官が、高野じゅんさに言った。

「村はずれの食堂があやしいと思うんです。たしか白ひげ食堂っていいました」

木村さんが、いっしょうけんめいせつめいした。

「よし、その店をしらべよう。きみたちも行くか？」

「行きます！」

「乗っていいんですか？」

三人は大はりきりで、パトカーに乗りこんだ。

「なにかあったら、すぐれんらくしてくれ。わかったな」

高野じゅんさが、車のうしろから大声でどなった。パトカーは出発した。

「サイレンをならさないんだね。つまらないな」

佐田くんが、ちょっとがっかりしたように、ささやいた。

「パトカーだって、やたらにサイレンをならすもんじゃないさ。きょうのようなばあいは、あやしいやつがかんづいてにげてしまうと困るから、わざとならさないんだよ」

水谷くんが、にいさんぶって教えた。

「あそこです。あそこの右がわの店が白ひげ食堂です」

木村さんが、のりだすようにして指さした。パトカーは、食堂のまえでとまった。

「ちょっと聞きますが」

警官のひとりが、とびおりて、のれんをわけて店にはいった。ひとりが、店のうらてへまわった。

「はい、なんでしょう?」

目のぎょろりとし

た主人が、店のおくからふりかえった。警官を見ても、べつにぎょっとしたようすはない。警官が、

「年れい十八才か十九才ぐらいで、はなのわきに大きなホクロのある男が、さっきこの店に来なかったですか?」

さあ、なんとへんじをするだろう? 木村さんたち三人は、いきをのんで主人のかおを見つめた。主人は、へいきなかおで、

「ああ、来ましたよ。ちょっとここに自転車をおかしてくれって言って、二時間ぐらいあずけて行きました」

「どこの人かね? その若ものは?」

「さあ、知りませんな。これまでに一、二回来ただけで、したしくしてるわけじゃないから」

「うそだわ」

木村さんが、よこからさけんだ。
「おじさんは、あの人となにかしきりに話していたじゃないの。それから、紙につつんだ、ほそい小さなものを受けとったのを、わたし見たわ」
「なんのしょうこがあって、そんなことを言うのかね、あんた」
食堂の主人は、ばかにしたように笑った。にく

らしいほど、おちつきはらっている。
「それは、あんたのかんちがいだよ。わしは、そんな紙づつみなど、受けとったおぼえはないよ」
主人が、あまりおちついているので、警官たちは、はんぶん主人の言うことを信じかけたようだ。木村さんは、きがきでない。

15

そのとき、水谷くんと佐田くんが、なにか小さな声でささやきあった。と思ったとたん、佐田くんは、いきなりしゃがみこんで、水谷くんをかるがるともちあげ、かたの上にのせてしまった。佐田くんは四年、水谷くんは五年だが、佐田くんは、佐田の山というあだ名のとおり、でぶちゃんで力もちだ。水谷くんをかたぐるまにのせるくらい、おやすいごようなのだ。

「なにをはじめたの？　いったい」

木村さんが目をまるくした。水谷くんは、それには答えずに、店のてんじょうちかくにかかっている額《がく》を、いきなり手でゆすぶった。七福神のたから船の絵のかいてある額だ。

「あっ、なにか落ちた！」

額のうしろから、小さなほそいものが、ぽたんと落ちてきた。つつみ紙がやぶれて、金いろのものが見えた。

「ぼくのボールペンだっ！」

佐田くんがさけんだ。

「あっ、逃げるな。まてっ」

警官がさけんだ。食堂の主人が、ぱっと外へとび出したのだ。

「待て！」こどもたちも、すぐつづいた。どこへ行ったのか、主人のすがたはもう見えない。

「遠くへ逃げるはずはない。さがせ」

みんな、てんでにあたりをさがしたが、やっぱりみつからない。

「いないわ」

「いないなあ」

そのとき、どこか遠くでオートバイのエンジンのかかる音がした。オートバイの音は、だだっと走りだし、遠ざかって行く。

「あっ、オートバイがかくしてあったんだ」

警官たちは、すぐパトカーにとび乗ってエンジンをかけた。

しかし、白ひげ食堂の主人のゆくえは、とうとうわからなかった。この店には、主人のほかには、十六才の少女の店員がひとりいるだけで、その少女は、なにも知らなくて、ただおろおろするばかりだった。

村のちゅうざいしょにもどってからみんなは、佐田くんのボールペンをしらべてみた。ボールペンは、じくのところに切れ目があって、ねじるとそこからはずれるようになっている。

「あっ、なにかはいってる」

「なんだろう？」

「粉だわ。白い粉」

うすいポリエチレンのきれはしでつつんだ白い粉が、ボールペンのじくの中に入れてあるのだ。

「まやくだ！」

と、高野じゅんさがさけんだ。

「きみたち、知っているかね？　まやくというくすりを」

「知っています。からだにどくなんでしょう？　どくだけれど、びっくりするほど高く売れるので、わるい人間たちは、ないしょで輸入してお金をもうけるんですね」

「そうだ。きみたちがおいかけている連中も、まやくのみつ輪団にちがいない。これは大事件だぞ。しかし、まやくを入れたボールペンが、額のうしろにかくしてあるのがよくわかったね」

「あの額、へんにまがっていたので、あやしいと思ったんです」

水谷くんが言った。みんな、大事件を手がけたとくいさよりも、小川さんのことがしんぱいで、むねをしめつけられるようなきもちだった。

「だいじょうぶだよ。警察でも、けんめいにそうさしているからな」

高野じゅんさがなぐさめてくれた。

外はもううくらくなりかけていた。三人は、ちゅうざいしょを出て、家にむかった。水谷くんが、

「ぼく、工場へにいさんをむかえに行くから、ここでしっけい」

と、手をあげてわかれた。水谷くんのにいさんは、ちゅうざいしょのすぐそばのガラス工場につとめているのだ。

木村さんと佐田くんは、川ぞいに歩いて行った。とつぜん佐田くんが、

「木村さん。ぼく、みょうなことを思いだした」

「みょうなことって？」

「ぼくね、このあいだ、おとうさんにつれられて、白ひげ食堂でおひるを食べたんだ。そのとき、あの主人が、お客のひとりと、ひそひそ話しているのを聞いたんだよ」

「なんて話していたの？」

「『あかつき荘の七号だ。まちがえるな』って」

「あかつき荘っていうのは田代町にあるアパートの名まえだわ。うちのしんせきの人がそこにいるので、わたし知ってるのよ。しんせきの人は三号室よ」

「そのアパートの七号室に、まやくみつ輪団のなかまがいるんじゃないだろうか？」

「きっとそうだわ。佐田くん。このことは警察に話したほうがいいわ。行きましょう」

ふたりは、ちゅうざいしょのほうへひっかえしかけた。そのときだった。一台の黒ぬりのキャデラックが、走ってきて、すっとふたりの横にとまった。車をおりたのは、黄色いシャツの男だっ

た。あっというまもない。男は手に持った白い布きれを、ふたりのかおにかぶせた。つうんとするくすりのにおいがした、と思ったとたん、木村さんと佐田くんは、気がとおくなっていった。

16

朝のたんぼ道を、松葉づえをついて歩いているのは水谷くんだ。歩きながら、足もとを見つめて、じっと考えこんでいる。

「おうい、水谷くん」

四年生の高野くんが、うしろからよびとめた。

「水谷くん、どうしたの？　元気がないなあ」

「それはそうだよ。だって口笛たんてい局の四人のうちで、三人がゆくえふめいになってしまったんだ」

「そうだね。たいへんなことになったなあ」

きのう、小川さんにつづいて、木村さん、佐田くんのふたりもゆうかいされたとわかったとき、しずかな村は大そうどうになった。三人のおとうさん、おかあさんは、ちゅうざいしょにつめかけて、とうとうひとばんあかしてしまったのだった。

高野くんは、ちゅうざいしょの高野じゅんさのこどもだから、事件の話はよくしっている。

「でも水谷くん。そんなにがっかりするなよ。きみのせいじゃないんだもの」

「がっかりなんか、していないさ。どうしたら、みんなをたすけだせるか考えているんだ」

でも、そう答える水谷くんの声には、力がなかった。

そのときだった。水谷くんは、はっとした。じぶんたちのすぐうしろからひとりの男が歩いてくるのだ。じみな目だたないしまのワイシャツを着て、かわった型のめがねをかけているので今まで気がつかなかったが、その男はたしかに見たことのある人間だった。

――黄色いシャツを着ていた男だ！――

水谷くんのむねが、どきどきしはじめた。男のほうでは、水谷くんのことを、とくに注意してい

るようすはない。あのとき水谷くんは、ものかげにかくれていたので、男にすがたを見られてはいないのだった。

――どうすればよいか？――

水谷くんは、心の中でいそがしく考えた。ちゅうざいしょへかけこんで知らせるか？　高野くんにしらせに行ってもらおうか？　しかし、そんなことをしているあいだに、悪かんはにげてしまうかもしれない。いや、にげるよりさきに、自分も高野くんも、とらえられてしまうかもしれない。自分だけならばともかく、高野くんまであぶないめにあわせることはできない。

水谷くんの頭に、ひとつの考えがうかんだ。水谷くんは、けっしんした。

「ねえ、高野くん」

水谷くんは、わざと大きな声で話しかけた。

「なんだい？」

「ぼく、今、あることを思いだした。木村さんたちをさらっていったやつについて、大きな手がかりになることなんだ。このことを警察に話したら、悪かんのいちみは、すぐにつかまるにちがいない」

「へえ？　ほんと？　水谷くん」

高野くんは、目をまるくした。

「ほんとうだとも。ぼく、これからうちへ帰って、メモを書いてある手帳をもって警察へ行くよ。さよならっ」

水谷くんは、びっくりしている高野くんをのこして、どんどんうちのほうへいそぎはじめた。そっとふりかえると、あの男があとをつけてくる。今の水谷くんのことばが耳にはいったのだ。

——けいりゃくが、うまくいきますように——

水谷くんは、心でいのった。

水谷くんは、家にかえるとなにかごそごそやっていたが、またそっと外に出てきた。きょうはわりとあたたかいのにセーターを着ている。セーターのむねのところが、なんだかふくらんでいるように見える。手には、だいじそうに青い手帳をにぎっていた。

「さあ、早くちゅうざいしょへ行かなければ」

大きな声でひとりごとを言いながら歩きだした。わざと、人どおりのない草むらの中の道を歩いて行く。とつぜん、うしろから、男がおどりかかった。

「あっ、なにをする」

水谷くんは、小声でさけんだきり、あとはなにも言わない。おそろしさで声をたてられないのだろうか。男は水谷くんをずるずるひきずって行った。

野原のはずれに小型自動車がとまっていた。水色のスバルだ。ホクロのある若い男が、うんてん台にすわっていた。

「どうしたんだ、あにき。そのこどもは?」

「このこぞう、あのこどもたちのなかまらしいんだ。なにか、おれたちのことで重大な手がかりをしっているらしい。警察へなんか行かれてはこまるからひっとらえてきた」

「そうか。早く車にのせろ。連れて行って、あとの三人といっしょに、しまつしてしまおう」

水谷くんは、ハンカチで目かくしされ、車の中へおしこまれた。ピストルらしいかたいものが、むねにおしつけられた。エンジンのかかる音がして、車は動きだした。


「まあ、水谷くんじゃないの」

とさけんだのは、木村さんの声だ。

「おいこぞう、目かくしをとれ」

悪かんに言われて、水谷くんは目かくしをとった。ここはどこかわからないが、悪かんのかくれがらしい。小さなまどがひとつあるきりの、うすぐらいへやで、へやのすみに三人のこどもがかたまっていた。木村さんと佐田くんと小川さんだった。

「おまえら、大声をあげたり、にげだそうなどとしたら、みな殺しだぞ。となりのへやで見はっているからな」

男どもは、水谷くんからとりあげた手帳をもって、へやを出て行った。

悪かんのすがたがみえなくなると、四人は、だきあった。

「わたしたち、とうとうみんなつかまってしまったのね」

小川さんが言った。木村さんが青ざめた顔で、

「四人とも、もうすぐ殺されてしまうんだわ」

「ここはいったい、どのへんなんだ？　ぼくは目かくしされていたから、ちっともわからない」

「わたしと佐田くんも、ますいやくをかがされて気をうしなっていたから、わからないの」

すると小川さんが、

「わたしは知ってるわ。田代町の運送会社の倉庫の中よ。悪かんがこの会社にはいるのをみて、木村さんに電話で知らせようとしたところをつかまっておしこめられてしまったのよ」

「でも、ここがどこだかわかったって、なんにもならないよ。ぼくたち殺されてしまうんだ」

佐田くんが、しょげかえって言った。すると水谷くんが、

「しんぱいするなよ。助かるほうほうがあるんだ」

「なんだって？」

「これだよ。ほら」

水谷くんは、セーターの下から、そっとなにかを取りだしてみせた。

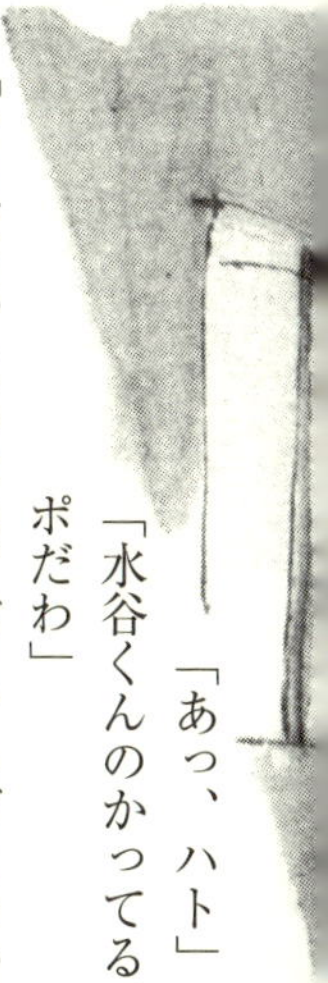

「あっ、ハト」

「水谷くんのかってるデデッポだわ」

「そうだよ。じつはね、ぼく、わざとつかまったんだ」

「わざとつかまったって？」

「うん。つかまえられたら、きっときみたちのところへ、つれてこられると思ったからね。手がかりのメモが手帳に書いてあるなんて言ったので、あいつらはいっしょうけんめい手帳をしらべるにちがいないよ。さあ、早く、この紙きれに手紙を書いてハトに持って行かせよう」

「このハトは、はなせば水谷くんのうちまでかえるんだね」

「そうだよ。ぼく、いもうとのアヤ子によくたのんできた。ハトがかえりついたら、アヤ子がすぐ手紙を警察にとどけることになっているんだ」

「ありがたいわ！　早く書こう」

木村さんが、いそいで手紙を書いた。それをハトの足につけると、水谷くんは、小さな窓からそっとハトを出した。

「たのむぞ、デデッポ」

伝書バトのデデッポは、力づよくはばたいてまいあがった。

それから三十分後。けたたましいサイレンの音が近づいてきた。

「おい、ばれたらしいぞ」

となりのへやの悪かんたちが、ばらばらとかけこんできた。

「まてっ、もうにげられないぞ。かんねんしろ」

とびこんできた警官がさけんだ。高野じゅんさだ。若い警官たちがあとにつづく。

「なにっ。こうしてやる」

ホクロの男が、そばにいた佐田くんを、つかまえて、頭にピストルをつきつけた。

「近よるな。近よったらこの子のいのちはないぞ」

こうなっては警官たちもどうすることもできない。息づまるような数分間がすぎた。佐田くんは、おそろしさでまっさおになって気ぜつしそうだ。

「佐田の山。しっかりして、佐田の山」

小川さんが、ふるえながらよんだ。と、「佐田の山」ということばが耳にはいったとたんに、佐田くんは、かっと目をみひらいた。顔に赤みがさした。

——そうだ。ぼくはデブのよこづなだぞ。まけるものか——

とつぜん佐田くんは、みをかわすなり、ありったけの力でホクロの男をつきとばした。

「あっ」

ふいのことだったので、男はあおむけにひっくりかえった。ダアンとピストルのたまが天じょうにとんだ。

「それっ。今だ」

警官たちが、おどりかかった。

× ×

「いやあ、きみたち、大手がらだぞ。まやくみつ輸団は、ほかのかくれがにいたやつらも、ぜんぶたいほされた。口笛たんてい局は、またまた殊勲賞だ」

高野じゅんさが言った。そばから、佐田くんのおじさんが、

「どうもおじさんのおみやげのボールペンがもとになって、きみたちをきけんなめにあわせてもうしわけない。悪かんは、ボールペンの中にまやくを入れて、ないしょではこんでいた。まやく入りのボールペンを、列車のざせきの下にかくしておき、ほかのなかまがのりこんできて、それをひろってゆくという、ほうほうを取っていたのだそうだ。ところが、おじさんがおみやげのボールペンを落とし、まちがって、まやく入りのほうをひろってしまったので、こんなさわぎになったんだよ。しかし、きみたち、よくやったな。ごほうびに、このつぎの日よう日、みんなをドライブに連れて行ってあげよう」

「わあい、うれしい」

口笛たんてい局のめいたんていたちは、手をたたいてとびあがった。

18

「そうら、見えてきたろう。貯水池が」
正三《しょうぞう》おじさんが、ハンドルをにぎったままで言った。正三おじさんは、佐田くんのおじさんだ。佐田くんとおなじに、まるまるとふとって、元気のいい赤い顔をしている。

「見えた、見えた。きれいだなあ」

右手の山と山のあいだから、貯水池の光った水面が見えはじめていた。みんな、この貯水池へ行くのははじめてだ。それだけでもうれしいのに、大てがらをたてたごほうびのドライブなのだから、四人のめいたんていたちは大はしゃぎだった。

「貯水池まで行くとお休み所があるから、おべんとうにしような」

「わあ、いいな。おべんとうときい

たら、きゅうにおなかが、へってきた」

佐田くんが、ひざの上のリュックサックをかるくたたいた。

そのとき、車のエンジンが、へんな音をたてはじめた。

「あっ、これはいかん」

「どうしたの、おじさん」

「エンジンがオーバー・ヒートしそうだ」

「オーバー・ヒートってなあに?」

と小川さんがきいた。

「エンジンがあつくなりすぎることだねえ、おじさん?」

「ああ。山道をのぼってきたので、すこしぐあいがわるくなったんだな」

「ちえっ。ボロだなあ、おじさんの自動車。このくらいの山道で、もうこしょうだなんて」

「こしょうじゃないよ。ちょっとちょうしがわるくなっただけだ。しばらく車をとめて、手入れをすることにしよう」

「つまんないの。もうすぐ貯水池だっていうのに」

佐田くんが、ふとほっぺたをふくらました。木村さんが、

「でも、ここだって、ずいぶんきれいなところだわ。ここでおりて、しばらく遊びましょうよ」

木村さんの言ったことはほんとうだった。ほそい山道の右がわは草っぱらで、そのむこうは林になっている。左がわのほうは、がけで、その下をまっさおな谷川がながれていた。

「この原っぱにビニールをしいて、おべんとうを食べたらどうだろう」

水谷くんが言うと、佐田くんが、

「さんせい!」

とおどりあがった。

「くいしんぼうねえ、あきれた」

でも、おべんとうを食べることには、だれだってさんせいだ。四人は車をおり、正三おじさんといっしょに、草原でおべんとうをひらいた。

おべんとうがすむと、おじさんは、自動車のエンジン・ルームのふたをあけて、手入れをはじめた。

「おもしろそうだな。ぼく、てつだうよ」

「ぼくも」

男の子は、きかいがすきだ。佐田くんと水谷くんは、おじさんといっしょになってエンジンをのぞきこんだ。

「わたしたちは、村のほうへ行ってみるわ」

「めずらしい花があったら、つんで、おし花つくろう。ね、小川さん」

女の子ふたりは、林の中へはいっていった。

「ちょっと、木村さん。あの子を見て」

ふいに小川さんが言った。林の中をひとり

の少女があるいていく。年は木村さんとおなじく
らいだろうか。しらない女の子だった。

「あの子が、どうかしたの？」

「どうもしないけど、あの子、なきだしそうじゃない？」

小川さんの言うとおりだ。少女は、目にいっぱいなみだをためて、くちびるをかみしめているのだった。

「どうしたの、って、きいてみようか」

でも、ぜんぜんしらない子に、そんなことをきくのも、おせっかいみたいな気がする。少女のすがたは、林のあいだに見えなくなった。

「あら、ハンカチがおちてるわ」

かわいい花のもようのハンカチが一まい、草の上におちていた。たったいまおちたばかりとみえて、ほとんどどろがついていない。

「あの子がおとしたんだわ」

「もっていってあげよう。木村さん」

ふたりはハンカチをひろうとかけだした。

林を出はずれたところで、あたりを見まわしたが、少女のすがたは、どこにも見えなかった。

「おかしいわね。そんなに遠くに行くはずないのに」

「もしかすると、あそこの家にはいっていったのかもしれないわ」

二十メートルばかり先に、一けんの家がある。こんな山の上なのに、なかなかりっぱな赤いやねの西洋かんだ。どう考えても、少女はその家にはいったものとしか思えない。

「ごめんください」

　西洋かんのげんかんに立って、木村さんが声をかけた。小川さんが、

「ベルがついているわよ。このボタンをおせばいいんじゃない？」

　ベルをおすと、まもなくドアがあいた。木村さんたちのおとうさんぐらいな年ぱいの、めがねをかけたしんしが顔をだした。

「あのう、いま、わたしたちくらいの女の子が来ませんでしたか？　ハンカチをひろったんですけど」

「女の子？　いや、うちにはだれも来ませんでしたがね」

「赤いセーターに、こうしのスカートをはいた子ですけど」

「知りませんな。むこうのほうへ、おりていったのではないですか？」

「そうかしら？」

　ふしぎなことだとは思ったけれど、知らないと言われては、それ以上しかたがない。木村さんと小川さんはおじぎをして、そこをはなれた。ふたりのうしろでドアがしまった。そのしゅんかんだった。

「おばさん、なにをするの！　たすけて！」

　こどもの声が、家のおくのほうでさけんだ。たしかに女のこどもの声だ。

「あの子だわ！」

「やっぱりこの家の中にいるのよ」

ふたりは、顔をみあわせて立ちすくんだ。

「どうする？　小川さん」

「水谷くんたちにしらせよう。そして警察に話さなければならないわ」

「ちょっとまってください。おじょうさんたち」

うしろで男の声がした。さっきの、めがねのしんしだった。

「あんたたちに警察に行かれては、わたしとしては、ちょっとこまるんですよ」

めがねのしんしは、いやにていねいなくちょうで言った。

19

「おかしいなあ。木村さんたち、なにしてるんだろう？」

水谷くんが、くびをかしげた。

「三十分以上たつのになあ。そろそろしゅっぱつしなければ」

正三おじさんが、うで時計に目をやりながら言った。佐田くんが、

「ぼく、さがしに行ってこようか？」

「そうだな。おじさんも行こう。車はかぎをかけておけばだいじょうぶだから」

正三おじさんと、男の子ふたりは、そこらじゅうをさがしまわった。木村さんと小川さんのすがたは、どこにもない。林を出はずれたところに赤いやねの西洋かんがあるのをみつけて、そこできいてみたが、やせがたのすらりとしたおくさんが出てきて、

「女の子なんて、みかけませんでしたねえ」

と、言うのだった。

一時——一時半——二時。

「もうこれ以上、まっているわけにも、さがしまわるわけにもいかない。ゆくえふめい事件として、警察に知らせなければ」

正三おじさんが、こわばった顔で言った。三人は、自動車に乗りこみ、さっき来たほうへもどっていった。

いちばん近い警察から、そうさく隊がくり出された。木村さんたちはきっと山道にまよいこんだのだろう、ということで山の中をさがしたけれど、ゆくえふめいのふたりは発見されなかった。しらせを聞いて、木村さんと小川さんのおとうさんが車でとんできた。もう、日はくれかかっていた。

「五郎と水谷くんは、うちへかえったほうがいい。おじさんが連れていってやるよ」

正三おじさんが言ったけれど、

「そんなことできないよ、おじさん。ぼくたちも木村さんたちをさがすんだ」

と、ふたりとも、きかない。

水谷くんと佐田くんは、つれだって谷川のきしへおりていった。ぐずぐずしていると、おとなたちに「かえれ。かえれ」と言われて、うちへかえされてしまうので、ふたりだけでさがすほうがいいと考えたのだ。谷川のあたりは、もうまっくらだった。

「おやっ、あれはなんだろう?」

水谷くんがささやいた。

くらやみの中に、かいちゅう電燈らしい光が、ちらちらとうごいていくのだ。

「警察のそうさく隊じゃないのか?」

「いや。そうではないらしい。警察だったら、もっと大きな電燈を使うよ。それに、なんだか足音をしのばせているじゃないか」

ふいに光が消えた。なぞの人物は、用心しているらしい。

ぴた、ぴた、とかすかな足音がきこえる。

「あやしい。あとをつけよう、佐田くん」

「オーケイ」

やみの中を、ふたりは、谷川にそって、そっと進んでいった。

20

なぞの人物は、谷川ぞいのほそい道を、足音をしのばせてあるいてゆく。かいちゅう電燈は消してしまったけれど、そのすがたは星あかりでどうにか見える。ずんぐりと太った男のようだ。

「どこかで、車のとまる音がしたね」

水谷くんがささやいた。佐田くんが、

「水谷くん、見てごらんよ。もうひとりあらわれたぜ」

黒い人かげは、いつのまにかふたつになっている。きっと、いまの自動車に乗って来たのだろう。こんどのは、おどろくほどせのたかい人物だ。さきの男は、やっとかたのあたりまでしかない。そのせのたかいほうが、ぺらぺらと早口でなにかささやいた。

「あっ！　外人だ！」

さけびかけて、佐田くんがあわてて口をおさえた。早口のことばは、たしかに外国語だったのだ。

ふいに男たちは、道のわきの草むらの中へはいっていった。水谷くんたちもこっそりあとにつづく。男たちは、がけの下のくらがりまで来ると、たちどまった。

「コンヤ、ケイカン、オオゼイ、オオゼイ、イルネ。ドウシタデスカ？」

外人が、こんどは、たどたどしい日本語できいた。ずんぐりしたほうが、なにか小声でせつめいした。

「ホントデスカ？　デハ、チカシツノコト、ダイジョウブデスカ？　ワタシシンパイナッタ」

「だいじょうぶ、だいじょうぶ。われわれの地下室は、ぜったいにみつかりっこないから……さあ、早く」

ずんぐりした男は、がけに近よった。かいちゅう電燈がまたともった。男はかがみこんで、なにかやっている。

「ああっ！」

水谷くんと佐田くんは、思わず声をあげてしまった。が、さいわい男たちには聞こえなかったらしい。というのは、ちょうどふたりが声をたてたそのしゅんかん、

「ぎぎーっ」

と、とびらのきしむような音がしたのだ。水谷くんたちがおどろいたのも、むりはない。かいち

ゅう電燈でてらされたがけの一部分が、ドアがあくように、ぐうっと前に動いて、そのあとにぽっかりと黒いあながあらわれたのだった。ふたりの男は、そのあなにはいっていった。

「見たかい？　水谷くん！」

佐田くんが、息をはずませて言った。

「見た！　ひみつのほらあなだ！」

「しっ、しずかに。出てくるぞ」

かいちゅう電燈のダイダイ色の光が、あなの中から動いて出てきた。外人のほうが、さっきは持っていなかった大きな手さげかばんをさげている。男たちは、とびらをもとどおりしめると、もと来たほうへあるきだした。すこしはなれたところで、車のエンジンのかかる音が聞こえた。車がさっていったあと、水谷くんと佐田くんは、やみの中で顔を見あわせた。

「どうする？　佐田くん」

「警察の人にしらせよう。こんな山の中にひみつのほらあなをもっているなんて、すごくあやしいよ」

「木村さんたちも、あいつらにつかまえられたのかもしれないぞ」

　ふたりは、おとなたちのところへ、かけもどった。話を聞いて、正三おじさんや警官たちが、がけのそばにあつまってきた。

「どんなふうにして、そのとびらをあけたんだね？」

「わかりません。くらくてよく見えなかった。でも、このへんのところがあいたんですよ。ドアみたいに」

　警官たちは、手に手にかいちゅう電燈で、がけの表面をてらした。

「このがけは、かたい岩でできているんだな」

「しかし、どこもあきそうなところはないじゃないか」

「いや、まて。岩をたたいてみると、このへんだけ、ほかのところとすこしちがった音がするようだぞ」

「そんなこと、気のせいさ」

　いくらしらべても、岩の表面には、なんのかわったところもみつからなかった。しまいには正三おじさんまでが、

「きっと、水谷くんと五郎は、木村さんたちのことをあまり心配しつづけたために、つかれきって、がけが動いたようなさっかくをおこしたんだ」

　と、言いだすしまつだった。さっかくというのは目のまちがいのことだ。

「このこどもたちは、もううちへかえらせたほうがいいですな。そうさくのじゃまになるばかりだ」

　すこしえらそうな警官が、にがい顔をして言った。

21

さあ、こまったことになった。

水谷くんと佐田くんは、おとなたちにしんじてもらえないばかりか、むりやり正三おじさんの車で、家にかえされることになってしまった。

車が走りだしてからも、ふたりはざんねんでざんねんで、たまらない。

「おじさん。ぼくたち、ほんとに見たんだよ。重大な事件かもしれないんだ。おねがいだから、もういっぺんよくしらべてよ」

「ほんとだよお。さっかくなんかじゃないったらよお」

「わかった、わかった。ともかくきみたちは、早くかえって、つかれを休めるほうがいいよ。木村さんたちのことは、警察にまかせておけば、あしたまでにはきっとみつけてくれるよ」

正三おじさんは、小さい子をなだめるようなくちょうでそう言うだけで、どんどん車をはしらせてゆく。ふたりはがっかり、だまりこんでしまった。

十五分くらいたった。

「おじさん」

佐田くんが、よびかけた。

「おじさん。ちょっととめてよ。おしっこしたくなった」

「こんなところでか？　しようのないやつだな」

正三おじさんが、バックミラーの中でにがわらいした。佐田くんは、バックミラーにうつらないように用心しながら、ズックぐつのつまさきで、そっと水谷くんの足をけった。水谷くんは、このあいずが、すぐわかったらしい。

「おじさん。わるいけど、ぼくもおしっこに行きたくなっちゃった」

水谷くんも言いだした。

「じゃあしかたがない。とめるよ」

車はとまった。佐田くんと水谷くんは、いそいでおりた。

「おい、早くしろよ」

「でもおじさん。おじさんの見ているところでなんか、いやだよ」

「あっちの草っぱらへ行って、してくるよ」

「そうか？　くらいから、足をすべらせないように気をつけろよ」

　まっくらな草むらにはいりこんだふたりは、ぽんとせなかをたたきあった。

「うまくいったぞ」

「さあ、早くにげよう」

　ふたりは、いまきたほうへいそいだ。自動車だとほんの十五分か二十分でもあるくとなるとたいへんなきょりだ。

「だいじょぶかい？　水谷くん。あるける？」

「あるけるさあ。朝までかかってもあるいてかえって、木村さんたちをさがしだしてやる」

「トラックでも、とおりかかるといいんだがな。たのんで、のせていってもらうんだけど」

　佐田くんが言ったときだった。うしろのほうで、車の音がした。

「あっ、正三おじさんがおいかけてきた」

「ちがうよ。おじさんの自動車は、エンジンがもうぼろだから、もっとガタガタいうよ。それに、あれはおじさんの自動車より大きな車だ」

「のせてもらえるかな？」

　水谷くんと佐田くんは、手をあげた。

　ヘッドライトをかがやかして、一台の大型の自動車がちかづいてきた。ふたりが手をふっているのに気づくと、車はスピードをおとしてとまった。

「どうしたんだ？　こどもが、こんな夜の山道で」

　ずんぐり太ったからだつきの男が、運転せきから顔をだした。水谷くんと佐田くんは、はっとした。さっき、外人とふたりでなぞのほらあなに出はいりした、あの男ではないか。

「どうしたんだ？　ひとの顔をじろじろ見て」

男は、ふきげんに言った。

「おじさん。ぼくたちをのせて行ってくれない？　しんせきに遊びに行って、おそくなってしまったんだ」

水谷くんが言った。

「しかし、どこまで行くんだ？　おれの行くさきとちがったらこまるじゃないか」

「だいじょうぶ。この道をまっすぐ行けばいいんだから」

男は、ちょっと考えていたが、

「そうか。よし、連れていってやろう。乗りな」

と、うしろのドアをあけてくれた。ふたりはのりこんだ。こんどは外人はいなくて、ずんぐりした男ひとりだ。

「ほいよ、きみたち。このかばんを、そこのシートのすみにおいといてくれないか？　おれのなんだが、ここにおくとじゃまだから」
男は、前のざせきにあった手さげかばんを、うしろへ投げてよこした。ふたりは、また、はっとして顔をみあわせた。さっき外人がさげていたかばんとそっくりなのだ。ただ、さっきはふくらんで重そうだったのが、今はぺたんこでかるい。なかみをどこかへおいてきたのだろうか？

男は、車をスタートさせた。

「おい。どこらへんまで行くんだ?」

十五分くらい走ったとき男がきいた。

「もうちょっとさき。ああ、あそこに松の木がある。あそこでおろして」

「こんなくらいところでおりるのか? せっかくここまでのせて来たんだ。きみたちの家まで送ってやるよ。家はどこだ?」

ふたりは困った。

「ここでいいよ、おじさん。うちまではまだ遠いんだ」

「遠いのなら、なおのこと、送ってやろう。こんな夜道をこどもだけでかえすわけにはいかない。家はどこだか、言えないのかね?」

男のくちょうには、しんせつというよりも、いじのわるいひびきがあった。

「言えないことはないけど、でもここでいいんだ。すぐそこだから」

「いまさっきは遠いと言ったじゃないか。こいつ、でたらめを言うな」

男は、あらあらしく言うと、車のスピードをあげた。

22

そのとき、うしろのほうに、べつの車のヘッドライトが、こっちへむかってくるのが見えた。

「正三おじさんだ!」

「おじさーん!」

ふたりは、おどりあがってさけんだ。

「こらっ、声をたてるな」

男は、車のハンドルを左にきった。左手に、谷川べりにおりる道がななめについている。車はそこをおりていった。おりきると男はヘッドライトをけし、ドアをあけて、

「出ろ」

と言った。

「にげたり声をたてたりしたら、いのちがないぞ」

水谷くんのあたまに、かたいつめたいものがお

しつけられた。ピストルだ。

「おい、そっちのデブっ子。おまえは自由にしておいてやるが、おとなしくついてくるんだぞ。もしにげたら、こっちの子のあたまにあながあくから、そう思え」

　男は、水谷くんのあたまにピストルをおしあてたまま、おいたててあるきだした。そのうしろから佐田くんが、しょんぼりついていく。にげようと思えばにげられるけれど、水谷くんを人じちにされていては、それもできない。

　がけの上の道を、小がたの車がゆっくりと走りすぎるのが見えた。正三おじさんの自動車だ。おじさんは、ふたりがいなくなったので、さがしながらもどってきたのだ。おじさんの車を、すぐ目の上に見ながら、たすけをもとめることもできないのだった。

　やみの中を、つまずきつまずき

進んでゆくと、さっきの岩のかべのところに来た。

「動くな。動くとうつぞ」

おどしておいて、男は岩のすきまに手をさしこみ、なにかした。

ぎぎーっ。

とびらがきしんで、ほらあながあいた。

「はいれ」

ふたりは、男においたてられて、ほらあなの中にはいった。中は、はなをつままれてもわからないやみだ。

男は、用心ぶかく入り口のとびらをしめてから、かいちゅう電燈をつけた。

「こどものくせに、おとなをだまそうなんて、ふといやつだ。どうもへんだと思って、わざと手さげかばんを見せたら、あんのじょう、はっとして顔を見あわせたな。おい、どんどんさきへ行くんだ」

ほらあなは、人間ひとりがやっと通れるくらいのトンネルになってつづいている。百メートルも進んだかと思うころ、トンネルはゆきどまりになった。見ると、そこには鉄でできたとびらがしまって、大きなじょうまえがかかっているのだった。男はポケットから、かぎのたばをとりだして、じょうまえをはずした。

「はいれ」

足でけりこむようにして、ふたりを中へいれる。一歩中へはいった水谷くんと佐田くんは、思わず、

「あっ」

と言ったきり、ことばも出なかった。

そこは、五メートル四方くらいの、がらんとしたへやだった。へやのすみに、大きな木のはこがいくつもつみあげてある。そのそばに、親子らしいやせた男の人と赤いセーターの女の子が、だきあってすわっている。そして、はんたいのすみにだきあっているのは、木村さんと小川さんではないか！

「水谷くん！」

「佐田くん！」

女の子たちは、そうさけぶなり男の子たちにとびついてきた。

「わははは。かんげきのごたいめんというやつか。まあ、ゆっくりとなつかしがるがいい」

男の声がきこえたのか、へやにあるもうひとつのドアがあいて、めがねをかけたしんしふうの男がはいってきた。水谷くんたちをつれてきたずんぐりした男は、ていねいにおじぎをした。

「ボス。この男の子ふたりは、女の子たちのなかまですぜ。われわれのひみつをかぎつけたらしいので、つかまえてきました」

「そうか。ここに入れておけ。どうせ午前三時までのいのちだ」

「じゃあ、あっしはもうかえりますぜ。こどもたちのしまつは、おねがいしましたよ」

ずんぐりした男は、またトンネルのほうへもどっていった。

「きみたち。たいへんきのどくだが、ひみつ

をしられたいじょうは、死んでもらうほかない。この世のわかれに、うまいものでもたくさん食べてくれ」

　そこへ、おくさんらしい女が、大きなおぼんを持ってはいってきた。おぼんの上には、にくのやいたのや、たまごやきや、ケーキや、たくさんのごちそうがのっている。しんしふうの男が、

「おい、おきゃくさんがふたりふえたんだ。もうふたりぶんたのむよ」

「はいよ。さあ、あんたたち。これには、どくなんかはいってはいないから、いくらでも食べなさいよ」

　男と女は、なおもいろいろとおいしそうなものをはこびこむと、へやを出て、ドアにかぎをかけた。

　こどもたちは、だまってごちそうをみつめた。ばんごはんを食べていないので、おなかはぺこぺこなのだが、なにも食べる気になれない。佐田くんだけが、

「ぼく、もらおうかなあ」

と、手を出した。

「くいしんぼねえ。あいかわらず」

　女の子たちは、くすくすとわらったが、その声にはげんきがなかった。

「ねえ、この人たちは、だれ？」

　水谷くんが、親子らしいふたりをゆびさした。

「根本文枝さんって

いうの。四年生だって。それからこのおじさんは文枝さんのおとうさんよ」

「ねえ、文枝さん。あなたの話を、この水谷くんと佐田くんにしてやってよ」

言われて、少女は話しはじめた。

「じつはこうなの。わたしのおとうさんは、悪人たちのなかまにはいって、悪いことのてつだいをしていたの。今ここにいたあの人たちのいちみね。わたしのうちでは、おかあさんが病気で入院して手術しなければならなかったので、お金がたくさんいりようだったの。おとうさんは、そのためにとうとう悪いなかまにはいったのよ。でも、おかあさんは、なおらないで死んでしまったの。『悪いことだけはやめてください』って、死ぬとき言ったわ。おとうさんは、警察に自首しようと決心したの。するとあの人たちは、じぶんたちのことを話されるとこまるものだから、おとうさんをここにとじこめてしまったの。あなたたちは、しらないと思うけど、ここは赤いやねのある西洋かんの地下室なのよ」

「へえ、そうなの？　あのがけのほらあなは、西洋かんの地下室とつづいているわけなのか――で、それから？」

「わたしは、まえからこの家のことも、悪い人たちのこともしっていたので、おとうさんは、ここにつかまえられているにちがいないと考えて、来てみたの。そうしたら、わたしもつかまってしまったのよ」

「それもこれも、みんな、このわたしが悪いのだ。かんけいのないあんたたち四人まで、まきこんでしまって」

文枝さんのおとうさんは、気がくるったように、あたまをかきむしった。文枝さんも、わっとなきだした。

「おじさんのせいばかりではありませんよ。ぼくたちも、すこしぼんやりだったんだ。しかし、その悪いことというのは、いったいどんなことなのです?」

水谷くんがきいた。

「それはね――みんな、これを見ておくれ」

根本のおじさんは、立ちあがると、つんであるはこのふたをとった。

「あっ、お金だ!」

「おさつでいっぱいだ! でも、これ外国のおさつだね」

「そう。アメリカのドルというおさつだ。しかし、これはぜんぶ、にせさつなんだよ」

「にせさつ?」

「ああ、この家には、印刷のきかいがすえつけてあって、にせさつを印刷しているのだ。日本の千円さつや一万円さつでは、すぐにわかってしまうから、わざと外国のおさつをつくって、台湾、ホンコン、東南アジア、アメリカなどに持っていってつかっているのだよ」

「わかった。それで、いちみの中には外人もいるんだね」

佐田くんが、手をうって言った。

「さっきの外人が、重そうにかばんをさげて出ていったのは、このにせさつをはこびだしていたんだな」

「そのとおりだよ。はずかしいことだが、わたしは、いま文枝が話したようなわけから、悪人のなかまにはいってしまった。わたしは印刷屋なので、こういうしごとはとくいなのだよ。ああ、ほんとうに悪い人間だ、わたしは」

「おじさんは、悪い人じゃないわよ。悪かったと思って、やめようと決心したんですもの。もう悪人じゃないわ」

小川さんが言った。みんなも、いっせいにうなずいた。木村さんが、くびをかしげて、

「あの人たち、わたしたち六人をぜんぶ殺すつもりなのね。でも、午前三時というのは、どういう意味かしら?」

「わたしには、その意味がわかっている。おそろ

しいことだ」

根本のおじさんは、うつむいて、くちびるをかんだ。

時間は、こくこくとたっていった。

「ああ、もう二時すぎた」

根本のおじさんが、うめくようにつぶやいたとき、がちゃりとかぎをはずす音がして、ドアがあいた。ボスとよばれる、めがねをかけた男だった。そのあとから外人がはいってきた。ふたりとも、黒く光るピストルをにぎっている。

「みんな、おとなしくついてくるんだ」

ボスが言った。

「ボス。たのむ。おねがいだ！」

根本のおじさんが、いきなりボスにむかって手をあわせた。

「おねがいだ！　わたしは殺されてもいい。むすめの文枝はゆるしてやってくれ。いや、それよりも、この四人のこどもたちだけは、たすけてやってくれ。この子たちは、なんのかんけいもないんだ。たのむ。このとおり、たのむ」

「そんなわけにいくものか。ここのひみつをしられたいじょう、生かしておくわけにはいかない。そのくらいのりくつは、おまえだってわかるだろう？　きのうまでは、なかまのひとりだったんだからな」

ボスが、つめたくわらって言った。

「さあ、みんな、出るんだ」

24

「さあ、みんな、おとなしく言うことをきくんだ。ていこうしたら、このピストルから、えんりょなくたまがとびだすぞ」

ボスが、つめたい声で言った。

口笛たんてい局の四人と根本さん親子とは、悪かんたちに前とうしろから見はられながら、またくらいトンネルにおいこまれた。

「さっきはいってきた出口から、外へつれていくつもりかな？」

佐田くんが水谷くんにささやいた。しかし、そうではなかった。はいってきたときには気づかなかったが、このトンネルには、右のほうにむかってもうひとつ、わかれ道があるのだった。

「この右のほうの道をすすむんだ。わかったな」

ピストルと大がたのかいちゅう電燈を両手にもったボスが、さきにたって道をてらしながら言った。

右のほうの道は、やはり人間がひとり通れるくらいの広さだった。ただちがうことは、ゆくてが下り坂になっていて、下へ下へとおりていくのだった。

どのくらいおりたろうか？　つきあたりに、また鉄のとびらがある。ボスが、ポケットからかぎをとりだして、とびらをあけた。

「はいれ」

言われて六人は、とびらの中へはいっていった。そこは、これまでのトンネルとはちがってずっと広く、てんじょうも高くて、あなぐらのようになっていた。じめじめした、つめたい空気が、顔や手足にふれる。

「さあ、ここでこれからどんなことがおこるか、みんな、根本のおじさんから話してもらうがいい。そのくらいの時間はまだあるからな。そうだ、このかいちゅう電燈は、最後のなさけに、ここへおいていってやる。感謝しろよ」

ボスは、そばにいた佐田くんにかいちゅう電燈をわたすと、外人といっしょに、もと来たトンネルへ出ていった。鉄のとびらが、音をたててしまった。

「わたしたち、おいていかれてしまったわ。こわい」

小川さんが、木村さんにすがりついた。だれの顔も、なきだしそうだ。

「あっ、ここに出口があるよ。出られる、出られる」

かいちゅう電燈をふりまわしてあたりをてらしていた佐田くんが、とつぜんさけんだ。あの鉄のとびらのあるほうとははんたいのすみに、もうひとつ、ほそいトンネルが口をあけているではないか！　しかも、このほうには、とびらもなにもついていない。

「ほんとだ！　出口がある！」

「ここから出ていけるわ、おじさん！」

みんなはおどりあがって、そのほうへかけよろうとした。しかし、根本のおじさんは、くらい顔であたまをふった。

「だめなのだよ、そこは」

「どうして？」

「そっちのトンネルはね、どこまでも下り坂になっている。おりてゆくと、ゆきつくところは川なのだ」

「川？」

「川っていうと？」

「川のそこに近いところに出てしまうんだよ。流れのはやい川だから、どんなに泳ぎのじょうずな人でも、とてもそこからにげることはむりだ」

「そうなの？　がっかり」

「あそこから出られるとしたら、すこし話がうますぎると思ったよ」

　みんなは、すっかり元気をなくしてしまった。

そのとき、水谷くんが、

「ねえ、おじさん。さっきボスが『ここでどんなことがおこるか、根本のおじさんに聞くがいい』って言ったでしょう？　あれは、なんのこと？」

　たずねられて、根本のおじさんは、こまったようにもじもじした。

「その話は、やめておこう。あまりにもおそろしいことだ」

「こわいことでもいいよ。話してよ」

「そうよ。聞かせてよ。そうしないと気がおちつかないわ」

「それでは話そう。こういうことなのだよ。きみたちは、このすこしむこうに、貯水池があるのをしっているかい？」

「しってるわ。わたしたち、その貯水池へドライブに行くはずだったのよ。で、貯水池が、どうかしたの？」

「このあいだ雨がたくさんふったので、貯水池は水かさがふえて、いっぱいになった。でもそんなにたくさんの量は必要ないので、今夜の午前三時、ダムの水門をひらいて、よぶんな水を川へ流すんだ」

「そうすると、どうなるの？」

「ダムをひらくと同時に、水はどっと川へ流れだす。水は、すごいいきおいで、あのトンネルからも流れこんでくる。そして、あっというまにここも水でいっぱいになってしまうのだよ」

「ここが？　このあなぐらが？」

「そんなことになったら、わたしたちみんな、おぼれてしまうじゃないの？」

　みんなは顔いろをかえた。根本のおじさんは、うで時計をかいちゅう電燈の光にかざしてみた。

「二時半。あと三十分だ。三十分たったら、わたしたちのいのちも終わりだ」

25

「いやだわっ、そんなの」

と、さけんだのは、小川さんだった。

「なんにもしないで、だまって殺されるのなんか、わたし、いや……ねえ、みんなでもういちど、にげる道をさがしましょうよ。わたしはロケットちゃんだから『五、四、三、二、一、ゼロッ』ていう、最後のゼロまで、ぜったいあきらめないわ」

　すると、今までだまっていた文枝さんが言いだした。

「ねえ。わたしはこう思うんだけど――もし今、このあなぐらから外へ出ようとするんだったら、道はやっぱりあの、佐田くんがみつけたほそいトンネル以外にはないわけだわ。おとうさんは、『あのトンネルの先は川になっているから、だめだ』って言ったけど、おとうさん、はいっていってみたことあるの？」

「いや、ない。そういう話を聞いたんだ」

「じゃあ、ほんとうかどうかわからないじゃないの？　しらべるだけでもしらべてみたら、どうかしら？」

「そうだ、そうだ。だめかもしれないが、やるだけやってみよう。そのうえで、どうしてもだめなら、そのときあきらめたって、おそくはないよ」

と、水谷くんが言った。根本のおじさんが大きくうなずいた。

「みんなの言うとおりだ。ようし、行けるところまで行ってみよう」

かいちゅう電燈をかざしたおじさんを先頭に、一行は、すみのほそいトンネルの中へはいっていった。

「寒いなあ」

「ひどくしめっぽい道だな」

道は話のとおり、かなり急な下り坂になっている。

「ああ、やっぱりだめだ」

根本のおじさんが、うめいた。

「ここから先は進めない。川の水が、そら、このへんまで来ている」

おじさんがかいちゅう電燈を下へ向けた。なるほど、みんなの足もと近くまで、つめたい水がひたひたとゆれているのが目にはいった。

「道は下りになるいっぽうだから、進めば進むだけ水はふかくなるんだ」

「川へ出てしまうというのは、やっぱりほんとだったんだな」

佐田くんが、声をふるわせた。そのとき、遠くでサイレンの鳴るのが聞こえた。

「あのサイレンは『あと二十分でダムの水を流します。川の近くの人は注意してください』というあいずなんだ。ダムの人たちは、わたしたちがこんなところにとじこめられていることなんか、ゆめにもしらないからね。ああ、もうだめだ」

根本のおじさんは、あたまをかかえてしまった。すると、木村さんが、

「ねえ、ちょっとみんな。おかしいと思わない？　岩のあなぐらの中にいるのに、どうしてサイレン

の音が聞こえるのかしら？　ねえ、きっとどこかに岩のわれ目があるのよ。それでなかったら、外の音がはいってくるはずがないもの」

「そういえば、そうだ。おい、みんな、いそいでぎゃくもどりだ。岩のわれ目をさがすんだ」

水谷くんがさけんだ。佐田くんが、人さし指の先をちょっとなめてつばをつけ、あたまの上にかざした。

「なにしているんだい？　佐田くん」

「こうすると、すきまのあるところがわかると思うんだ。指の先がぬれているとね、ほんのちょっとの風でも、すずしく感じるんだ」

「へえ？　よくそんなこと考えついたね」

「にいさんに教わったんだ。ほんのすこし風があるときなんかに、風のふいてくる方向をしる方法なんだって」

みんなもまねして、指先につばをつけ、あたまの上にかざしてみた。

「あっ！　こっちよ。こっちがわがすずしいわ」

「あそこだ！」

水谷くんが、ななめ上のほうを指さした。

「おじさん、ちょっとかいちゅう電燈をむけてよ」

「あった！　あったわ！　あなよ」

さっきは、足もとに気をとられながらむちゅうで前進したので気づかなかったが、みんなのあたまの上、おとなのかたの上ぐらいの高さに、ぽっかりと黒い横あながあいていた。

「トンネルが、またここで枝わかれになっているんだ。音がはいってくるところをみると、この先はきっと外にひらいているんだよ。ばんざい」

「でも小さいあなね。通れるかしら？」

「はっていけばだいじょぶさ。さあ早く」

みんなは根本のおじさんにかたぐるましてもらって、つぎつぎとあなにはいこんだ。おじさんも、こどもたちにひっぱってもらってあがった。先頭の木村さんが、かいちゅう電燈でてらしながらはっていく。つづいて水谷くんと佐田くん。とつぜんまたサイレンが鳴った。さっきよりは、ずっと近く聞こえる。

「十分まえのあいずだ」

うしろで根本のおじさんが言った。そのとき、

「出口だわ！　ほら！」

木村さんがさけんだ。夜の風が、みんなのほおをなでた。すぐ目の下に、星あかりに光って流れる谷川が見える。

「ばんざーい、出られた」

「ここをおりて谷川べりをにげよう。二メートルぐらいだから、すべりおりてもだいじょうぶだ」

すると、根本のおじさんがさけんだ。

「おりてはいけない、きみたち。ダムの水門があいたら、谷川はあっというまにあふれるぞ。二メートルぐらいの高さでは、ここもあぶない」

空気をふるわせて、またサイレンが鳴りわたった。

「五分まえだ！」

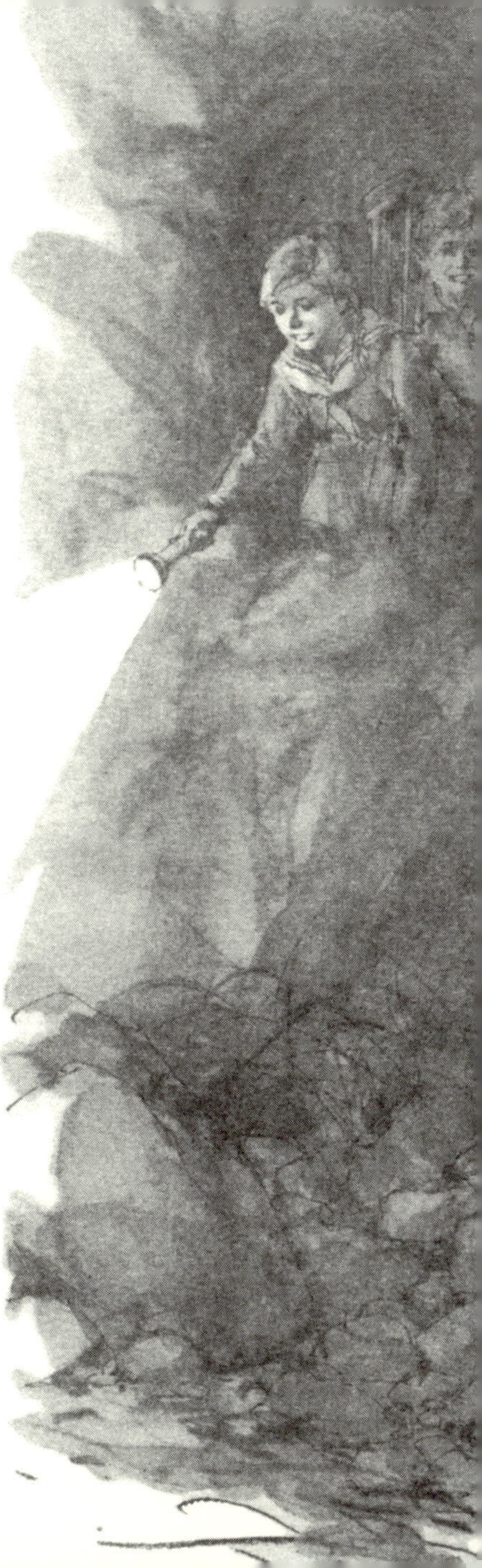

26

「ともかく高いところへにげなければ」

　根本のおじさんは、かいちゅう電燈を上にむけ、あちこちてらしていたが、

「このすぐ上に岩のつき出たところがある。あそこへのぼれるといいんだが」

「わたし、のぼってみるわ」

　木村さんがさけんだ。

「まかしといて。わたし、だれにもまけないくらい、身がるなんだから」

　木村さんは、かいちゅう電燈を口にくわえると、木の根につかまりながら、がけをよじのぼった。のぼったところは、岩のたなのようになっていた。

「ここなら、六人のれるだけの広さはあるわ。そら、フジづるをさげるからつかまって」

ぐずぐずしているひまはなかった。こどもたちは、つぎつぎとフジづるにつかまって岩のたなにのぼった。いちばんしまいに根本のおじさんがのぼりかけた。と、そのとき、ぶきみな音で最後のサイレンが鳴りだした。

「おじさん、早くして！」

「おとうさーん」

上からはかいちゅう電燈の光がひっしにてらす。よじのぼってくるおじさんのすがたが光の中にうかびあがった。

「ごうっ」

ものすごいひびきがおこった。星あかりにも白く、はげしい水の流れが谷川におしよせてきたのが見えた。

「おとうさん」

「だいじょうぶだ。しんぱいするな」

危機いっぱつ。おじさんの両手は岩のたなにかかっていた。みんながその手をつかんでひっぱりあげた。水は、目の下をごうごうと音をたてて流れている。おそろしいほどのいきおいだ。さっきみんながはいだしたほらあなの口は、水の中にのまれてしまった。

「あぶなかった。もうちょっとで流されるところだったな」

「わたしたちがとじこめられていたあなぐらも、今ごろは水でいっぱいになっているわね」

みんなは、身ぶるいした。

「さて、こうしていてもしかたない」

根本のおじさんが、そろそろと立ちあがった。うっかり足をすべらせると流れの中にまっさかさまだから、ゆだんはできない。

「あ、この右手のほう、のぼり坂になってるよ。かなり急だけど、注意してのぼれば上に出られそうだ」

佐田くんのことばに、みんなはかんせいをあげた。

ようやくのことで山の上まではいのぼった六人は、もうへとへとだった。でも、これでたすかったのだと思うとあたらしい元気がわいてくる。

「さあ、早く警察にしらせよう。悪かんたちをた

いほしてもらうんだ」

佐田くんがさけんだ。すると木村さんがしんぱいそうに、

「でも水谷くんは、どうしたらいいかしら。まつばづえがなくては歩けないでしょう？」

水谷くんは、まつばづえをトンネルの中においてきてしまった。人間ひとりがやっとはえるせまいトンネルの中では、すててくるよりなかったのだ。

「わたしがおぶって行こう」

と根本のおじさんが言った。でも水谷くんは、あたまをよこにふった。

「ぼく、ここにのこっています」

「どうして？　水谷くん」

「ぼくをつれてこの山道をおりるのはたいへんだもの。ぐずぐずしていて、悪かんにみつかったら、一大事だ」

「しかし、かいちゅう電燈をおいていくわけにはいかないんだよ。まっくらなところで、こわいだろう?」

「すこしこわいけど、へいきだよ。あとでむかえにきてください」

するると小川さんが言った。

「こんなところに水谷くんひとりのこしていくなんて、あんまりかわいそうだわ。わたしもいっしょに、ここでまっているわ」

「そうか。まっててくれるか。では、わたしか警察の人かが、すぐにむかえにくるからな」

根本さん親子と、木村さんと、佐田くんは、うしろをふりかえりふりかえりおりていった。雨がふったあとなので、地面はすべる。かいちゅう電燈ひとつをたよりに、道もないようなところをおりていくのは、ほねがおれた。

二十分くらい歩いたころ、下のほうにちらちらとあかりがみえた。

「あっ、だれかのぼってくる!」

四人は、いきをのんだ。すると、

「おうい、そこをおりてくるのは、だれだ? ゆくえ不明のこどもたちではないのか?」

「こっちは警察の者だ。返事をしてくれ」

ふとい声が、よんだ。

「わたし、木村アケミです！」

木村さんがさけんだ。制服の警官や警防団の人たちが、手に手にあかりをふりながらかけあがってくる。木村さんたちは、しがみつくようにして、これまでのことを話した。

「赤いやねの家？　すぐそこにあるあの家かね？」

すこしえらそうな警官が、おどろいてききかえした。そういわれてみると、林のすぐむこうに、れいの西洋かんがみえるではないか。みんなはいつのまにか、こんなところまできていたのだった。

「おい、すぐに人数をあつめろ。ふた手にわかれて、ひと組はあの西洋かんへ、いまひと組はぬけあなの出口をかためるんだ」

みると、西洋かんのまどには、あけがただというのに、ひとつふたつあかりがともっている。外がさわがしいので、ようすがへんだとかんづいたのかもしれない。

「あ、うら口から、だれかこっそり出てきました。かばんをさげています」

わかい警官がささやいた。

「ボスだ！　あれが悪かんたちのボスですよ」

佐田くんが、息をはずませた。

「そこへ行く人。ちょっと待ちなさい。ききたいことがある」

声をかけられて、

男はぎくりとふりかえった。警官と、死んだとばかり思っていたこどもたちのすがたをみると、いきなりかけだした。

「まてっ！」

警官や警防団があとをおう。ボスは森の中をぬうように走って、山の上のほうにむかっていく。このあたりのようすにくわしいので、にげるのもはやい。しかし、こちらはおおぜいだ。やがてボスは、森のひとすみにおいつめられた。いくつものあかりが、ボスのすがたをてらしだした。

「あぶない。あいつはけん銃をもっているぞ。ちかよるな」

ボスは、一本のふとい木に身をかくすようにしながら、大がたのけん銃をこちらにむけてかまえている。そうして、じりじりとうしろへさがっていく。

「このままでは、にげられてしまう。おまわりさん。わたしがあいつにとびかかっていきます。わたしに気をとられたすきに出ていって、たいほしてください」

根本のおじさんが、そういうなり、まえへとびだした。

「あぶないっ！うたれるぞ！」

警官がとめようとしたとき、おじさんはもうボスにむかってつきすすんでいた。

「だあん！」

ボスのけん銃が火をふいた。同時にひめいがおこった。

「おとうさん！」

文枝さんが思わず目をとじた。しかし、根本のおじさんはたおれなかった。ひめいをあげたのは、おじさんではなくて、なんとボスのほうだっ

た。どこからともなくとんでくる小石が、ボスのかおや手足にびゅんびゅんあたるので、けん銃のねらいがくるったのだ。

「それっ、いまだ！」

警官がかけより手じょうをかけた。

「あぶないところだった。しかしあの石は、いったいだれが投げたんだ？」

みんながくびをかしげたとき、ボスのすぐそばの木のかげから、ふたりのこどもがあらわれた。小川さんと、小川さんのかたにつかまった水谷くんだ。

「口笛たんてい局員がふたりもかくれている目のまえへ、よりによってにげてくるなんて、まぬけな悪かんだわ」

小川さんが、目をくりくりさせた。

28

東の空がすこしずつ赤くなりはじめていた。朝日がのぼるのだ。

悪かんたちをのせた警察の車が、いま出発しようとしているところだった。山をこえてにげようとしたボスも、ぬけあなから出ようとしたほかの悪かんたちも、ひとりのこらずたいほされたのだ。

いちばん最後の車に、根本のおじさんが、警官にうでをとられてのりこんだ。

「わたしも、たいほされなければならない人間なのです。わたしは、きのうまでは、いちみのひとりとして、わるいことをしてきたのです」

根本のおじさんは、じぶんからそうもうし出たのだった。

車は走りだした。それを見おくって、

「おとうさん」

文枝さんが、手をかおにあてた。かたが、ふるえている。そのかたにやさしく手をかけたのは、木村さんのおとうさんだった。

「文枝さんのおとうさんは、ほんとうは、わるい人ではない。きっとじきにゆるされてかえってくるよ。それまで文枝さんはうちにきてくらすといいよ」

「わあっ、ほんと？」

とびあがってさけんだのは、木村さんだった。

「うれしいわ。だって、水谷くんも、小川さんも、佐田くんも、みんなきょうだいがあるのに、わたしだけひとりっ子なんだもの。文枝さんがうちに来てくれたら、すてきだわあ」

「それに、もっといいこと考えたよ、ぼく」

と、佐田くんが言いだした。

「ねえ、みんな。文枝さんも口笛たんてい局のなかまに入れようよ。どうだい？」

「さんせい」

「さんせーい」

みんな、ぱちぱちと手をたたいた。文枝さんも、なみだをふいてにっこりした。

「さあ、みんな、おじさんの車でかえるか?」

佐田くんのおじさんが、ふとったかおをにこにこさせた。

「文枝さんもいっしょにのせてあげてね」

「もちろんだとも。めいよある口笛たんてい局員だものな」

雲のあいだからかおをだした太陽の光に、貯水池の水がきらきらかがやいていた。

随筆編

冷静な目

多岐川さんのご作品を読んだのは、たしか六七年前の宝石に載っていた「ヒーローの死」が初めだったように思います。当時はまだ白家太郎のペンネームで書いていらっしゃったと思いますが、私はこの「白家太郎」氏について何ひとつ知りませんでした。ご年輩、経歴その他全然知らないにも拘らず白家氏のお名前がはっきり記憶に残ったのは、この作品が、そのころ読んだいくつかの短篇の中で、ずばぬけておもしろかったからにほかなりません。「この作家の、もっとほかの作品も読んでみたい。これだけのものが書けるかたなら、ほかにもいい作品を書いていられるに違いない」と、そんなことを考えたりしたのを覚えています。

その後、「白家太郎」氏が「多岐川恭」氏に筆名をお変えになったころから、私は同氏のご作品に続々と接することができるようになりました。念願が叶えられたという以上のものでした。私は多岐川さんの作品に魅せられ、いつも期待を持って読んでは、その期待を満たしていただくのでした。

多岐川さんは、冷静な目を持っていらっしゃいます。静かな冴えた視線を以て、人間という始末のわるい得体の知れない生きものをじっと観察していられます。その視線は、しかし、冷静であって、冷酷ではありません。人間の醜さを描きながら、それと同時に人間の持つ哀れさを必ずどこかに描きだしていられます。それが決しておしつけがましくなくて、そこはかとないペーソスが、読み終ったとき心のすみに残るのです。時にはまた、ペーソスがあたたかなユーモアととけあっていることもあります。

テーマや筋書を大上段にふりかぶることを決してせず、落ちついた筆致で人生というものの姿を浮かびあがらせる多岐川さんの筆は、数多い推理作家の中でも最も文学的なものといえるでしょう。いや、そのほのぼのとした詩情はむしろ推理小説を忘れさせ、文学そのものを読む喜びを味わせてくれます。多岐川さんのご作品がすぐれた文学として直木賞を受賞されたことは、当然といわなければなりません。

すべてに恵まれて

曽野さんに初めてお目にかかったのは、曽野さんが私達の「霧の会」に加わってくださった時でしたから、今から二年ほど前のことになります。

曽野さんのご作品については、今さら私などがとりあげるのは却って失礼になるくらいですので申しあげませんが、日本の女流作家の中でも特に光った存在である曽野さんは、同時に、葉山の別荘に「霧の会」の一行をよんで、ご自分で取れたてのお魚を買い出しに行ってくださる良き主婦であり、皆と海水浴やドライヴを楽しんだり、外国にご旅行になった時の八ミリフィルムを持って来て映写して見せてくださる親しみぶかいお友達であり、身体障害者の問題や丸正事件の被告の話に熱心に耳を傾けられるヒューマンな女性であり、そしてまた、坊ちゃんに「ママはまたお泊りするの？」と聞かれるのがせつないから、自分だけで行かなければならない旅行はできるだけ避けて家にいてやりたいと言われる、やさしいお母様でもあるのです。

葉山にお邪魔した時、ご主人の三浦朱門氏や坊ちゃんの太郎ちゃん、またお母様にもお目にかかりましたが、ほんとうにすばらしいご家庭であることを感じさせられました。

ふつう夫婦があまりに近い仕事をしていると難しい問題も起こってくるものですが、曽野さんご夫妻は、実にお気持のぴったり合った睦まじいご夫婦であり、こういうご家庭の裏付けが、曽野さんの持っていらっしゃるものを不安なく発揮させる上で、大きなプラスになっていられるのだと思います。

才能と、お美しさと、精神的な毅さと、暖かいご家庭と、すべてに恵まれていらっしゃる曽野さんに、一つだけちょっと欠けているもの、それはお丈夫さ――健康であるようです。どうか、この点でも、もっともっと恵まれて、いつもお元気でお仕事をなさったり、生活をエンジョイしていただきたいものとお祈りしております。

アトムと私

昭和二十五、六年ごろだったでしょうか。朝日新聞の、夕刊のラジオ面に「アンテナ一家」という四コマの続きマンガがのっていました。手塚治虫というマンガ家の出現は、その前から耳にしていましたけれど、作品を見たのはこれが最初でした。

このマンガが、なんともおもしろくて、夕刊がくると、まっさきにラジオ面をひらいたものです。アンテナ一家には、ゆかいなガンコじいさんがひとり登場していましたが、そのじいさんが、もっとあとでおなじみになったヒゲオヤジ先生と、どこか似ていたのもなつかしい思い出です。

その後、私はある病院にしばらく入院したのですが、隣りの部屋にいた男の人が持っていたのが「鉄腕アトム」だったのです。それを借りて読んで、すっかり夢中になってしまいました。ある日、アトムを読みかけていたら、回診の時間になったのでベッドのそばに置いておいたところ、まわって来られたお医者さまに「なんだ、マンガなんか読んでるのか」と笑われました。「マンガなんかと言われるなら、あとで見せてほしいとおっしゃっても貸しませんよ」と言うと、「どれ」と、めくって見ていられましたが、先生そのうちベッドのそばに腰をおろしてしまって「ちょっと待ってくれ、ひと休みだ」と読みはじめて、みんなで大笑いしたことがありました。

その後、ふとした機会があって、手塚先生に「鉄腕アトム」をふくむ何冊かのご本にサインしていただき、うれしくてなりません。それらのご本は、私のいちばんだいじな本の一つになって本箱におさまっています。

アトム以外の「西遊記」その他のマンガももちろん好きですが、つい最近までNHKテレビでやっていた人形劇「銀河少年隊」もファンでした。

「銀河少年隊」には、江戸っ子せんたく屋の伴俊作という景気のいいおじいちゃんが出てきましたが、ヒゲオヤジ氏は、たぶん学校の先生を停年退職したあとクリーニング屋さんを開業したのでしょうね。

名探偵二人

その1　フィリップ・マーロウ

好きな名探偵はと聞かれて、すぐ頭に浮んでくるのは、やっぱりフィリップ・マーロウの名前です。初耳のかたのために簡単に説明しますと、彼マーロウ氏はハリウッドに事務所をもつ私立探偵で、年齢は三十八歳くらい、身長一八〇数センチ、体重八六キロ、褐色の目をもつ独身男性です。ハスキーな声で女性に好かれる容貌ということにはなっていますが、アメリカ人の中年男性の群れの中に混ってしまったら、とりわけ目につく外見の持主ではなさそうです。という意味はつまり、アガサ・クリスティのつくりだしたエルキュール・ポアロや、ディクスン・カーのヘンリー・メリヴェール卿などに比べると、異様とか風変りとかいえる個性はもっていないということです。その一方007のジェームズ・ボンドみたいに絶世の美女を次から次とものにしたり、飛んでくる銃弾をシガレットケース一つで受けとめたりする英雄でもありません。つまり彼は、現実感をもった、生身《なまみ》の男なのです。

私が彼に初めて会ったのは、まだ二十代も前半の頃、レイモンド・チャンドラーの「大いなる眠り」という作品を、なんの予備知識もなしに読んだ時でした。

子供の頃から今日までに読んだ本といえば、どれほどの数になるかわかりません。が、その中で、文字どおり息もつかずに読んで、読み終ってから、感銘――というよりショック――で二三日ぼんやりしていた、という本は二冊しかありませんでした。ドストエフスキの「罪と罰」とこの「大いなる眠り」の二冊です。

ただし、この時受けた衝撃は、主人公フィリップ・マーロウの魅力によるよりも、その後盛んに読みあさるようになったハードボイルド小説との最初の出会いであったためとみるのが正しいでしょう。その証拠に、私は、ハメットもスピレインもマッギヴァーンも好きですし、ロス・マクドナルドに至っては、チャンドラーに劣らないくらい好きな作品も数すくなくないのです。しかしながら、それらの中に登場する主人公となると、やはりサム・スペードよりも、マイク・ハマーよりも、あのリュウ・アーチャーすらよりも、フィリップ・マーロウが好きです。

ハードボイルドは、一般に非情の文学と言われますが、それは表面的な見方のように私には思われます。非情なのは、作品に現れる社会や状況や組織や巨大な悪であって、主人公――ひいては作者――は他のジャンルのミステリよりもむしろウエットな面が強いのです。現に私の友人のある女流作家は「ハードボイルドは甘いから、その甘さが嫌で読まない」と言ったほどです。ハードボイルドが甘いのは事実で、さらにその中でも、「甘い」というそしりを受けるに最もふさわしいのがチャンドラーです。しかしながら、ファンのほうは、その独特の甘さをこそ愛しているのですから、これはもう何をか言わんやです。

このように言ったからといって、マーロウは、表面はそうべたたと甘い男ではありません。彼一流のロマンチシズムとセンチメンタリズムを内に隠して、本心は弱い者に対してやさしいのにわざと冷酷を装ったり、正義を愛し邪悪を憎む心をむしろ逆の形で表現したりする、そこらへんの微妙な揺れうごきが、多くの読者を惹きつける魅力になっているのでしょう。

その2　ニッキイ・ウェルト

前記のフィリップ・マーロウ氏は、すでに我が国でも多くのファンをつかんでいます。そこでもう一人、彼ほどは知られていない名探偵をご紹介しましょう。マーロウ、もしくはハードボイルド一般が好きになれない読者は、傾向の全く違うこちらならばお気に召すでしょうし、前者が好きでありながら、しかも後者もわるくないと考える読者も、中にはきっとあるに違いありませんから。(このように自信をもって言いきれるのは、つまり、私自身がそうであるからなのです。)

ニッキイ・ウェルトは、ある大学の英文科の教授です。四十代のおわりという年齢のわりに白髪の目だつ、冷たい小さな青い目と薄いくちびるとしわだらけの小鬼のような顔をもった男で、チェスが趣味ですが、さらに大きな趣味は「推理」です。

犯罪事件が起こった時、彼はほとんどその現場に赴くことなく事件を解決します。現場の様子や容疑者の動きなどについて注意深く耳を傾けるだけで、きわめて論理的な推理を組立てるのです。

推理小説は、最初論理のおもしろさから出発しました。が、今日、残念ながら論理的ななぞ解き小説は、行きづまりの袋小路にはいった感があります。ところがここに、ハリイ・ケメルマンによってつくり出されたニッキイ・ウェルトが、私たちに「推理すること」のだいご味を思い出させてくれました。

この名探偵は、どことなく、あの懐しいシャーロック・ホームズを連想させます。その風貌もさることながら、彼ほどは頭のよくない人々――ワトソン役である郡検事の「わたし」やその他の聞き手たち――を、「出来のわるい小学生を見るように」憐みもしくは軽べつの目をもって眺める態度もホームズ的です。が、その推理の厳密さにおいては、彼はホームズを遥かにしのいでいます。「九マイルは遠すぎる」を始めとする彼の推理物語は、すべて短篇ですが、それだけに余計な挾雑物がなく、叙述の一つ一つの小さなかけらまでが伏線に結びつくその密度の高さには、目を見張る思いがするのです。

Sの音

日本語の音には、それぞれ固有の性格があるように思う。アイウエオの母音や、マミムメモのＭの音、ナニヌネノのＮの音などからは、まるやかな温かみが感じられる。時によると、それらは暑い感じにもなる。今いった「暑い」という言葉は「ア」で始まっている。アタタカイも同様。ヌクイ、ヌクモリはＮで始まる。このほか、ムシブロ、おぼん、むかえ火、入道雲からムギワラ帽子に至るまで、いかにも夏らしい音を持っている。

このようにいうと、いやそれはこじつけだ、夏にゆかりの言葉でもＭやＮで始まらない単語はいくらもあるじゃないか、と反論されるかもしれない。私も、しいて自説を固持するわけではない。系統的に調べたわけではないし、今述べたＭＮ説は、自信を持って断言できるほど、はっきりした特徴とはいえないようだ。だが次の一事は、かなりはっきりといいきってもよいのではないかと思う。すなわち「Sの音——サシスセソは、暑苦しさや暖かさとは反対の単語に多く用いられている」ということだ。早い話、スズシイとサムイは、どちらもSの音で始まっている。

吾が宿のいささむら竹ふく風の音のかそけきこの夕かも——は大伴家持の歌だが、古来日本人はSの摩擦音に涼しさやさわやかさを感じたものらしい。Sとはニュアンスがちょっと違うが、Kのカキクケコにも、冷たい乾いた単語が多いようだ。下手な例文だけれど試みに一つ書いてみよう。「暑い夏がすぎて、スズシイ秋がやって来た。ソヨカゼに、はだもサラサラとカワイて、セセラギの音も一段とスンで聞こえる。ススキがカサコソと揺れる野辺には、セイソな女性やサッソウとした青年の姿が見え、空もスッキリとスキトオッている。だがこのサワヤカな季節もやがて終わりカラッカゼやシモと共にサムサが訪れる」

夏の風物にも、たとえばスダレとか、たなばたのササの葉サラサラとか、Sの音は多いが、これは夏の暑苦しさよりも、涼味を表わす言葉だから、やはり同じ性質のものと考えてよいだろう。

白い、赤い、という語は、直接には季節や寒暖と関係ないが、人間の直感から言えば、ふつうだれでもシロイを寒、アカイを暖にあてはめる。はだの温かみに対して、氷の冷たみとは言わない。ミナミに対するキタ、アメに対するユキ、ニブイに対するスルドイ、ウマレルに対するシヌなど、言葉の表わす概念と、その語の響きには、かなりはっきりした関係があるようだ。

学問的に分類研究していられるかたがあったら、教えていただきたいと思う。

ジャイアンツ

西洋には、よく小びとや大びとの伝説があるが、日本では小びとはどうやらあまり優勢でなかったらしい。一寸法師など小さな子供の話はあるけれど、西洋の妖精のような、集団としての小びとは存在しなかったようだ。ただしアイヌには、コロボックルという小さな小さな人たちの物語が伝わっている。

大きな方はどうかというと、これはなかなかにぎやかで、いろんな種類の大びとがいる。山に住む山男、海に住む海坊主。

世界大百科事典によれば、山男は色が白く、背が高く、赤い顔をしているという。時々は里におりて来て、里人に求婚したりもするそうだ。宮沢賢治は、伝説をもとにして、山男の登場する童話を二、四編書いている。彼によると山男は、哀しいほど正直な、そしてユーモラスな、愛すべき存在である。

海坊主の方も、多少恐ろしいながら愛嬌のある「もののけ」であるらしい。海に住むのだから当然はだかで、坊主頭をしている。五、六人群れになって、ヤアヤア、ヤアヤアと声をあげながら海を泳ぎまわり、船を追いかけて抱きついたり、灯火を消したりいたずらをする。船乗りが、イルカなどの群れを見誤ったところからこの伝説ができたのではないかというが、ありそうなことだ。

日本の大びとで見落とすことのできないのは、ダイダボッチだ。昔、この巨大な先祖は、まだちゃんとできていなかった日本の国を歩きまわって、国づくりに励んだ。彼の足あとに水がたまってできた沼だとか、彼がかつぐモッコからこぼれた土でできた山だとかが全国にある。なにしろ途方もない大男だったに違いない。

東京の世田谷にも、足あとがあったそうで、そのなごりが今も代田《だいた》という地名になって、近代的な私鉄の駅名にまでついているのはおもしろい。

今年やり残したこと

子供のころの私は、新年というものを、今よりずっと厳粛に受けとっていたようです。さあ今年はこれでもう終るのだ、そして新しい年が始まるのだ——そう考えると、うかうかしていられない気がして、来年こそは嫌いな学課をもっとよく勉強しようとか、日記帖を一年間つけ通そうとか、いろんな計画をたてたものです。

そういったカンシンな心がけが、いつとはなしに消えてなくなったわけは自分でもわからないのですが、多分、どんな立派な計画をたてても結局三日坊主に終ってしまうという事実を十回も二十回も経験しているうちに、厭気がさしてしまったのでしょう。

最近の私には、来年こそこれをしよう、という気負いは、さっぱりありません。お年を召したものだ、と思います。「うんとおもしろい本格物を書きたい」「手もとにある文学全集をゆっくり読みたい」など、したいことはいろいろありますけれど、それらは、いつだってしなければならないこと、したいことなのであって、特に今年とか来年とかに限る必要はないように思うのです。

「今年しのこしたこと」は、ひょっとすると「本当はしてもしなくても、どうでもいいようなこと」だったのかもしれません。またもし「どうしてもしなければならないこと」だったのなら、来年に繰越になっても結局はするでしょうし、それでも間に合うことだからこそ、来年に繰越すことになったのでしょう。

つまりは「どうしてもしなければならないこと」と「ぜひしたいこと」と、この二種類を、そのときそのときにちゃんとやって行きさえすればいいのだと思います。

生きている人間を、計画の枠でしばったり、しても甲斐ない悔恨を繰返したりするのが、ひどく煩わしい気がするのも、どうやらお年のせいかもしれません。

新春に

子供というものは、大人が考えるよりもずっとまじめで「良い子供」になりたいという願いを真剣に抱いているもののようです。ことに私の子供時代は、戦時中であり、また両親が明治生まれのピューリタン的なクリスチャンであった関係上、なにごとにも精神的な意義を付与して、子供にもそれなりの心構えをもたせようとするのがならわしになっていました。

「今日からは新しい年よ。ひとつお姉さんになったのだから、今年はもっといい子にならなけりゃ」といった具合です。

そのころの正月は、数え年の年齢が一つふえるので、子供心にも「今までより大きくなったのだ。今日から新しい区切りが始まるのだ」という印象が強かったのかもしれません。そこへもって来て、去年はあんまりよく勉強しなかった、どうみても感心な子ではなかった、といううしろめたさがあるものですから、去年のことは水に流して新しい区切りを始められる新年は大いにうれしく、張切ってしまうのです。新しい日記帳の第一ページには「今年こそはいっしょうけんめい勉強します。日記も忘れないでつける決心をしました」などと書きつけ、また、だいじにしてあったノートを一冊おろして縦横にマス目をひき、良い子だった日は○、悪い子だった日は×と記入する反省表をつくったりします。なに十日もすれば、日記帳は歯が抜けたように白いところが多くなり、○×のノートも部屋のすみにほうりっぱなし、勉強のべの字を言われでもしたら、たちまちふくれっつら――ということになるのですけれど。

こういう新年恒例の行事を、誰に言われるともなくやめてしまったのは、いつごろからだったでしょうか。子供じみた形式主義がばかばかしくなった、というより、何度決心しても半月とは続かない自分に絶望的な自己嫌悪を感じ、なんでもかんでも偽善だ偽善だときめつけずにはいられない時代でした。

今の私は、世の中の大部分の大人がそうであるように、お正月が来ても、とりわけどうという感じもありません。便宜上、その年にやらなければならない仕事や計画をちょっとメモしてみたりすることはありますが、今年こそはという気負いはどこにもなく、ただこの一年も病気をしないで無事に送れれば、と思うだけです。

張りきって真新しい日記帳をつけ始めたころの純真さもなければ、それを偽善だ形式主義だときめつける元気もなくなってしまったのは、やはりオバアチャンになったと言うほかないな――と、これが毎年新春にあたって繰返される悲しき感想です。

三日間の日記

十一月四日（木）

ＮＨＫテレビのこどもの時間「宇宙人ピピ」を見る。

お気に入りの番組だが、最初のころほどおもしろくなくなった。と言っても、時々奇想天外な事件がまき起って笑わせる。

テレビの撮影技術も進歩したのだから、こういったジャンルが、もっと開拓されていいのではないかと思う。

十一月五日（金）

藤木靖子さんが「近くまで来たから」と、多万美ちゃんを連れて訪ねてくださる。

多万美ちゃんは満四才のお嬢ちゃん。

いつみてもかわいい。

色白のところへ、くせのない長目のおかっぱの髪と藤木さんにそっくりのお目々が文字どおりウルシのような黒さで、京人形を思わせる。

来春から幼稚園だそうだが、今のところは近くに適当なお友だちがなくママの手もとで大切に育っていられるためか、最近の幼児にありがちなこまっちゃくれたところがなくて、おっとりとあどけない。

でもおもちゃで遊ぶときの好奇心と熱心さは大したものだし、藤木さんのお子さんだけあって御本が大好きとか。

——つめこみ教育で早くから小さな大人にさせられるより、こういうふうにのびやかに育てられたお子さんの方が先へ行ってのびるのではないだろうか。

ひとりで楽しそうに遊ぶ多万美ちゃんのそばで、藤木さんと時間のたつのも忘れておしゃべりする。

藤木さんのおうちから私のところまでは、この広い東京のそれもまんなかを、端から端まで縦断しなければならない。

それでなかったらもっとしょっちゅう気軽に遊びに来ていただけるのにと残念だった。

十一月六日（土）

ロス・マクドナルドの「さむけ」を読み終って、チャンドラーの「かわいい女」を読む。

どちらも好きな作家だし、正統的ハード・ボイルドと言われている二人だが、こうして続けて読んでみると感じが違っていておもしろい。

「さむけ」は、物語そのものがよくできているし、（一つのトリックだけはちょっとどうかと思われるが）、まじめな落ちついた筆づかいに好感がもてる。

「かわいい女」の方は、チャンドラーのものとしては最上級の出来ではないし、作品そのものとしては「さむけ」の方が上だと思うのだが、にもかかわらず私にはこの方がおもしろかった。

個人的な好みの問題に過ぎないのだろうが、このおもしろさの差は、フィリップ・マーロウがリュウ・アーチャーよりも個性的だという、その点にかかっているような気がする。

ペンネームと先祖

何年か前のことになるが、東北の未知の一読者から手紙が寄せられたことがあった。差出人は仁木某氏といい、文面は次のようなものだった。

「自分は、祖先のことについていろいろ調べている。仁木姓を名のる人があると訪ねたり文通したりしてより詳しく研究し、また祖先についてよく知らずにいた同姓の人には系図の写しを贈って喜ばれている。あなたの『仁木悦子』は筆名ということだが、どういう因縁でこの名をつけたのか。もし近親、先輩等に仁木姓の人がいるのだったら知らせて欲しい」

そして、

源義家―三代略―広沢判官義実―仁木太郎実国―矢田仁木二郎義勝（以下略）

という系図が書き添えられていた。

私は早速、ご期待に添えないことをお詫びした返事を出した。

私の筆名は、実はそれほど深い考えがあってつけたものではないのである。元来、私の本名――というか旧姓は「大井」といい、たいへん字画のすくない書き易い苗字だった。その苗字に慣れていたせいか、ペンネームを考えなければならなくなったとき、画の多い文字がいやで、なるべく簡単な字を探した結果なんとなく「仁木」に落ちついてしまったのだ。

手紙をよこされた仁木氏は、私の近親かなにかに仁木氏がいるためではないかと期待されたようだけれど、その点はむしろ逆で、知っている範囲に、この姓をもつ人がただの一人もいなかった気軽さが、私にこの姓を選ばせたといってよいようだ。

初めてこの名で『猫は知っていた』という推理小説を発表したとき、ある編集者に「仁木弾正はネズミに縁があって仁木悦子はネコですか」と笑われたことがある。べつにそういう意味ではないのだが、潜在意識を重視して考えれば、たしかに仁木弾正という人物がミステリー的雰囲気をもっている点も、この姓をミステリーのペンネームにふさわしく感じさせた動機の一つだったのかもしれない。

ところで、私の夫は歴史マニアで、西洋史、東洋史、日本史の別なく手当り次第読みあさるのだが、その彼が講議してくれたところによると、彼の先祖はこの仁木家（もちろん仁木弾正でも仁木悦子でもない、清和源氏から出た正統の仁木家）と縁続きなのだそうだ。

夫の家は、二日市《ふつかいち》という変った苗字である。（面倒がりの私は、ありがたいことに、結婚してからも字画の多い手間のかかる苗字を押しつけられないですんだわけだ）

仁木氏の書いてよこされた系図の中で広沢判官義実というのは足利義康の孫で、足利一族であったはずだが、この義実の従兄（従弟？）足利義氏から五代下ったのが足利尊氏で、尊氏のひまごの義昭（十五代将軍義昭とは別人）というのが二日市家の先祖なのだそうである。足利義昭は、兄である六代将軍義教に反乱し、敗れて日向へ逃げた。その子孫が中尾氏を名のっていたのが、豊前の院内郷二日市というところに定住し、そこの庄屋として二日市と名のったのだという。

いつだったかテレビの太閤記を見ていて、足利家の紋どころが「丸に二の字」で二日市家のと全く同じなのに笑ったことがあった。私は、二日市だから「丸に二」なのだと思っていたが、そうではなく、二日市と名のるより以前からこの紋であったらしい。

そのようなことをあれこれ綴って出したところ、仁木氏から、また折返し丁寧な返書をくださった。

「ご主人との続きがらは、まことに奇しきご縁と思う」

と、仁木家と足利家とのつながりを詳しい系図で書いた上、

「仁木悦子さんが、そのペンネームを仁木家とは

無縁につけられたと知って残念でならないが、筆名であっても『仁木』の名を世に広めてくださったことは喜ばしく、感謝している。それにしても、無責任な芝居作者が、あのような悪人に『仁木』弾正の名を冠したことは、あなたのように無縁の方はただミステリー的でおもしろいと思われるかもしれないが、自分としては憤慨に耐えない」

と、あった。

怖い話

子供のころの私は、相当な怖がり屋だったようだ。暗やみが怖い、お化けが怖い。座敷で家族と並んで寝るとき、障子のそばの側が怖い。

それならば、誰かについていてくれとか、障子のそばはいやだとか、はっきり言えばいいものを、大人たちから笑われるのがいやで、ひとりで怖がり、ひとりで悩み、そのため一層恐怖感を大きくしていたような傾向があった。

四つ五つのころだったと思うが、ある日、千代紙のはいっているボール箱の底に、クレヨンで幽霊の絵をかいた。どこからそんなイメージを拾って来たものかわからないが、黒い髪をぱあっと垂らし、目が吊り上がって、昆虫のそれのような細い手足を突き出している（この幽霊には確かに足もあったのだ)。大人が見たら何の絵やらわからない変なものだったろうが、私自身はその作品の出来ばえに大いに満足だった。

夜になって、私は暗い部屋にひとりで寝ていた。末っ子だったので、たいていは父か母がお話などを聞かせて寝かしつけてくれたのだが、その晩はどうも父はるすだったらしく、母はおふろにはいっていた。私は、ふとまくらもとに例の箱が置いてあるのに気づいた。気がついたら、さあもういけない。昼間かいた幽霊がやみの中から現われて来そうで、怖くて怖くてどうにもならない。大声で母を呼んだけれど、ふろ場は家の反対側にあって、戸がしまっている。むこうがたてている水音はよく聞こえるのだが、こっちの声は聞こえないとみえて、呼べど叫べど返事がない。おまけに、やみの中でたてた声がなおいっそうおそろしさをかきたてて身動きもできなくなり、しまいには体をちぢめられるだけちぢめて、ふとんの中でかたくなっていた。果てしないほど長い時間が過ぎたあと、母はやっとおふろから出て来て、小さいあかりをつけた。何も言えないで震えている私に、「どうしたの、こんなに汗びっしょりになって」と驚いて冷や汗をふいてくれた。母は、夢を見てうなされたものと思ったらしく、深くは聞かずに添い寝をしてくれた。母にぴったり寄り添うと、幽霊はたちまちどこかに退散してしまった。私は、この晩のことをだれにも話さなかった。自分のかいた絵に怯えるばかばかしさは、幼児にだってじゅうぶんわかっているのだ。

両親が熱心なプロテスタントだった関係で、私はごく小さいときから「祈る」習慣をつけられていた。

おなかが痛くなったとき、医者に連れて行かれるのがいやで、母には言わずに「おなかが痛いのなおしてください」と祈りつづけているうちになおってしまったことも何度かあった。

夜寝るまえ、私は毎晩ひそかに「今夜、幽霊が出ませんように。お化けも出ませんように」と祈った。お化けと幽霊を区別している点がふるっている。

友人のN氏——H社で百科事典をつくってい

る編集者——が、あるときこんなことを言った。

「友だちが集まってだべっていたときに、だれかが『死んでから、幽霊になるやつと、お化けになるやつとがいるんだ』と言いだし、だれそれは幽霊になれるだろう、だれそれはお化けだ、などと品定めしたんです。僕はお化けにしかなれないんだそうですよ」

——N氏が、幽霊になれるかなれないかは知らないが、なるほど周囲のだれかれを見まわすと、それぞれにそう言いたい感じがわかるようでおかしい。

　私なんかは、とうてい幽霊にはなれない。お化け、それもよっぽどこっけいなやつだろう。

　最近の幼い子たちは、お化けの話なんかすると笑うという。

　照明がよくなって、家のうちそとが明るくなったせいかもしれないし、人間の進歩の表われかもしれない。だが、怖い暗やみも怯えるべきお化けももたないで大きくなる子供たちは、しあわせなのだろうか？　不幸なのだろうか？

歴史ある女の祭

　二月も末になると、そろそろおひなさまを出して飾らなければ、と思う。私のところは夫婦きりで子供はいないのだが、それでもおひなさまは毎年必ず飾る。幼いころに私のとして母が買ってくれ、結婚するとき持ってきたおひなさまだ。こんなふうに言うと、大きな段々のある立派な品のように聞こえるだろうけれど、実はこのおひなさまは、一つ一つの人形が親指くらいしかないミニチュアである。人形というのは奈良の木彫で、むかし、家族のだれかが関西へ行く用事があるときなどに母が頼んで、あるときは内裏さまだけ、次のときは官女だけ、というふうにすこしずつ買い整えてくれたもので、全部揃うのに数年かかったようなおぼえがある。

木彫のひな人形のほかに、これは東京のデパートで探してきてくれた四センチほどの右近の橘・左近の桜と、ぼんぼりもある。

　また、おひなさまとは関係ない指先ほどの糸まりだの、豆粒ほどの犬張子だの、さまざまなミニチュアおもちゃがいつとはなしに仲間入りして、この一家総勢は結構にぎやかな大家族だが、それでも食器戸棚の上の僅かなスペースにちょこんとおさまってしまう。一冊の本のしまい場所にも頭を悩ます狭いすまいには、うってつけの豆びなである。

　中学生だった兄が木ぎれを使って器用にこしらえてくれた小さなひな壇は、三十年以上たった今でも堅牢で、赤い裏地もめんをかけるとなかなか見ばえのするものになる。びょうぶは、私が九つくらいのとき紙でこしらえたものだが、墨とクレヨンで描いた松竹梅の絵は案外上手で、今では描けそうもない。まあ神童とまではいかなくてもちょっとしたものだったのが、いつのまにかなみの人になりさがったさまを如実に示している。

　小さいおひなさまというと普通はひと並べに台に貼りつけてあって、取り出してひょいと置けばおしまいなのが多いが、私のところにあるのは、一つ一つ並べてゆく楽しみがあるし、木彫なので風格もあり、雑多な細かいおもちゃにはそれぞれ思い出もあって、母はほんとにいいものを買ってくれたと思う。

　おひなさまといえばもうひとつ、子供のころ私の実家では、古い古い一組のおひなさまを飾っていた。これはもちろんミニチュアではなく普通の大きさの五段びなだが、なんでも母方の祖母が嫁にくるとき持って来たもので、そのときすでに百五十年たっていたとかいう話だった。昔の人は今の人間とはくらべものにならないくらい物を大切にしたと思うが、それでも長年のあいだにはいたんで、折りたたみのびょうぶが壊れてしまい新しく表具師に作らせたという。その新調したというびょうぶの裏に「慶応何年、之を誂う」とか書いてある有様だから、ご本尊の方はどれだけ古いのやら見当がつかない。

そのおひなさまは、人形もさることながら、付属品のお道具類が傑作でおもしろかった。蒔絵の衣桁《いこう》。銅の手あぶり。桐のタンス——小机はちゃんと引き出しがあくようになっていて、中にものさし、へらなど裁縫道具が収まっている。また、これも精巧な蒔絵の貝びつが一対あって、その中には細かい白い貝がらがたくさんはいっていた。貝がらには藤、桜、山水などの絵が、それぞれ二個づつ描かれていて、同じ絵のを探して合わせるとぴったり一個の貝になる。つまり一つの貝の両方の内側に同じ絵が描いてあるわけで、私は、おひなさまが飾ってある間じゅう、よくこの貝びつをおろしてきては、同じ絵の貝がらを合わせて遊んだものだった。

男びなの方の道具には、七センチ角くらいの碁盤と将棋盤があった。小さな将棋の駒は一つもなくなっていず、歩が一つ余分にあるところまで、今の将棋と同じだった。一度、兄たちがおもしろがって、これで将棋をさし始めたが、なにしろピンセットでつまむほどの駒なので、途中で「えい、めんどくさい」と、大きな盤を持って来て同じかたちに駒を置きなおし、勝負を続行していたのを覚えている。

つい最近、ある本を読んでいて、私の母方の曾祖母である女性が、八王子の同心の家から御宝蔵番をしていた牛込の御徒衆《おかち》の家に嫁入ったという事実を知った。季節のせいか、私の頭にすぐ浮かんだのは、例の古いおひなさまのことだった。いろいろな点を考え合わせると、あのおひなさまは確かに、この八王子の同心か、それとも牛込の家か、どちらかに伝わったものだったと思われる。旗本だ、公儀直参だといえば聞こえはいいが、そのじつ外泊も自由に許されないといった窮屈きわまりない生活だったそうだし、殊にそういう家に生まれた女性たちは、厳しい武家のしつけやしきたりに縛られて一生を送ったことだろう。あの古いおひなさまは、それらの女性たちの幼ない日を、どれほど豊かに彩り、たのしい思い出をつくりだしてくれたことだろうか。母も祖母も曾祖母も、あの貝びつの貝がらを合わせて遊んだのだろうか。姉を喜ばせ、姪たちを喜ばせた古いおひなさまは、この先いつまで幼い者を喜ばせ続けてゆくのだろうか。年に一度のひな祭りは、やはり趣きふかい女の祭りである。

くたばれ！ 階段

子供のころ私は、石段のある家に憧れていた。胸椎カリエスで家の中に寝たきりでいたので、ほとんど外に出る機会はなかったのだが、たまに病院に連れて行ってもらうとき、タクシーの窓から見る町の家々の中に、ちょっと小高いところに建っていて玄関まで十段二十段と石段を登ってゆくようなつくりの家を見ると、「すてきだな。ああいううちに住みたい」と思ったものだ。

しかし、大人になって、自分の住む家を建てる土地を物色するはめになったとき、私がまず考えたのは、「平らなところ」という条件だった。もう寝たきりでなく車いすで生活するようになっていた私は、外出には手まわしの三輪車式車いすを使っていた。分譲の住宅地などはうしろの家の日当りを考えて、敷地がうしろへ行くほど一段ずつ高くなっている。道路からそれらの家の玄関までは、石段の道を登ってゆくしくみになったところが多い。私は今でもそういう登り道の段々の風景がきらいではないが、車いすには何よりの苦手がこの階段なのだ。

どうにか念願どおり「平らなところ」に家をかまえたものの、一歩街に出るとやはり悩まされるのは「段」である。以前の道路交通法では身障者用の三輪車は自動車やオートバイなみに扱われていて、一方通行の道路を逆方向に行くことは違反とされ、不便な思いをした。その後、改正されて歩いている人間と同じ扱いになり、前記のような問題が解決されたことはありがたいのだけれど、今度は歩行者と同じく歩道を通らなければならないという問題が出てきた。本来、歩道を通るということは、安全のためにも買物の便利のためにも結構なことである。が、交差点などで一旦歩道からおりてまた歩道に上ろうとするとき、情ないことにたちまち困惑するのは歩道の高さである。歩道のへりは車道よりも十センチ余りも高いのが多い。この段の角を斜めに削り落してくれたらどんなに助かるかしれないのだが。私は、止むを得ないときは車道をなるべく端に沿って用心しながら進み、ガソリン・スタンドをみつけて歩道に上るようにしている。ガソリン・スタンドの前は、自動車がはいってゆく関係上、歩道のへりを削り落してスロープにしてあるからだ。自動車のためにはこのような便宜がはかられているのに、車いすのことは考えてもらえないのは、単に、利用者の数がすくないからであろうか。

先日、衆議院選挙の投票に三輪車で行ったが、投票所というところはどうしてあんなにはいりにくいのだろう。区役所の二階三階というのは論外だが、一階でやる場合でも入口にはかなりの段があるのが普通だ。私は選管の人に手を貸してもらって投票をすませることができたけれど、「国民の義務だ。棄権はいかん」という以上、もうすこし気軽に行けるように配慮すべきではないだろうか。

私はまた、仕事の関係上、出版記念会や受賞式のパーティに出かけることが多い。室内用の折りたたみ車いすを自動車に積んでゆくのだ。会場の○○ホテル、××会館といったところは、戦前からある旧式のは建物全体が高くて、むやみやたらに階段があるので閉口だが、最近建ったのはほとんど入り口が平らで、そのままはいって行けるので助かる。どうしても階段があって困るときは、ホテルの人に相談すると、裏口とか横とかに大きな家具類を手押車で運び入れるためのスロープつき入口が大たいはあるので、そこから入れてくれる。私がこの話をある人にしたら「そんな裏口から入れてもらおうなどと考えるな。身障者の当然の権利として、表口に車いす用のスロープをつけるように要求しろ」と叱られた。たしかにそれが理想だし、そのようにもってゆくことは大切だろうが、今さしあたってに、どこから入れてもらうのでもかまわないから、身障者がどんな場所にでもどしどし出かけてゆく積極性もなくてはならないと思う。最近、うちの近くの世田谷通りに乳母車や車いす用のスロープのある横断歩道橋ができた。私一人の力でのぼるにはスロープがちょっと急で、誰かに押してもらわなければならないが、これまでの利用が全く不可能な階段式とくらべれば大きな進歩である。この付近には身障者施設が二つもあるせいか、ガードレールで仕切っただけの平らな歩道もある。ちょっとした心づかいが、私たちの行動をどれほど楽にしてくれるかわからないのである。

夕日と「月光の曲」

芸術への目ざめは、はたから教えられるものではないのであろう。ことに音楽的関心はそうであり、あるとき、何気なく耳にした曲によって、突然、窓があくようにパッと開くことがある。私のそれは、ちょうど十五、六の頃のある日のことだった。

当時はあの戦争のさなか、私の家庭にかぎらず、世の中全体に、音楽的環境はまったくない。たとえばフォスターの「草競馬」のようなものでさえ、敵性国の音楽だというので禁止されており、聞こえてくるのは軍歌のようなものばかりだった。

そんなとき、ふと聞いたラジオから流れるピアノの旋律に、私は胸をつかれるようなものを感じて、はっとした。

「まあ、何とすばらしい音楽」

と思ったが、その曲の名前は知る術もない。私の記憶には、そのピアノの調べが、夏の暑いその日の燃え上がるような夕焼けの情景とともに、はっきり焼きつけられた。

そんなことがあってから、私はまえに較べると、うんと注意深く音楽番組などを聞くようになった。と言っても、それ以上に作曲家、演奏者について立ち入って調べることもなかったのは、私がその程度の音楽ファンだったからであろう。

私のこのような音楽にたいする身勝手な接し方は、その後も変わらずついに現在までに及んでいる。早い話が、戦後はデキシー、最近ではロックが好きなのだが、私は相変わらず、その曲名も、アーチストの名前も知らない。ただしムード・ミュージックやハワイアンは、まったく受けつけない。ところで、あの日の音楽を「月光の曲」だと私が知ったのは、かなり後のことである。

戦争のただ中に育って

「大人はずるい。戦争で苦労したというけれど、その戦争を防止する努力をなにかしたのか」

若い人たちは、よくこう言って、私たちの年代の者を責めます。そういう時、私は言います。

「馬鹿なことを言わないで。今でこそ白髪が混り始めていても、昔から大人だったわけじゃあるまいし」

満州事変がぼっ発した時、満三歳、日華事変の原因になった蘆溝橋事件が九歳、太平洋戦争に突入した昭和十六年には十三歳の女の子に過ぎなかった私に、戦争に反対するどんな力があったというのか。それを口先だけ、

「あの侵略戦争に対して責任を感じます」

と言うのは、かえって無責任な気がするのです。

「だから私には、この前の戦争については、これっぽかしも責任はありません。辛い目に会わされただけ。ただし、これから起こり得る戦争については、責任はまぬがれない。もう、いい大人なのだから。これからの戦争を防止するためには、どんな努力でもしなければと思っているし、そういう意味では、あなたたちにだって、幼稚園児や小学生でない以上、なんらかの責任はあるはずよ」

そう言うと、若い人たちは、むしろ大人以上によく理解してくれます。

悩みつつ死んだ兄

私の長兄が戦死したのは、昭和十六年の六月でした。その一年余り前に中国大陸に出征し山東省の守備隊にいたのですが、その頃はまだ戦局がそれほどは逼迫《ひっぱく》していなかったので、兄あてに小包を送ることもでき、むこうからも手紙が届きました。

家では、父は数年前すでに病死し、母としては頼りにしていた長男でしたし、兄のほうも家族を気づかって、週に一回ぐらいは便りをよこしていました。それらの手紙を、母は一通残らず、受けとった日付を書いて保存していたのです。

戦死ののち、それらの手紙をまとめて、小さな本にして出版することになりました。といっても自費出版で、一般に売り出すわけではなく、親戚や兄の友人に記念に配るのが目的ですから、部数もわずか四百部でした。

兄は、小年時代からのクリスチャンで、戦争というものについて疑問をもっていましたし、現実に中国人と戦ってそれを殺さねばならないのを苦しんでいたようです。そういう悩みは、手紙にも折にふれて書かれていました。

手紙を集めた遺稿集ができあがって間もなくのこと、家に警官が来て、最近出版した本のことで憲兵隊に出頭しろと言い渡したのです。当時、母は病気でよく歩けず、遺稿集の編集に当った下の兄は、でき上る直前に兵隊にとられていたので、嫁いだ姉の夫が、三宅坂の憲兵本部まで行ってくれました。係官に「このような反戦思想をもった本を出すとは」とさんざん怒られ、全部焼き捨てることを誓約した始末書を書かされたとのことでした。気落ちしたためでもないでしょうが、母はその後三ヵ月ほどで亡くなりました。

この件は、その後まで尾をひき、兄は、当時戦死者がすべて祭られることになっていた靖国神社にも遂に祭られませんでした。母がいたらどんなにか口惜しがったことでしょう。べつに靖国神社になど祭って欲しいわけではありませんが、当時はこのお宮に祭られるのが国民の名誉とされていて、田舎などでは、新しい戦死者に合祀《ごうし》の通知がくると、近所隣りがみんなで祝って遺族の上京を見送るというふうでしたから、もしそのような地方に住んでいたら「あそこの息子は非国民で、靖国神社にも入れてもらえなかった」と、どれほど非難されるかわからなかったのです。つまり、これは大変意地悪ないじめ方というわけだったのでした。

戦時中はそれでも、私がまだ子供だったせいもあり、お国のために戦って死んだのだから止むを得ないと思っていましたが、戦争が終って年月がたつにつれ、兄の死がいかにも痛ましく、むなしく、腹がたってたまらなくなってきました。

妹たちの手記

今から五年前、新聞の投書欄に「兄を第二次大戦で失った妹たちが、死んだ兄にまつわる思い出を記録してはどうだろうか」と書いたところ、たちまち各地の未知の女性からたくさんのお便りが寄せられました。お互いに生まれた場所も育った環境も違い、名前を聞いたこともない者同士なのに、不思議なほど語る言葉は同じでした。

「平和で豊かな時代に生きてみて、人生の喜びも知らずに死んだ兄が痛ましくてならない」

「なにもわからない少女時代、お国のためにと言われれば必死に頑張ったが、今になってみると、なんと非人間的な時代だったか」

「息子がちょうど兄の出て行った年頃になった。この子を取られたら、私は気が狂ってしまう。母がどれほど苦しかったか、今やっとわかった」

「二度とあのような時代を来させてはならない。そのために、私たちは、自分たちの経験したことを次の世代に書き残さなければ」

こうして、半ば自然発生的に、私たちのグループ「かがり火の会」が誕生したのでした。

会員である妹たちは、三十年近く胸の中にしまっていた記憶を、文章に綴りました。それらの手記の編集に当って、私はこれまで知らなかった、戦争のもつさまざまな面を知らされました。戦時中に育って、戦争の実態を知っていると自分で考えていたのは、誤りだったと思い知らされたのです。それほどに多種多様な、残酷なケースが、手記の中には次次と現われ、原稿の整理の作業をほうり出したくなるほどでした。

コレラ菌入りのお菓子

日中の国交が回復して間もないある日、テレビのモーニング・ショーで、日本軍が行なった残虐行為の例が紹介されました。中国の山東省で、細菌戦術の実験のために、中国人の村民にコレラ菌入りのお菓子をだまして食べさせたり、井戸水に菌を入れたりして、多くの死亡者を出したというのです。上から命令が来てその行為を実際に行なったという人たちが、スタジオで当時のことを説明していました。それを見て、私は、体が冷たくなる思いでした。

問題の地域は、兄が駐屯していた村の付近であるらしく、またその実験が行なわれたのは、兄が戦死した翌年のことだったのです。

兄は学生時代から子供が好きでした。戦地からの手紙にも、駐屯地に遊びに来る中国人の子供たちのことをよく書いていました。紙風船などを分けて遊んであげるとても喜ぶというので、うちでは兄に小包を送るとき、そういうおもちゃを欠かさず入れていました。子供たちも兄が用事で別の遠くの部隊へ行ったりすると、「今日はあの人はいないの?」「どこへ行ったの?」としきりに聞いていたそうです。

兄があと一年生きていて、その子供たちにコレラ菌入りのお菓子を与えよという命令を受けたら、兄はいったいどうしたでしょうか。

テレビを見ながら私は、兄は、あの時点で死んでよかったのだ、と思わずにいられませんでした。命令に従うのも、逆らうのも、兄にとっては死ぬよりも苦しいことだったに違いありませんから。

私たち妹の書いた文章は、『妹たちのかがり火』第一集・第二集（講談社）という二冊の本になって、ささやかな、ひかえめな形ながら、戦争というものの姿を、この平和に慣れた世に向って語りかけています。

語りつぐということ

日華事変が起った時、私は満九歳だった。

それより以前の満州事変などのことは幼くて記憶にないので、私の全く個人的な感覚で言えば、〝あの大変な戦争〟は九歳の夏、即ち一九三七年七月七日、蘆溝橋事件で始まったということになる。

景気のいい戦意高揚のかけ声の中で、母が、毎日のように言っていた言葉がある。

「第一次大戦があんなにひどい戦争だったから、人間はもう戦争はこりたのだと思っていたのに、また始めるのかねえ。こりていなかったのかねえ」

私の母は、ヨーロッパになど行ったことはないし、第一次世界大戦は日本国内の市民の生活を脅かすこともほとんどなかったと思うのだが、悲惨な写真を見たり、何かで読んでそう思ったのであろうか。

「第一次大戦の時から飛行機や潜水艦もできて、戦争がうんと残酷になったんだよ」

とも言っていた。

母のこの繰り言を聞いて、私は「つまらないことをまた言って――」といつも思った。戦争が残酷なものだと言われても、一向にぴんとこなかった。母の話が観念的で、生々しい自分自身の体験としてではなかったせいもあるのだろうが、それよりも、ラジオ、新聞、少年雑誌などから目や耳に流れ込んでくる〝勇しい忠義な兵隊さんの物語〟に、私の心のアンテナが全面的に惹きつけられていたのだと思う。

だが、戦争がいかに残酷なものか、私は、その後の八年間に、いやおうなしに体験しなければならなかった。母は、最愛の息子の一人を失い、二年間泣き暮らしたのちに病死した。注射液も食べ物もなく、私にできたのは、ただ、寝ている母をうちわであおいでやることだけだった。

昭和史を読むと、あの戦争の犠牲者の数が二百五十万とも三百万とも記されている。そのように大局から見ることも大切だが、この記述だけで終るなら、その何百万の一人一人に、灯のともる家庭があり、いじらしい夢や人生設計があったという事実はうかがい知ることもできないままになる。歴史としての大局的な俯瞰と、徹底して個人的・具体的な事実の記録と、その二つがそろってこそ、戦争の姿を物語る車の両輪になり得るのではないか。

自分の僅かな力の及ぶ範囲から、私はこの十年、戦時中の無名の人の体験記を集めてきた。その記録の中には、戦争という巨大な怪物が、さまざまな貌《かお》を見せている。

十三歳で海軍に志願し、十四歳で戦死した少年。

原爆で死んだ母の首に対面した女性。首だけの母親は、飴のように溶けた眼鏡がへばりついていたので、辛うじてそれとわかったという。

一人乗りの特攻兵器である人間魚雷回天で訓練中、故障で浮上することが不可能になり、海底の魚雷の中でただ一人窒息して果てた二十三歳の青年。

防空訓練に参加できないため非国民とののしられ、たださえ乏しい食糧の配給をとめられた身体障害の夫婦。

敗れて部隊ごと捕虜収容所に入れられ、飢えから食糧を盗んで上官の制裁を受けたその夜、収容所の周囲にめぐらされた高圧電線に触れて死んでいた兵士。

三月十日の大空襲の夜、幼い弟をおぶって川の中のいかだに一晩ぶらさがり通した少女。彼女は熱さに耐えかねて何回か水にもぐり、知らぬ間に背中の弟を溺死させた。自分の罪とは言えない罪に三十年近く苦しんだのち、彼女はその記録文を書いた。

小学生の時、カリエスのため体操の時間は見学と医師に決められていたのを、軍国主義者の教師によって無理な鍛錬をさせられ、十九年間寝たきりの体になった身障者。

八歳の時、満州で両親に死に別れ、栄養失調で失明した少女。やっとたどりついた親戚の家で、来客があると、彼女はくびをつまんで引出され、「うちには戦争で親を殺され、めくらになって帰って来たやっかい者がいるのよ」とみせびらかされたという。この原稿を彼女は点字で書き、ボランティアの青年たちに浄書《じようしよ》してもらって寄せてきたのだった。

これらの事実の前に、私はただ立ちすくむ思いだった。戦争が、かつてラジオや教科書で華々しく教えられたような恰好のいいものでないことを骨身にしみて知っていたはずの私でさえ、若い人々に向って「私は戦争を知っている。あなたたちは知らない」とは決して言うまいと思わされたのであった。

もちろん悲惨な体験をしたのは日本人だけではない。我が国はむしろ加害者の立場に立っていたということも私は、辛い思いとともに知っている。が、それを指摘することによって、戦争体験を残そうとする作業に水をさすことには疑問を感じた。多くの例に接してみると、戦争の残酷さは、加害者にはなり得ないような幼い者、弱い者にほど、より著しく現われているのであった。

戦争の残酷さと一口に言っても、実に種々さまざまなかたちがある。がそれらをたんねんに見てゆくと、その残酷さは、肉体的にも精神的にも「人間が人間でなくなること」に要約されるように思う。しいたげられる者も、しいたげる者も、ともに「人間として生きることが許されない状況」に追い込まれるのが戦争なのだ。時代とともに戦争の様相は変るが、この点だけは、戦争というもののもつ不変の、本質的な性格であろう。

戦争の真の貌について、私たちは、どんなに語りついでも語りすぎることはない。幼い者たちに戦争の真実を教える教材が、教科書から姿を消してゆくというような事態を、私たちは何としてでも食いとめなければならない。

仁木悦子の世界を楽しんで欲しい

西村京太郎

昭和三十年頃、「もっとも女に向かない職業は探偵作家」と、いわれたことがある。元の文句は、「――は私立探偵」である。こんな替え唄がいわれたほど、戦前から戦後すぐにかけて、日本には、女性のミステリー作家がいなかった。今にすれば、不思議である。今のミステリー界では、右を見ても、左を見ても女性作家がいるからだ。そのいい例が、平成二十三年（第五七回）の江戸川乱歩賞の受賞者は、二人だったが、二人とも女性だったし、同じ時期のミステリー文学賞新人賞も女性だった。そのうちに、「もっとも男に向かない職業は探偵作家」になりかねない。

それなのに、戦前から戦後にかけて、女性のミステリー作家はいなかったのである。戦後、ミステリー界の発展を考えていた乱歩にしてみれば、日本にもアガサ・クリスティのような女性作家が出てくれと祈っていたと思う。

そんな時期に、突然現われたのが、仁木悦子だった。しかも、女性作家を待望していた乱歩の名前を冠した「江戸川乱歩賞」の受賞者である。この賞の一回目（昭和三十年）の受賞者は、評論家の中島河太郎で、二回目（昭和三十一年）は出版社の早川書房で、第三回から、作家に与えられることになっていた。

その受賞者が、仁木悦子である。彼女の出現は、いくつかの点で驚きだった。

第一は、日本で最初の女性のミステリー作家であることである。（他にもいたかも知れないがほとんど作品がない）

第二は、胸椎カリエスという難病を抱えながら、ミステリーを書いている。

第三は、日本のミステリーは、戦前は探偵小説と呼ばれ、戦後は推理小説と呼ばれるが、その推理小説の先陣を切っている。

私は、同じミステリー作家として、この中で一番、関心があるのは、第三の点である。戦前のミステリーは、現実離れした設定が多く、それに合わせて、文章も、おどろおどろしている。絶海の孤島に、狂気の人間たちが集るとか、死体が空中に吊るされるといった世界と、それにふさわしい文章、例えば「あの身ぶるいする恐怖の時間が、今始った」といった文章になる。これでは、あまりにもリアリティに欠けるということで、推理小説になったのである。

そこで、仁木悦子である。

第三回の江戸川乱歩賞を受賞した「猫は知っていた」は、どんな世界を書いているのか。

事件が起きるのは、絶海の孤島ではなく、ごくありふれた生活の中である。事件の解決に走るのは、神のような私立探偵ではなく、平凡な兄（仁木雄太郎）と妹（仁木悦子）の兄妹である。トリックも、日常的なもので、どこにでもいる猫が、事件解決の大事なキーの役目を背負っている。

よく、「日常の中の恐怖」といわれるが、この小説の世界がそれである。この言葉どおり、この「猫は知っていた」は、怖い。そして面白い。

私が、仁木悦子と会ったのは、たいてい、乱歩賞の受賞式かパーティだった。胸椎カリエスの仁木悦子は、車椅子だった。恐る恐るこの先輩の車椅子を押させて頂いたが、そんな時、彼女は、ちょっと照れたように、笑っていた。

仁木悦子は、いつも笑顔だったという記憶しかないのだが、その笑顔の奥に、きつい感情をかくしていた気がする。自分に対しても、他人に対してもきつい（強いではなく、きついである）批評精神を持っていたに違いない。その本音を聞きたかったのに、聞けないうちに、仁木悦子は、亡くなってしまった。

私は、長篇では「猫は知っていた」が好きだが、短篇では何といっても「粘土の犬」が好きだ。この作品には、女性の細やかさが、出ているのだが、何といっても怖い。

仁木悦子の名前も、「猫は知っていた」も知らないという人が多くなったのは、残念というよりも、もったいない。仁木悦子の世界を知らないというのは、その人にとっても、損だからである。

長篇の「猫は知っていた」「林の中の家」、短篇の「粘土の犬」「かあちゃんは犯人じゃない」など、ぜひ、読んで、仁木悦子の世界を楽しんで頂きたいと思っている。

編者解題

日下三蔵

一九五七（昭和三十二）年に『猫は知っていた』でデビューした仁木悦子の果たした役割は、前巻の解説で述べた通りだが、同時代に書かれた推理小説の大半が現在では古びて読むに耐えなくなっているのに対して、仁木作品は現代の読者が読んでも充分に面白い。つまり歴史的な価値だけでなく、エンターテインメント小説として現役で通用する作品自体に大きな価値があるのだ。

その理由の一つは、徹底した寡作ぶりだろう。八六年に亡くなるまで三十年に及んだ作家活動で、遺した作品は長篇十一冊、短篇十六冊分。少年向けの著書『消えたおじさん』（本コレクション第一巻『灰色の手帳』所収）と大井三重子名義で刊行された童話集『水曜日のクルト』（第三巻『タワーの下の子どもたち』に収録予定）を加えても、三十冊に満たないのだ。注文がなかったはずはないから、練りに練って納得のいく作品だけを発表した結果の寡作と思われる。

これから仁木悦子の大人向け作品を読まれる方のために、初刊本と収録された文庫のリストを掲げておこう。

■長篇作品

A　猫は知っていた　57年11月　講談社→講談社文庫
B　林の中の家　59年9月　講談社→講談社文庫
C　殺人配線図　60年6月　桃源社→角川文庫
D　刺のある樹　61年9月　宝石社→角川文庫
E　黒いリボン　62年6月　東都書房→角川文庫
F　二つの陰画　64年2月　講談社→講談社文庫
G　枯葉色の街で　66年2月　文藝春秋新社→角川文庫
H　冷えきった街　71年3月　講談社→講談社文庫
I　灯らない窓　74年8月　講談社→講談社文庫
J　青じろい季節　75年5月　毎日新聞社→角川文庫
K　陽の翳る街　82年5月　講談社→講談社文庫

■短篇集

1　粘土の犬　58年7月　講談社→講談社文庫
2　赤い痕　61年3月　東都書房
3　穴　71年8月　講談社→講談社文庫

4　赤い真珠　71年10月　毎日新聞社
5　赤と白の賭け　73年7月　講談社　↓　講談社文庫
6　夏の終る日　75年12月　毎日新聞社　↓　角川文庫
7　死を呼ぶ灯　76年3月　立風書房
8　仁木悦子自選傑作短編集　76年8月　読売新聞社　↓　石段の家　ケイブンシャ文庫
9　緋の記憶　78年3月　立風書房　↓　講談社文庫
10　凶運の手紙　78年8月　角川文庫
11　夢魔の爪　78年12月　角川文庫
12　みずほ荘殺人事件　79年3月　角川文庫
13　暗い日曜日　79年8月　角川文庫
14　死の花の咲く家　79年10月　角川文庫
15　三日間の悪夢　80年2月　角川文庫
16　銅の魚　80年4月　双葉社　↓　角川文庫
17　赤い猫　81年6月　立風書房　↓　講談社文庫
18　一匹や二匹　83年7月　立風書房　↓　角川文庫
19　青い風景画　84年11月　立風書房　↓　講談社文庫
20　聖い夜の中で　87年4月　立風書房　↓　光文社文庫

短篇集二十冊のうち、文庫化されていない2、4、7の収録作品は、すべて解体されて10〜15の角川文庫オリジナル短篇集に収められている。また自選集の8は刊行時点での単行本未収録作品を含んでいるが、やはり後に角川文庫に収録された。つまり3の単行本に入って文庫化の際に割愛された「一本のマッチを擦る時」を唯一の例外として、リアルタイムで刊行された仁木悦子の短篇作品は、十六冊の文庫本ですべて読むことが出来たわけだ。長篇作品とともに、ここまで文庫化に恵まれたミステリ作家も珍しい。

さすがに七〇年代から八〇年代にかけて刊行された仁木作品の文庫本は、すべて絶版となっているが、実は現在でも、全長篇とほとんどの短篇作品が新刊本として入手できるのだ。まず出版芸術社からは、テーマ別、シリーズ探偵別に編集された単行本が出ている。

仁木兄妹の探偵簿　全2巻（兄の巻、妹の巻）仁木兄妹シリーズ全短篇
仁木兄妹長篇全集　全2巻（夏・秋の巻、冬・春の巻）A+B、D+E
子供たちの探偵簿　全3巻（朝の巻、昼の巻、夜の巻）I
探偵三影潤全集　全3巻（白の巻、青の巻、赤の巻）H
名探偵コレクション　全3巻（線の巻、面の巻、点の巻）C、F、J
仁木悦子長篇アラカルト　全2巻（晴の巻、雨の巻）G、K

この十五冊に全長篇十一作に加えて初収録を含む約七十作の短篇が収められている。またポプ

ラ文庫ピュアフルからは、A、B、Dの三長篇と二冊の短篇傑作集『私の大好きな探偵　仁木兄妹の事件簿』(戸川安宣編)、『子どもたちの長い放課後　YAミステリ傑作選』(若竹七海編)が刊行されており、仁木作品の息の長さを物語っている。

九六年に刊行された出版芸術社『仁木兄妹の探偵簿』は、当時同社に在籍していた筆者が編集したものである。〈名探偵登場〉と銘打って、横溝正史の金田一耕助もの、高木彬光の神津恭介もの、鮎川哲也の星影龍三ものなど、シリーズ探偵ごとの作品集をまとめたシリーズのうちの二冊だが、この企画の発想の元は探偵小説専門誌「幻影城」に四冊分の予告が掲載されて未刊行に終わった〈幻影城ミステリ〉という幻のシリーズであった。

鮎川哲也／星影龍三登場『赤い密室』
仁木悦子／雄太郎・悦子登場『ひなの首』
日影丈吉／春日検事の良心『枯野』
天藤真／信一少年シリーズ『多すぎる証人』

このうち天藤真の作品だけは、後に大和書房から『遠きに目ありて』と題して刊行され、現在は〈天藤真推理小説全集〉の第一巻として創元推理文庫に収められているが、他の三氏のシリーズものはバラバラの短篇集に収録されたまま、一冊にまとまることはなかった。出版芸術社の〈名探偵登場〉シリーズは、この〈幻影城ミステリ〉を継承・発展するつもりで編集したものである。

　ちなみに『遠きに目ありて』に登場する信一少年は脳性マヒで車椅子に乗っているという設定だが、これは仁木悦子の長篇『青じろい季節』に登場するキャラクターを気に入った天藤真が、仁木悦子の許可を得て自作の探偵役に起用したものなのだ。

　ある作家の創造した探偵を別の作家が書き継ぐ例はあるが、長篇作品の脇役が別の作家の探偵になるというのは極めて珍しい。仁木作品の登場人物が、端役に至るまで血の通った人物として丁寧に造形されていることの何よりの証《あかし》だろう。

　それでは各篇について、簡単に触れておこう。

なぞの黒ん坊人形「中学一年コース」63年3月号　画・石田武雄
学習研究社の学年誌「中学一年コース」に掲載。単行本未収録。エラリー・クイーンの有名な短篇で使われたトリックのアレンジだが、東京の地名ネタを加えてひとひねりしてあるのがミソ。

やきいもの歌「別冊女学生の友」66年11月号　画・土居淳男
小学館の月刊誌「女学生の友」の別冊第四号に掲載。単行

「中学一年コース」1963年3月号より

本未収録。「別冊女学生の友」はこの次の号から「ジュニア文芸」と誌名を変えて若者向けの小説誌になっている。

作中に登場する「やきいもの歌」の元歌「ロング・ロング・アゴー」は日本では「久しき昔」「思い出」などの訳詞で親しまれており、聴けば誰でも思い当たるメジャーな楽曲だが、タイトルからメロディーが思い出せない方は、動画サイトなどで検索すれば簡単に聴くことができる。

初出時に掲載されていた著者紹介は、以下のとおり。さほど難しい字とも思えないが、作品名の一部がカタカナにされてしまっている。

女流作家としては数少ない、本格推理派の仁木先生は、昭和三年三月七日、東京でお生まれになりました。

昭和三十二年に推理小説『ネコは知っていた』で、江戸川乱歩賞を受賞。推理小説を書きはじめられた動機は『何となく……』だそうですが、それ以前は、童話をお書きになっていらっしゃいました。

最新作は『枯葉色の町《ママ》で』、ほかに短編集『ネンドの犬』などの著書があります。ご家族は、翻訳事業をしておられるご主人とおふたり。

そのとき10時の鐘が鳴った　「ジュニア文芸」67年5月号　画・吉田郁也

小学館の月刊誌「ジュニア文芸」に掲載。単行本未収録。「高利貸し殺人事件」の副題が付されている。
初出時に掲載されていた「筆者の近況」は、以下のとおり。
仕事がたてこんで、たいへんお忙しく、四季の移り変わりも窓ごしからという先生。「空を見るのが好きなのですが、東京の空はスモッグですっきりしません。でも春らしく明るい感じで楽しく、仕事がはかどるようになりました」とお喜びです。

影は死んでいた「ジュニア文芸」67年10月号　画・岩田浩昌
小学館の月刊誌「ジュニア文芸」に掲載。若竹七海編『子どもたちの長い放課後　YAミステリ傑作選』（11年5月／ポプラ文庫ピュアフル）に初収録。
初出時に掲載されていた「筆者の近況」は、以下のとおり。
暑い夏にたくさんのお仕事をかかえられたたいへんな先生。いつもそばには扇風機が回っています。「ひまわりが好き。お庭が広いと植えられるので夏も楽しくなるのに…」と残念そう。でも、寒さよりも暑いほうが過ごしやすいとのことでした。

盗まれたひな祭り「高２コース」67年３月号　画・山野辺進
学習研究社の学年誌「高２コース」に掲載。単行本未収録。

初出時に掲載されていた「筆者紹介」は、以下のとおり。

本名・二日市三重。昭和三年三月七日生まれ。代表作には江戸川乱歩賞受賞「猫は知っていた」。ほかに児童物の「消えたおじさん」など。現在、推理作家協会員。

「誕生月だからというわけではありませんが、三月はなんとなく好きな月です」とは先生のお話。

あした天気に「宝石」63年6月号　画・オオタダイハチ

宝石社の月刊誌「宝石」に掲載。『名探偵コレクション2　面の巻』(06年4月/出版芸術社)に初収録。挿絵のオオタダイハチは太田大八のこと。ミステリ専門誌の「宝石」に「お母さまのためのミステリ・コーナー」と題して発表されたミステリ童話。この企画は七月号以降「お子さまのためのミステリ童話」として継続され、新章文子「白猫マシロ」、藤木靖子「よわむし天使」、南部きみ子「いなくなったクロンボたち」、宮野村子「モンコちゃん」、戸川昌子「魔女と母親」まで半年間つづいた。童話作家としてのキャリアも長い仁木悦子がトップバッターを務めたのも当然だろう。

まよなかのお客さま「ディズニーの国」63年11月号　画・堀内誠一

日本リーダーズダイジェスト社の月刊誌「ディズニーの国」に掲載。『子供たちの探偵簿2

昼の巻』（02年10月／出版芸術社）に初収録。気の弱い幽霊が登場するファンタジー童話。

やさしい少女たち「労働文化」67年6月号　画・御正伸
労働文化社の月刊誌「労働文化」に掲載。『子どもたちの長い放課後　YAミステリ傑作選』（前出）に初収録。「労働文化」はジュニア雑誌ではないが、内容が女学校を舞台にしたショート・ミステリなので、子供が登場する作品を集めた傑作選に採られたもの。

「こどもの光」1969年2月号より

雪のなかの光「こどもの光」69年2月号　画・伊勢田邦貴
家の光協会の月刊誌「こどもの光」に掲載。単行本未収録。「こどもの光」は「家の光」別冊付録「こども家の光」（第一巻の表題作「灰色の手帳」の掲載誌）が独立したもの。ミステリではない小品だが、仁木悦子が戦争で兄を失った妹たちの組織「かがり火の会」を主宰して活発に活動していたことを考えると、その内容は重い。

緑色の自動車「読み物特集5年」72年9月？　画・藤沢友一
学習研究社の学年誌「5年の科学」「6年の学習」が夏休みに共同で発行した増刊号に掲載。単行本未収録。今回は現

「こどもの光」1967年5月号より

物を確認することができなかったが、七三年版は九月に発行されている。
本篇のテキスト入手に際しては、戸田和光氏のご協力をいただきました。

消えたケーキ「希望の友」76年1月号　画・宮内保行
潮出版社の月刊誌「希望の友」に掲載。単行本未収録。

口笛たんてい局「こどもの光」67年5月～68年5月号　画・土居淳男
家の光協会の月刊誌「こどもの光」に掲載。単行本未収録。全十三話の連載で基本的に一話が二節ずつ進行しているが、第四回と最終回のみ三節あるので合計二十八節となっている。第一～九節（連載一～四回）、第十～十七節（連載五～八回）、第十八～二十八節（連載九～十三回）と、三つのエピソードで構成されている。
なお連載時のタイトル表記は、年少の読者のために漢字を開いて「口笛たんてい局」となっていたが、本書の表題としては平仮名にする意味がないので書名は『口笛探偵局』とさせていただいた。ご了承いただきたい。

第一巻に続いて、本書にも仁木悦子のエッセイ十六篇を収めた。今回は身辺雑記に類するものが中心で、やはり全篇が単行本初収録である。各篇の初出は、以下のとおり。

冷静な目　「別冊宝石」117号（63年3月）
すべてに恵まれて　「宝石」64年2月号
アトムと私　光文社『鉄腕アトム19』（65年7月）
名探偵二人　「本の本」76年6月号
Sの音　「東京新聞夕刊」61年9月4日付
ジャイアンツ　「毎日新聞夕刊」62年6月13日付
今年やり残したこと　「日本推理作家協会々報」第194号（63年12月）
新春に　「日本推理作家協会々報」第207号（65年1月）
三日間の日記　「日本推理作家協会々報」第217号（65年11月）
ペンネームと先祖　「歴史読本」66年11月号
怖い話　「推理界」68年3月号
歴史ある女の祭　「酒」69年3月号
くたばれ！　階段　「リハビリテーション」73年1月号
夕日と「月光の曲」　「週刊現代」78年11月16日号
戦争のただ中に育って　「文化評論」76年8月号

語りつぐということ　　「世界」82年7月号

「冷静な目」は「別冊宝石」の多岐川恭特集号、「すべてに恵まれて」は本誌の曽野綾子特集への寄稿。光文社の月刊誌「少年」の看板連載だった「鉄腕アトム」は大判の総集編にまとめられたが、「アトムと私」はその第十九集「透明巨人の巻　ロボット流しの巻」に掲載された。「名探偵二人」までの四篇は、第一巻に収めきれなかった書籍関係のエッセイである。

「ジャイアンツ」は「毎日新聞夕刊」の随筆欄「茶の間」に掲載。酒之友社の月刊誌「酒」に発表された「歴史ある女の祭」は特集「雛まつり有情」のために書かれたもの。「夕日と「月光の曲」」は掲載誌の「オーディオマニア」というコーナーに載った。

「戦争のただ中に育って」は特集「31年目の暑い夏　女流作家、評論家が語る「私と戦争」」、「語りつぐということ」は特集「平和の声――いま、何を訴えるか」内の「反核・私の意見」に、それぞれ発表されたもの。第一巻所収の「消えたおじさん」や本巻の「雪のなかの光」のように、仁木悦子には物語の背後に戦争の影が垣間見える作品がいくつもあるが、そんな作者の戦争に対する思いがストレートに書かれている。

なお、第一巻『灰色の手帳』に収録した「みどりの香炉」だが、初出誌のクレジットにしたがってイラストレーターのお名前を「小林与志」としたところ、本をお送りした小林さんから「これは私の絵ではありません」というご連絡をいただいた。当時の編集部のミスと思われるが、残念ながら実際にはどなたの絵であるのかを確認する手段がない。小林さんには失礼をお詫びして訂正するとともに、「みどりの香炉」の挿絵を描いた画家についての情報をご存知の方、心当たりのある方は、編集部までご一報いただけますようお願いいたします。

口笛探偵局《くちぶえたんていきょく》
——仁木悦子少年小説《にきえつこしょうねんしょうせつ》コレクション2

2013年2月10日　初版第1刷印刷
2013年2月20日　初版第1刷発行

著　者　仁木悦子
編　者　日下三蔵
装　丁　野村　浩
発行人　森下紀夫
発行所　論 創 社
〒101-0051　東京都千代田区神田神保町2-23　北井ビル
電話　03-3264-5254　振替口座　00160-1-155266

印刷・製本　中央精版印刷
組版　フレックスアート

ISBN978-4-8460-1203-8